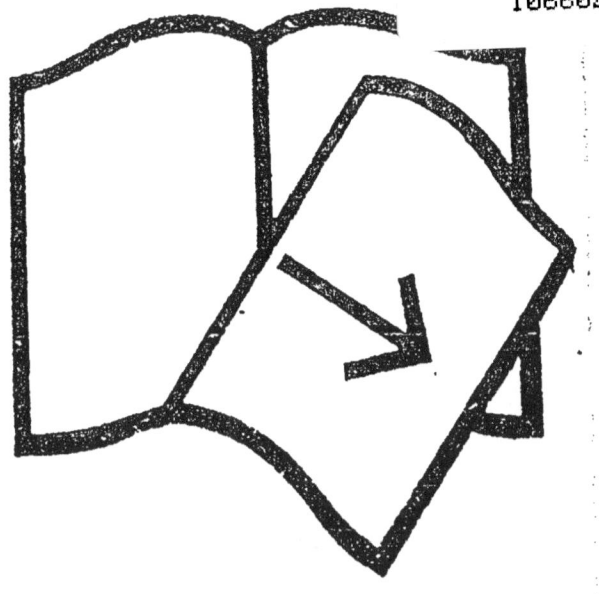

Couvertures supérieure et inférieure
manquantes

LES

JEUNES AVENTURIERS

DE LA FLORIDE

LES JEUNES AVENTURIERS DE LA FLORIDE

TRADUIT DE L'ANGLAIS
DE
GOULDING

J. F. BRUNET

DESSINS
DE
H. MEYER

COLLECTION HETZEL

J.-F. BRUNET

LES

JEUNES AVENTURIERS

DE LA

FLORIDE

D'APRÈS GOULDING

Illustrations par H. MEYER

BIBLIOTHÈQUE

D'ÉDUCATION ET DE RÉCRÉATION

J. HETZEL ET Cie, 18, RUE JACOB

PARIS

—

LES JEUNES AVENTURIERS
DE LA FLORIDE

CHAPITRE I[1]

ON S'EMBARQUE. — LE PÉTREL. — UNE TROP BELLE TRUITE. — FRANK ET LE REQUIN. — UN EFFET DE MIRAGE. — TOM TRIBORD. — LE NAUTILE.

Le 21 août 18..., un élégant petit brick quittait le port de Charlestown, Caroline du Sud, frété pour la baie de Tampa,

1. Nous avons laissé subsister dans le cours de cet ouvrage quelques noms anglais de mesure, comme : mille, yard, acre.

Le mille équivaut à 1 kilomètre 609 mètres.
Le yard équivaut à 91 centimètres.
L'acre équivaut à 51 ares et 4 ou 5 centiares.

sur les côtes de la Floride. Il y avait à bord neuf passagers :
le docteur Gordon, ses trois enfants : Robert, Mary et Frank,
son neveu Harold Mac-Intosh et quatre domestiques.

Le docteur Gordon était un riche médecin, fort considéré
pour son savoir; il habitait pendant l'hiver les côtes de la
Géorgie, et, en été, une ferme dans les montagnes de cette
florissante et pittoresque province des États-Unis d'Amérique.
Sa femme était une Carolienne des environs de Charlestown. Il
avait une sœur mariée à un colonel Mac-Intosh qui, après avoir
vécu douze ans dans une plantation près de la ville de Mont-
gommery (Alabama), était mort, laissant sa veuve avec trois
enfants dans une position assez embarrassée. A la suite de ce
triste événement, le docteur Gordon alla faire une visite à sa
sœur, dans le double but de la consoler et de l'aider, s'il était
possible, à mettre ses affaires en ordre. L'air ouvert et intelligent, les excellentes manières de Robert, qui accompagnait
son père en cette circonstance, plurent si bien à la veuve,
qu'elle sollicita la faveur de confier son fils Harold aux soins
de son frère et d'en faire le compagnon d'études de son cousin
Robert jusqu'à ce que d'autres arrangements fussent pris pour
compléter son éducation. Le docteur Gordon accepta d'autant
plus volontiers cette proposition, que, de son côté, il avait
remarqué avec plaisir la physionomie résolue et décidée du
jeune garçon. Il y avait un mois qu'Harold était avec son oncle,
au moment où commence cette histoire.

Mme Gordon était une femme affectueuse, à l'esprit cultivé,
mais d'une faible constitution. Elle avait eu cinq enfants, et,
après la naissance du dernier, sa santé donna tant de signes
d'affaiblissement que son mari se convainquit bientôt de la
nécessité de lui procurer, pour l'hiver suivant, les bienfaits
d'un climat plus doux. C'était, pensait-il, le seul moyen de
sauver sa vie.

La baie de Tampa est un poste militaire des États-Unis

d'Amérique. Le docteur Gordon l'avait déjà visitée. Il avait été si satisfait de la douceur exceptionnelle de ce charmant climat et des sauvages beautés de ses rivages, qu'il y avait choisi et acheté un lot de terre dans le voisinage du fort, espérant bien trouver, un jour ou l'autre, une excuse valable pour déserter sa clientèle et s'y retirer. Ce moment était arrivé; il ne doutait point que les influences réparatrices de ce doux climat ne fussent favorables à la santé de sa femme. Il la laissait donc avec ses parents et partait pour Tampa dans le dessein d'y préparer une habitation propre à la recevoir.

Le nombre des personnes qui l'accompagnaient dans ce voyage était plus grand qu'il ne l'avait d'abord décidé. Les deux cousins, Robert et Harold, devaient bien entendu en être; ils étaient assez âgés pour lui être d'utiles compagnons; d'ailleurs Harold n'avait-il pas été expressément envoyé pour jouir de cette excellente éducation de famille dont Robert avait donné une si haute idée à sa mère? Non sans de mûres réflexions, toutefois, différentes raisons inspirèrent au docteur Gordon l'idée de prendre aussi avec lui sa fille aînée, Mary, âgée de près de onze ans, et son fils Frank, qui en avait sept ou huit. Ce surcroît de passagers ne le dérangeait nullement, et il ne jugea pas à propos d'augmenter pour eux le nombre de ses domestiques, car sa femme et lui, quoique accoutumés pendant toute leur vie au service de nombreux esclaves, avaient élevé leurs enfants de manière à ce qu'ils pussent se passer, autant que possible, de tout aide superflu. Mary, malgré son jeune âge, était déjà une excellente petite ménagère; pendant les fréquentes indispositions de sa mère, elle avait présidé aux soins et à la tenue de la maison avec une rare habileté. Son frère, le petit Frank, était trop jeune pour être d'aucun secours, mais son caractère gai, doux, obéissant, en avait fait le favori de la famille. Il promettait, par son enjouement et sa bonne nature, d'être une source de distractions pour ses compagnons de voyage; quant aux soins dont il pourrait avoir besoin, Mary n'aurait qu'à lui continuer les attentions maternelles qu'elle lui avait toujours prodiguées.

Ajoutons encore quelques mots sur les autres enfants : Robert Gordon, alors âgé de quinze ans, était un garçon d'un caractère sérieux; il avait l'esprit tout porté à l'étude des sciences dont les conversations savantes et instructives de son père lui avaient donné le goût. Il faisait de rapides progrès aux sources ouvertes à son esprit par les livres, le monde et la nature; son intelligence se développait et promettait pour l'avenir un homme remarquable. Il tenait un peu de la nature délicate de sa mère; aussi se refusait-il trop souvent à ces exercices d'adresse ou de force qui auraient pu sans doute le rendre plus vigoureux.

Harold Mac-Intosh, de six mois plus âgé que son cousin, était, au contraire, d'une constitution robuste et d'habitudes actives, avec peu d'inclination pour l'étude. Sous la direction d'un père qui prisait plus le développement des forces physiques que celui de l'esprit, son instruction avait été déplorablement négligée; le peu qu'il avait appris lui venait seulement de sa mère, dont il était tendrement aimé. Bien des années avant de venir chez son oncle, il passait presque tout son temps près d'un vieil Indien nommé Torgah. Grâce à Torgah, il était devenu un peu Indien à son tour; il eût pu vivre dans les forêts comme un sauvage, il connaissait à fond les habitudes forestières dont les charmes sont si généralement appréciés par les fils de la jeune Amérique.

Les deux cousins s'attachèrent promptement l'un à l'autre, profitant mutuellement des aptitudes qui les distinguaient personnellement. En cela les parents avaient pensé avec raison que l'émulation devait être un puissant ressort de perfectionnement pour chacun par l'exemple de l'autre.

Se préparant à passer l'hiver à Tampa où, à l'exception de ce qu'on pourrait obtenir au fort, il serait bien difficile, sinon tout à fait impossible, de se procurer ce qu'il faut pour des gens accoutumés aux douceurs de la vie civilisée, le docteur Gordon eut soin de faire charger le navire qu'il avait frété de tout ce qui pouvait être utile à son établissement dans un pays aussi dénué de ressources. En premier lieu, tous les matériaux préparés d'avance, indispensables pour construire une maison d'habitation et ses annexes; puis une ample provision de conserves alimentaires, de la volaille, des chèvres, une paire de chevaux, un break, une charrette, un grand bateau de plaisance avec tous ses agrès, toutes les pièces d'ameublement que réclament les habitudes des gens du monde, et enfin une bibliothèque de livres choisis pour les distractions intellectuelles.

Frank et Mary avaient eu soin d'emporter toute une provision de lignes et d'hameçons, comptant bien charmer en pêchant les loisirs du voyage.

Le brick n'avait pas plus tôt franchi la barre et pris le large, qu'ils se préparaient déjà à goûter leur plaisir favori. Mais un malaise indéfinissable, accompagné de vertiges et de douleurs d'estomac, s'empara d'eux presque subitement, et leur fit du coup oublier tous leurs projets.

C'était le mal de mer.

Il fallut descendre au plus vite dans la cabine, s'étendre sur une couchette et chercher dans le sommeil un refuge contre cette pénible indisposition, — cette indisposition sans remède connu, mais fort heureusement aussi peu dangereuse qu'elle est désagréable.

Presque seul, au surplus, de tous les passagers, Harold en fut exempt, ce qui n'était pas pour lui un mince sujet de gloire.

Frank et Mary souffrirent pendant un jour et une nuit, puis se trouvèrent guéris aussi subitement qu'ils avaient été atteints.

Leur premier soin fut de manger comme deux jeunes ogres qui n'ont rien eu sous la dent depuis vingt-quatre heures. Et à peine leur appétit était-il satisfait, qu'ils songèrent à réaliser leur grand projet de pêche maritime.

« Pourquoi ne jetterions-nous pas la ligne par la fenêtre de la cabine? s'écria Frank. Pêcher ainsi de son lit, bien à l'aise, et confortablement, voilà un plaisir qu'on ne peut pas se procurer tous les jours!... »

La mer était d'un calme tout à fait engageant; Mary goûta si fort l'idée de son frère, qu'elle s'empressa de garnir sa ligne d'un petit bout d'étoffe rouge, et de la lancer au gré du vent. Mais pas un poisson ne parut seulement la remarquer.

En revanche, un grand nombre de *pétrels*, — ces hirondelles de mer que les marins Américains appellent des « poulets de la mère Carey », — passaient et repassaient au-dessus de l'amorce en rasant l'eau du bout de l'aile.

« Si seulement je pouvais prendre un de ces oiseaux! » soupirait Mary.

Ce vœu ne fut qu'à demi exaucé. Un des pétrels, plus effronté que les autres, s'approcha trop du fil et y embarrassa ses ailes.

Mary, toute palpitante d'émotion contenue, s'empressa de tirer à elle. Mais, comme le pauvre oisillon n'était plus qu'à une longueur de bras de la fenêtre, il fit un effort désespéré et parvint à s'échapper.

« Tu n'arriveras à rien avec ta petite ligne; les poissons de mer la dédaignent! dit Frank d'un air entendu. Laisse-moi essayer, à mon tour, et tu verras la belle truite que je vais ramener. »

Il avait pris une corde assez forte, et, tordant un foulard de soie rouge autour d'un grand hameçon, il s'amusait à le laisser pendre jusqu'à la surface de la mer.

« Oh! Frank!... Vois donc l'énorme poisson!... s'écria presque aussitôt Mary. Quels yeux féroces!... Retire-toi, je t'en prie. J'ai peur!... »

Elle avait à peine achevé ces mots quand un poisson gigantesque, — long de trois yards au moins, — bondit hors de l'eau et s'élança vers la fenêtre, comme s'il eût voulu entrer dans la cabine.

La fillette poussa un cri de terreur. Presque aussitôt Frank ressentit au poignet une douleur telle qu'il crut un instant sa main coupée net.

Il n'en était rien, fort heureusement. Le poisson, — un requin de grande taille, — fuyait déjà, emportant le foulard sur lequel il s'était gloutonnement jeté. Ce qui avait causé à Frank une douleur si vive, c'était la corde enroulée, par une précaution fâcheuse, autour de son poignet, et à laquelle le monstre, en s'élançant sur sa proie, avait imprimé une horrible secousse.

On peut croire qu'à dater de cette petite expérience, toute idée de pêche par la fenêtre de la cabine fut abandonnée sans retour.

Le lendemain, tous les passagers, réunis sur le pont du brick, eurent le spectacle d'un phénomène singulier, qu'on voit parfois en mer, mais rarement sous une latitude aussi chaude que celle de la Floride du Sud.

Une terre apparut tout à coup, distincte et magnifique, aux yeux étonnés des voyageurs. D'abord elle se présenta comme si elle était beaucoup plus élevée que le niveau de la mer; en outre, le rivage paraissait double et se voyait réuni par la base, comme si l'eau eût été un réflecteur. Enfin le tableau et son ombre prirent une position contraire, et on les aperçut unis non par la base, mais par le sommet, de sorte qu'il était singulier de voir les arbres poussant sens dessus dessous et descendant du ciel vers la terre.

Marins et passagers regardèrent ce spectacle avec une curiosité qui n'était pas exempte d'une crainte superstitieuse. On entendit même un vieux loup de mer nègre murmurer en hochant la tête :

« *Moi jamais vu rien pareil, mais qué-chose venir après, on verra. Hier*, — continua-t-il en regardant Mary et Frank, — *moi être à l'arrière et vu poulet à la mère Carey débattre lui dans ficelle!*

— Un poulet! Tom, s'écria le capitaine en regardant les coupables, est-ce que mes jeunes amis auraient, par hasard, fait du mal aux favoris des matelots?

— Non, monsieur, répondit fièrement Frank presque indigné, je n'ai fait de mal aux poulets de personne; je suis allé à la cage et j'ai seulement tiré la queue de mon chien Mum pour appeler son attention sur du pain que je lui apportais.

— Je n'entends pas parler des poulets qui sont à bord, mais de ceux qui volent autour du brick, « les poulets de la mère Carey », dit le capitaine en essayant de dissimuler un sourire; ne savez-vous pas qu'ils appartiennent tous aux marins et que quiconque leur fait du mal peut porter malheur au navire?

— Non, monsieur, répliqua Frank, convaincu que le capitaine voulait se moquer de lui, je ne savais pas que des oiseaux de l'air appartinssent à quelqu'un, je les croyais tous libres et sauvages. »

Mary, cependant, restait confuse. Elle connaissait très bien, elle, la superstition des matelots relativement aux *pétrels*, mais elle avait cédé dans un moment d'ennui à l'envie de se distraire. Jusque-là, elle avait pu croire qu'on ne s'était pas aperçu de sa tentative de pêche; elle répondit donc timidement :

« Je ne l'ai pas pris, monsieur, je l'ai seulement un tout petit peu entortillé dans le fil; mais, avant que j'aie pu le toucher, il s'était échappé....

C'ÉTAIT UN EFFET DE MIRAGE.

— Eh bien, Tom, dit le capitaine au vieux marin qui, gardant quelques doutes au sujet des allégations des enfants, ne savait pas s'il devait paraître content ou fâché, je pense que pour cette fois, vous devez pardonner leur étourderie avec d'autant plus de raison que le requin s'est chargé de les punir en se sauvant avec le mouchoir de nos jeunes pêcheurs. »

Le vieux Tom sourit à cette allusion. Tranquillement assis dans un canot au-dessus de la fenêtre de la cabine, il avait pu assister à toute la scène et ne s'était pas fait faute de la raconter.

On avait toujours eu bon vent depuis le départ de Charlestown. Tout à coup la brise tomba, on ne sentait plus le moindre souffle, les voiles pendaient plates et inertes le long des mâts, malgré les coups de sifflet réitérés du maître d'équipage pour rappeler le vieil Éole qui restait sourd à toute invitation. Le seul mouvement des voiles était celui que leur communiquait le navire en se berçant paresseusement sur les ondulations de la mer. Une légère distraction vint à ce moment apporter son secours aux voyageurs ennuyés de ce calme désolant. Un *nautile* apparut à la surface de cette nappe d'eau tranquille: Mary fut la première à le découvrir. Elle s'imagina tout d'abord que c'était un petit bateau lancé du rivage par un enfant et qui avait été poussé en pleine mer par le vent. C'était certainement un joujou de vaisseau quoique travaillé par les mains de la nature. Il y avait le corps flottant, attaché à sa coquille : ici le petit voyageur vivant; là, les voiles déployées ou serrées à sa volonté, et aussi les rames. Mary pouvait voir le petit navigateur se porter en avant avec leur aide.

Les enfants avaient le plus vif désir de s'emparer de l'intéressant petit aventurier. Frank s'adressa à Tom Tribord, le vieux nègre qui l'avait grondé ainsi que sa sœur, pour lui demander s'ils ne pourraient pas avoir le nautile.

« *Prendre petit vaisseau de guerre portugais*[1], — s'écria le vieux Tom, en ouvrant de grands yeux et montrant ses dents blanches, *qui jamais parlé cela? Oh ! certainement, vous pouvoir avoir li si vous pouvoir attraper petit vaisseau, mais comment faire pour cela?*

— Mon frère Robert et mon cousin Harold l'attraperont aisément, si le capitaine consent à leur prêter sa yole, » répliqua Frank.

Tom se mit à rire aux éclats à cette idée et répondit qu'il ne doutait pas que le capitaine accédât à leur demande et ne fût enchanté de voir le résultat de cette amusante chasse. Frank se rendit donc auprès du capitaine pour lui exposer sa demande en l'assurant que Tom Tribord lui avait permis de s'emparer du nautile si on pouvait le prendre. Le capitaine répondit avec un sourire amical :

« Je vous autorise parfaitement à prendre la yole, mon charmant petit garçon; mais, si votre frère et votre cousin réussissent, ils seront beaucoup plus adroits que la plupart de ceux qui ont fait le même essai jusqu'à présent.

— Croyez-vous donc qu'ils ne pourront pas prendre le nautile?

— Oh! si parfaitement, s'il veut bien les attendre; mais donnez-leur le conseil de se munir d'un panier ou d'un petit filet pour le tirer hors de l'eau. »

Frank courut aussitôt à son père pour obtenir son consentement, que le docteur accorda après quelque hésitation, sachant très bien quel serait le résultat de la tentative, mais heureux de donner à son fils un instant d'amusement.

« Tom, dit le capitaine, parez l'embarcation et allez vous-même avec ces jeunes gens; ramez doucement, surtout, afin de leur donner toute chance possible de satisfaire leur désir. »

La yole fut en quelques minutes bord à bord avec le navire.

1. Nom donné par les matelots américains au *nautile*.

Le vieux Tom s'y laissa glisser le long d'un cordage ; quant aux deux enfants, ils furent embarqués plus commodément : ils descendirent par l'échelle attachée aux flancs du brick, et parvinrent si légèrement au canot que l'eau en fut à peine remuée. Harold se plaça à l'avant avec son panier, et Robert au milieu, muni de son filet.

Un chat guettant un oiseau aurait fait plus de bruit qu'ils n'en firent pour s'approcher du nautile. Cependant, aussitôt que le petit navigateur put s'apercevoir qu'il courait quelque danger, et avant que la proue de la yode fût à une dizaine de pieds de lui, il replia rames et voiles, et se laissa couler à fond comme un morceau de plomb.

« *Là !* dit le vieux Tom avec un rire moqueur, *moi bien dire à vous : vous prendre li si pouvoir attraper li.* »

La 1ᵉʳ septembre, les voyageurs s'approchèrent d'un groupe d'îles du plus riant aspect, couvertes de hauts palmiers et d'une admirable végétation étalant toutes les nuances les plus variées du vert : ici, tendre et pâle ; là, foncé presque jusqu'au brun, et, plus loin, approchant presque du noir. Le navire passa si près d'une de ces îles, que les passagers purent voir un troupeau de daims les regardant d'un air étonné à travers les éclaircies du fourré, et une volée de dindons sauvages fuyant à tire-d'aile vers un autre refuge.

Derrière ces îles se découvrait, en parfait repos, cette baie dont la tranquille beauté a toujours été une source d'admiration pour ceux qui ont eu le bonheur de la visiter.

CHAPITRE II

La baie de Tampa est une merveille dans son genre. Elle
s'étend à l'est, à partir du golfe, pendant douze ou quinze milles,
puis elle tourne subitement au nord, dont elle est parfaitement
abritée; de sorte que, excepté en cas de vents violents de l'est,
ses eaux sont toujours calmes et aussi limpides que du cristal.
Sa grève, composée de sable fin et de débris de coquillages
d'un blanc de neige, quelquefois fatigant pour la vue, est
d'une déclivité si douce à partir du rivage, qu'un enfant peut
aller en se baignant à une très grande distance sans courir le
moindre danger. Pour les personnes qui se baignent, la trans-
parence des eaux est telle qu'on peut apercevoir au fond la
marche lente des conques et les poissons aux flancs argentés
fuir en se jouant de tous côtés.

La place choisie par le docteur Gordon pour y édifier sa
résidence commandait une vue délicieuse, d'un côté vers le
fort, élevé à une courte distance, et de l'autre vers la haute
mer ou plutôt les verdoyantes îles qui formaient l'entrée de la
baie. Sur ce terrain se trouvait déjà une petite maison composée seulement de deux pièces; un Européen l'avait fait bâtir,
et elle avait été vendue plus tard à un vieux chef indien de
mœurs douces et paisibles. Ce qui ajoutait encore à l'agrément

de ce site dont le docteur Gordon avait été charmé, c'étaient deux magnifiques poivriers de Cayenne; ils avaient poussé là, tranquilles, à l'abri du vent et du froid. Ils atteignaient huit ou dix pieds, et étaient chargés toute l'année de jolies clochettes rouges et vertes. Le docteur Gordon, enchanté dès l'abord de la beauté pittoresque de la petite construction, se promit bien, dans ses projets d'embellissements, de conserver ces deux vieux gardiens de l'entrée de la cabane. Le chef était mort, et la maison se trouvait vacante.

Dans l'après-midi, le brick avait jeté l'ancre à un endroit convenable, en face du terrain auquel le docteur avait donné le nom de Bellevue. Tous les bras furent mis en réquisition pour aider le charpentier du navire et Sam, le charpentier nègre de M. Gordon, à construire une sorte de débarcadère s'étendant depuis la marque des basses eaux jusqu'au navire, afin de faciliter le déchargement. Cette besogne occupa tout le monde de trois heures à la tombée de la nuit. Le travail du débarquement des nombreux objets chargés dans le vaisseau se continua toute la nuit et la moitié du jour suivant.

On fut cependant forcé de suspendre les travaux à cause d'un grave accident arrivé à l'un des ouvriers, et dont on s'inquiéta jusqu'à craindre pour sa vie. Pierre, le frère de Sam, se tenait debout sur l'embarcadère, sa hache sur l'épaule, au moment où deux ouvriers s'approchaient portant une lourde caisse. Pierre, entendant derrière lui le bruit d'une marche pesante, se retourna pour voir ce dont il s'agissait, quand, au même instant, le marin qui marchait en arrière tourna la tête pour s'assurer s'il y avait quelqu'un sur le chemin. Dans ces deux mouvements simultanés, la hache et la tête se rencontrèrent. Le marin reçut un terrible coup du tranchant de l'outil, et de cette blessure le sang s'échappa à l'instant en jets saccadés; c'était l'artère qui avait été atteinte!

L'autre ouvrier posa promptement la caisse à terre, saisit les bords de la plaie et essaya d'en rapprocher les deux lèvres afin d'arrêter le sang. Ses efforts furent vains ; le sang ruisselait à travers ses doigts et coulait jusqu'à ses coudes.

Au même instant le capitaine arrivait. En voyant qu'il s'agissait d'une artère coupée, il dit au marin de presser fortement avec ses doigts le milieu de la plaie. Presque aussitôt le sang cessa de couler. Sans perdre de temps, le capitaine prépara alors une boule de fine étoupe de la grosseur d'une pomme, qu'il posa sur la coupure, où il la fixa très serrée avec un mouchoir.

Il est probable que ce simple appareil aurait suffi à arrêter l'hémorragie, s'il avait été suffisamment comprimé. Mais le sang ne tarda pas à se faire jour à travers tous les obstacles, imprégnant l'étoupe goudronnée, et se répandit sur la face du blessé.

On courut prévenir le docteur, dont le premier soin fut de faire ramasser dans la vieille masure toutes les toiles d'araignée qui pendaient en festons entre les solives du plafond, et de se les faire apporter.

« Il n'y a rien de meilleur pour arrêter le sang, » dit-il, en donnant rapidement cet ordre.

Le pauvre blessé était pâle, défait et prêt à perdre connaissance. Le docteur, informé de ce qui avait été fait :

« Ce n'est pas mal, dit-il, et j'aurais probablement agi de même au premier moment. Il suffit parfois de comprimer l'artère au-dessus de la coupure pour arrêter l'hémorragie. En d'autres cas, on est obligé de recourir à la cautérisation avec le fer rouge. Mais je vais vous montrer un moyen plus simple encore.

Tout en parlant, il avait défait le bandage, pris sa lancette et... coupé net l'artère.

« Donnez-moi maintenant de l'eau fraîche, » reprit-il.

Tous les témoins de l'opération étaient stupéfaits de voir le sang s'arrêter presque instantanément.

3

« C'est merveilleux! s'écria le capitaine. Comment, docteur, c'est en élargissant la plaie que vous obtenez ce résultat?

— L'explication du fait est des plus simples, répondit M. Gordon. L'artère est formée d'un tube élastique, et qui tend à se rétracter comme une paroi de caoutchouc aussitôt que la moindre solution de continuité se produit. Si la plaie n'est qu'une fente, cette rétraction des deux lèvres en sens opposé l'ouvre toute grande. Au contraire, que le calibre du tube artériel soit coupé net, et la rétraction simultanée de toute la paroi resserre et ferme l'ouverture. »

Ce disant, le docteur avait lavé la plaie, en avait tamponné le fond avec des toiles d'araignée, et complétait son pansement avec un bandage fortement serré.

Malins ailleurs que dans marine, remarqua en manière de conclusion le brave Tom Tribord, qui n'avait pas été le spectateur le moins curieux de cette opération chirurgicale.

Il est difficile de se faire une idée du désordre, de la confusion qui régnaient dans les deux pièces où l'on empila à la hâte tous les objets nécessaires à garnir une maison pour une famille de six personnes et ses nombreux domestiques. Les caisses, les paquets, les ustensiles de tout genre jetés, entassés pêle-mêle dans cet espace insuffisant étaient un spectacle bien fait pour mettre quiconque avait à y chercher quelque chose dans une impatience fébrile et énervante. C'était surtout le cas de la pauvre petite Mary. Elle en était presque malade; ses idées d'ordre étaient bouleversées; ce tohu-bohu général la mettait hors d'elle-même.

Le docteur, témoin des angoisses de sa fille, donna l'ordre de construire, dès le lendemain, deux hangars, dont un servirait provisoirement de cuisine et l'autre de magasin, espèce d'arche de Noé où l'on mettrait en réserve tout ce qui ne devait pas être d'un usage journalier. Mais la pauvre Mary devait encore avoir, ce jour-là, un autre sujet de contrariété. Le commandant du fort Brooke était un cousin de Mme Gordon et un vieil ami de collège du docteur. Il vit l'arrivée du brick et monta à cheval pour venir chercher des nouvelles près des arrivants. Il se présenta au moment même où ils étaient dans leurs essais d'emménagement.

Mary associait si bien l'idée d'une visite à recevoir avec l'étiquette rigoureuse qu'elle avait été élevée à suivre à Charlestown, que la vue de cet étranger bien mis lui donna presque la fièvre. Elle se cacha derrière la maison, honteuse de se laisser surprendre dans le désordre de toilette où elle se trouvait, et apercevant son père :

« Oh! papa, qu'allons-nous faire? lui demanda-t-elle.

— Qu'allons-nous faire? dit le docteur. Mais rien, je suppose. Que pourrions-nous faire? répéta-t-il en riant.

— Je présume cependant que ce gentleman ne vient pas dîner avec nous? reprit Mary d'une voix tremblante.

— Si, probablement. Mais qu'est-ce que cela fait?

— Quoi, papa, dîner, quand notre seule table suffit à peine pour nous cinq! Il n'y a même pas de place pour la poser!

— Oui, mon enfant, dîner avec nous. Nous ferons de notre mieux, avec espoir de traiter plus convenablement notre hôte à la prochaine occasion. Vous serez sans doute plus à l'aise quand je vous aurai appris que le major est non-seulement un brave soldat, mais aussi notre cousin; venez, je vais vous présenter à lui. »

Mary, toute jeune qu'elle était, se souciait peu de se montrer dans l'état où elle se trouvait. Elle se hâta, pour obéir à son père, d'aller dans la pièce inoccupée procéder rapidement à réparer le désordre occasionné à sa toilette par son travail et ses tribulations de la matinée, puis fit modestement son entrée dans la chambre où se trouvaient ces deux messieurs.

« Charles, voici ma fille aînée Mary, dit le docteur comme

elle approchait, et vous, Mary, ce monsieur est votre cousin le major. »

Ils se pressèrent cordialement la main et parurent enchantés l'un de l'autre.

« C'est ma petite ménagère, continua M. Gordon, elle a été bien contrariée tout d'abord parce qu'elle se voyait dans l'impossibilité de vous recevoir convenablement.

— Oh! fit le major gaiement, est-ce bien possible? Je pense qu'avec le temps ma petite cousine apprendra comment vivent les soldats, et qu'elle sera moins effrayée de les recevoir. »

Mary, troublée d'abord par la réflexion de son père, se remit promptement. Le major savait parfaitement quel devait être l'embarras de la jeune fille. Il se décida donc à accepter de bonne humeur le dîner tel qu'il pouvait être offert, et tout se passa à la satisfaction générale. On déballa en hâte une table, on la dressa sous l'ombrage d'un large chêne près de la maison, et la cuisinière s'étant assurée de l'endroit où se trouvaient les provisions, eut bientôt improvisé un dîner et un dessert dont le convive le plus difficile aurait été mal venu à se plaindre. Aussi, quoique *noire, vieille et laide*, fut-elle proclamée un cordon bleu,

Le but de la visite du major était d'inviter la famille à prendre son domicile au Fort, en attendant que sa nouvelle maison fût prête à la recevoir; mais le docteur déclina cette offre, alléguant avec raison que l'ouvrage n'avancerait pas s'il n'était pas présent. Il promit toutefois d'aller avec sa famille passer un jour ou deux au Fort, chez le major, aussitôt qu'il pourrait disposer d'un peu de temps.

Quelques jours plus tard, on vit un autre visiteur arriver du Fort. Cette fois ce n'était pas un cavalier, mais bien un homme en bateau. Il semblait, même aperçu à une grande distance, posséder une dextérité remarquable à se servir de la

LE DOCTEUR GORDON RECONNUT QUE C'ÉTAIT UN INDIEN.

pagaie; son bateau glissait à la surface de l'eau comme s'il était poussé plutôt par la volonté de celui qui le conduisait que par l'action du propulseur. Le docteur Gordon le regarda à l'aide de sa lunette et reconnut bientôt que c'était un Indien, envoyé du Fort, probablement pour vendre quelques provisions.

En effet, c'était un Indien demi-sang, nommé Riley. Il allait souvent au Fort vendre du gibier ou du poisson. Il avait de plus, en cette occasion, une belle tortue. Le major pensa que ses amis de Bellevue priseraient mieux ce mets délicat que n'auraient pu faire ses subordonnés, pour qui ce n'était déjà plus une rareté; il envoya donc l'Indien le porter au docteur avec ses compliments.

Riley était un charmant garçon de trente ans environ, grand, bien fait, au regard doux et intelligent, et à la contenance à la fois fière et gracieuse. Il apportait une lettre de recommandation du major; le docteur fut si satisfait de sa bonne mine, qu'il l'engagea à revenir la semaine suivante avec de nouvelles provisions et même à rester quelques jours avec eux pour aider à poser les grosses charpentes de la maison.

Vers la fin de la semaine, le temps donna quelques signes de changement. Un nuage épais s'éleva peu à peu de l'ouest, s'approchant avec un grondement sourd de mauvais augure, et bientôt le fracas du tonnerre se mêla au bruit des vents. C'était un orage des Tropiques. Les coups de tonnerre, lents d'abord et éloignés, devinrent bientôt plus rapprochés et effrayants. Les éclairs augmentèrent en nombre et en intensité. Ils ne tardèrent pas à devenir terrifiants.

Mary et Frank se pressaient épouvantés contre leur père. Harold lui-même, quoique plus brave et plus habitué à ces terribles bouleversements de la nature, ne semblait pas aussi tranquille qu'à l'ordinaire.

« Ce coup de tonnerre était vraiment effrayant, dit Robert

d'une voix émue ; ne pensez-vous pas, mon père, qu'il soit très
près de nous ? »

Au lieu de répondre à l'instant, le père sembla très occupé
à compter, et, lorsque la foudre eut éclaté de nouveau avec un
fracas horrible, en faisant trembler le sol :

« Pas très loin, bien sûr, dit-il. A environ un mille.

— Mais, mon oncle, demanda Harold, pouvez-vous calculer
à quelle distance est partie la foudre?

— Sans le moindre doute ; autrement je n'aurais pas
répondu avec tant de confiance. Robert s'imagine, comme
beaucoup de personnes, que le tonnerre est prêt en proportion
de la vivacité de l'éclair ; mais cela n'est pas exact. Vous pouvez calculer approximativement la distance par le temps
qui s'écoule entre l'éclair et le coup. Le son parcourt l'espace
à la vitesse d'environ un mille par cinq secondes. Si quelqu'un
de vous veut calculer cette distance, il n'a qu'à poser la main sur
son pouls et compter les pulsations au moment où l'éclair paraît jusqu'à ce que le coup éclate. »

L'opportunité d'une vérification ne tarda pas à se présenter.
Un éclair éblouissant fut suivi quelques secondes après par un
roulement de tonnerre terrible. Tous étaient à compter les
battements de leur pouls. Mary cessa quand elle entendit le
premier roulement et cria : « Cinq ! » Les autres attendirent
l'éclat et dirent : « Sept ». Le docteur n'avait compté que six,
Il leur donna l'explication suivante :

« La foudre est tombée juste à un mille d'ici ; notre pouls
bat plus vite que les secondes, le vôtre plus vite que le mien.
Le son parcourt un mille pendant six pulsations d'un homme
de mon âge et sept de celles du vôtre.

— Mais, papa, fit observer Mary, je suis certaine d'avoir entendu le roulement quand j'ai crié cinq.

— Vous avez raison, mon enfant ; mais cela prouve que, si
la décharge électrique s'est opérée sur la terre à un mille de

distance, le frottement qui l'a déterminée a commencé à un point plus élevé. »

Les enfants s'étaient si fort intéressés à leurs calculs, qu'ils ressentirent moins vivement la peur de l'orage ; c'était ce qu'avait voulu le docteur. Cependant Mary et Frank parurent si épouvantés quand l'orage augmenta de violence, quand la lueur des éclairs devint insoutenable et le fracas de la foudre de plus en plus assourdissant, que le père leur dit :

« C'est une grande faiblesse, mes amis, de s'effrayer ainsi de la lueur des éclairs et des coups de tonnerre, car on n'entend jamais ceux qui vous tuent, et l'on est frappé avant d'en avoir conscience. »

Cette sage instruction du docteur fut toutefois en pure perte ; à l'instant même, un éclair plus rapide et plus éblouissant, suivi presque aussitôt d'un coup de tonnerre semblable à la décharge de plusieurs canons, vint jeter la terreur dans ces jeunes cœurs. Tous, excepté le père et Harold, tombèrent agenouillés. Frank accourut s'accrocher aux habits de son papa : Mary se précipita sur son lit pour se cacher sous les couvertures ; Robert regarda ce refuge de Mary avec l'intention évidente de trouver une place près d'elle, tandis que Harold jetait sur son oncle un regard plein d'inquiétude.

Fort heureusement, ce coup de tonnerre fut le dernier. L'orage passait au-dessus de Bellevue, emporté par un vent furieux. Bientôt il disparut vers l'est.

« Eh bien ! vous voyez que vous n'en êtes pas morts ! dit le docteur en riant. Rappelez-vous bien qu'en pareille occurrence le meilleur refuge n'est pas un lit, mais bien le milieu de la chambre, loin des murs et de la cheminée le long desquels se dirige le fluide électrique. Une de mes tantes ne manquait jamais, en temps d'orage, d'ouvrir son parapluie au milieu du salon et de s'asseoir dans un bon fauteuil sous cet abri tutélaire. Elle était dans le vrai.

— En ouvrant son parapluie?

— Sans doute, puisque la soie est un très mauvais conducteur de l'électricité... Rappelez-vous aussi que si vous êtes
surpris en rase campagne par un orage, il ne faut pas chercher un abri sous les objets élevés, tels que les arbres ou les
meules de foin, parce que la foudre les frappe de préférence,
surtout quand ils sont mouillés par la pluie. »

Conformément à ce qu'avait promis Riley, il revint la
semaine suivante avec des provisions. Il ne pourrait, annonça-t-il, rester plus de deux ou trois jours, parce que sa
jeune femme était malade. Mary fut fort touchée d'entendre un
sauvage exprimer les mêmes sentiments de tendresse qu'un
homme civilisé.

Pendant que Riley se trouvait à Bellevue, les enfants lui em-
pruntèrent son bateau. Harold travailla beaucoup à imiter la
manière aisée dont il avait vu le jeune sauvage se servir de la
pagaie. L'excursion du jour avait pour but la pêche. Suivant
les instructions de Riley, ils allèrent à une pointe de terre où
l'eau était profonde près du rivage et où se trouvait immergé
un arbre renversé dont les branches étaient couvertes de barnacles et de jeunes huîtres. Ils réussirent à prendre une bonne
quantité d'un poisson nommé dans le pays *tête de mouton*,
espèce délicieuse, ressemblant beaucoup à la brème ou à la
perche de nos eaux douces, plus gros cependant.

Personne ne fut plus heureux du résultat de cette pêche que
le petit Frank. Il était gourmand de poisson comme un chat.
Malheureusement le vieux proverbe : « il n'est pas de rose sans
épines » se vérifia pour lui à l'heure du dîner. Il mangeait
presque voracement son met favori, lorsqu'une arête se logea
en travers de l'endroit le plus étroit de son gosier. Elle lui fit
beaucoup de mal. Il tenta par toutes sortes de moyens de s'en
débarrasser sans pouvoir y parvenir; son père lui fit avaler

une petite croûte de pain dur qui entraîna l'obstacle avec elle [1].

1. Ne voulant pas induire en erreur mes jeunes lecteurs en leur indiquant des remèdes qui ne pourraient pas leur être utiles en cas de nécessité, j'ai soumis mon manuscrit à différentes personnes compétentes pour avoir leur avis, et entre autres à un judicieux homme de l'art. Je n'avais jamais supposé, en indiquant une chose aussi simple, qu'une croûte de pain pour forcer une arête à passer, que je pusse faire une grosse méprise. Cependant mon ami le médecin me fit observer que, à moins que le docteur Gordon fût bien persuadé que l'arête avalée fût petite et flexible, il n'aurait pas usé d'un tel expédient. « Mais, docteur, qu'aurait pu faire le pauvre diable dans un pareil cas ? demandai-je. — Je pense, me répondit-il, que le docteur Gordon se serait servi d'une longue plume. — Est-ce possible ? — Certainement, il aurait chiffonné la plume, de manière à renverser ses barbes en sens inverse, et l'aurait fourrée dans le gosier, plus bas que l'obstacle. En la retirant, l'arête se serait trouvée accrochée à la partie humide, où elle l'aurait redressée, de manière à ce qu'elle pût être avalée facilement. »

Avec de grands remerciements à mon docteur pour son avis, je lui promis que mes jeunes lecteurs en auraient le bénéfice. Mais je pense que le mieux, après tout, est de se garder d'avaler des arêtes. J. B.

CHAPITRE III

UN INSECTE DANS L'OREILLE. — VISITE AU FORT. — COMMENT ÉVITER LA POURSUITE DES CHIENS. — RENCONTRE AVEC DES CHIENS FURIEUX ET MANIÈRE DE S'EN DÉFENDRE. — MOYEN INGÉNIEUX D'ÉCHAPPER A LA POURSUITE D'UN BŒUF SAUVAGE. — QU'EST-CE QU'UN AVENTURIER ?

Pendant le séjour de Riley, les ouvriers achevèrent d'élever la carcasse de la nouvelle maison et terminèrent toutes les parties les plus difficiles de leur ouvrage. L'Indien fut envoyé, la veille de son départ, au fort Brooke, pour y porter un message annonçant que le docteur s'y rendrait avec sa famille le mardi suivant, selon la promesse qu'il avait faite au major.

Rien d'intéressant ne se passa à Bellevue dans ce court intervalle, si ce n'est toutefois un léger accident dont le pauvre Harold fut victime. Il se réveilla pendant la nuit avec une titillation douloureuse dans l'oreille ; c'était un petit insecte. Ne sachant tout d'abord comment se débarrasser de cet hôte inconnu, il frappa derrière son oreille ; mais l'intrus ne sortit pas. Harold se leva, versa de l'eau dans son oreille, toujours sans succès. Se rappelant alors qu'il avait vu une longue aiguille fichée au mur, il la chercha et réussit à la trouver. Il espérait bien, au moyen de cette arme, faire déloger son ennemi. L'insecte, effrayé de cette poursuite acharnée, ne fit que s'enfoncer davantage et commença à gratter si violemment sur les parties tendres de cet organe si susceptible, que la souffrance finit par être insupportable. Harold, pensant qu'il deviendrait fou si cette horrible douleur continuait, se décida à avoir recours à son oncle. Il le réveilla et le supplia de venir à son aide.

A la grande satisfaction du pauvre patient, le docteur lui dit qu'il allait le soulager et le guérir à l'instant.

En effet, il prit sa lampe de nuit, versa quelques gouttes de l'huile qu'elle contenait dans l'oreille, et, à peine le liquide eut-il entouré l'insecte, que celui-ci, un coléoptère du genre punaise des bois, s'élança au dehors juste à temps pour mourir.

Harold ne pouvait trouver assez d'expressions pour remercier son oncle.

Au jour indiqué, la famille se rendit au fort Brooke dans son bateau. Le docteur tenait le gouvernail, Harold et Robert dirigeaient tour à tour la voile. La brise suffisait à peine à donner un balancement gracieux et léger à leur légère embarcation. L'eau était si limpide et si transparente qu'on voyait les coquilles blanches se détacher sur le fond brun du sable et les poissons fuir en se jouant à mesure que le bateau avançait.

On les reçut au Fort avec cette franche cordialité et cette courtoisie qui distinguent généralement les officiers. Pendant trois jours qu'ils restèrent là, ce ne fut qu'une série d'amusements tout à fait inconnus pour les enfants : le réveil, la retraite au son des tambours et des clairons, les exercices journaliers des soldats, ceux du canon et des mortiers étaient des nouveautés pour la jeune famille. La surprise de Frank était grande à la vue des obus ricochant à la surface de la mer. Il lui était arrivé bien souvent de jeter sur l'eau des coquilles d'huîtres ou des pierres plates pour obtenir de petits effets semblables; mais il était stupéfait de voir les lourds boulets de canon faire des ricochets sans nombre.

La dernière journée de leur visite au Fort fut marquée par un incident très désagréable dont Harold eut le bonheur de se garantir grâce à son sang-froid et à son imagination. Il était allé avec Frank visiter un but de tir à une distance d'un mille; ils suivaient le bord de la rivière Halloborough et venaient d'entrer dans le bois de l'autre côté de la route, quand ils furent tout à coup arrêtés par un homme à cheval qu'un épais buisson de jasmin jaune leur avait d'abord caché.

« Bonjour, mes jeunes amis, leur dit cet inconnu; y a-t-il longtemps que vous marchez de ce côté? »

Harold répondit que non, et s'informa du motif qui nécessitait cette question.

« Je suis, dit le cavalier, à la recherche d'un vaurien de nègre marron. Il a été aperçu se cachant par ici ce matin; on l'a surpris en flagrant délit de vol, mais il a pu prendre la fuite. J'attends plusieurs personnes, accompagnées de chiens habitués à donner la chasse aux nègres. Ils ne tarderont sans doute pas à le découvrir. Si vous rencontrez ce fuyard — et il donna son signalement — j'espère que vous voudrez bien nous le faire savoir. »

Harold évita de répondre. Il continua son chemin, très satisfait de ne pas être le témoin d'une chasse aussi barbare. Suivi de Frank, il regagna la route, où, bientôt, l'idée lui vint que les chiens pourraient bien suivre leur piste, qui serait la plus récente. Ces chiens devaient être d'une nature féroce; il lui serait donc d'une très grande difficulté, en cas d'attaque, de se défendre et de défendre en même temps Frank. Tourmenté de cette appréhension qui le mettait plus mal à l'aise de moment en moment, il choisit dans le taillis qui bordait la route une forte branche et la coupa. Frank le regarda faire, soupçonnant quelque chose d'extraordinaire, sans s'en rendre compte.

« Cousin, dit-il, pourquoi avez-vous coupé ce bâton?

— Pour m'en faire une canne, répondit-il; n'en est-ce pas une bonne?

— Oh! oui, excellente; mais je ne vous ai jamais vu vous servir de canne. »

Au même instant, Harold entendit au loin les sourds aboiements des dogues. Le bruit se rapprochait et devenait à chaque minute de plus en plus fort; on pouvait distinguer les cris de quatre chiens différents. Ils tenaient évidemment une piste.

Harold saisit son bâton par le milieu et jeta un coup d'œil en arrière. Ils avaient fait plus d'un mille depuis qu'ils avaient rencontré l'homme. Cette route formait de grandes courbes qui empêchaient qu'ils pussent être aperçus ou voir eux-mêmes ce qui se passait. Nécessité est mère de l'invention, dit-on avec raison. Une inspiration lumineuse vint à l'esprit de Harold.

« Restez ici, dit-il à Frank, ne bougez point d'un seul pas jusqu'à ce que je sois revenu. »

Il se trouvait en ce moment à un des grands coudes de la route; tout près de là coulait un petit ruisseau bordé d'un épais buisson. Harold traversa la route en ligne droite, gagnant le plus vite possible le lit bas et fangeux du ruisseau, où il resta quelques secondes; puis, revenant sur ses pas à grandes enjambées, il prit Frank dans ses bras et s'élança, de toute sa vitesse, à la place d'où il était revenu; enfin, courant à un monticule près de là, qui commandait la vue de la route, il s'arrêta pour se reconnaître.

Il avait, ce qu'on appelle en terme de vénerie, doublé la piste, ainsi que le font les renards et les lièvres quand ils sont poursuivis par les chiens. Son intention était, en cas qu'il fût poursuivi de nouveau, de placer Frank sur un arbre et de se servir de son bâton pour tenir les chiens à distance jusqu'à l'arrivée des chasseurs.

En effet, les chiens étaient, dès à présent, sur la trace des enfants; ils approchaient aboyant, le nez interrogeant le sol. Parvenus à l'endroit où s'était tenu Frank, ils s'arrêtèrent, puis se jetèrent dans le ruisseau sur la piste qu'Harold avait

« JE SUIS A LA RECHERCHE D'UN VAURIEN DE NÈGRE MARRON. »

doublée, flairant la vase, mais ne retrouvant dans aucune direction la trace perdue.

Ils repartirent à fond de train vers leur point de départ.

Après avoir échappé si heureusement à un danger réel, les deux enfants ne continuèrent pas leur promenade, ils tournèrent leurs pas vers le fort.

« Cousin, demanda Frank, ces chiens ne couraient-ils pas après nous?

— Oui, répondit Harold.

— Et n'avez-vous pas coupé ce gros bâton pour vous battre avec eux?

— Sans le moindre doute.

— Et votre but, en courant dans le ruisseau et en revenant par le même chemin, n'a-t-il pas été de les dérouter?

— Oui, vous avez deviné juste.

— Et de qui avez-vous appris cette bonne ruse? demanda encore Frank.

— Des renards et des lièvres, dit-il. Je ne connais personne qui mieux qu'eux ait pu m'indiquer la manière d'échapper aux chiens qui les chassent.

— J'avais toujours entendu dire, observa Frank, combien les renards étaient des êtres rusés, mais je ne savais pas que nous pussions prendre de leurs leçons. »

En rentrant au Fort, le docteur Gordon approuva la ruse employée par Harold. Il le complimenta sur son succès.

« Mais, ajouta-t-il, il ne faudra pas toujours compter sur ce moyen; des chiens élevés avec soin sont aussi habiles à retrouver par le flair une piste perdue que vous pouvez être à la doubler. J'attribue donc votre réussite d'abord à l'inintelligence des chiens et ensuite au secours que vous a prêté le fond vaseux du ruisseau où vos traces n'ont pas pu rester. » La conversation se continua sur les chiens et les différents moyens de s'en défendre avec avantage. Le docteur raconta qu'il avait eu l'occasion de protéger son jeune frère et aussi lui-même, lorsqu'il était à peine âgé de quatorze ans, contre l'attaque de trois chiens, en s'adossant à un mur et en les repoussant à l'aide d'un long bâton.

« Mais avez-vous jamais été forcé de vous défendre sans bâton? demanda Harold.

— Non, répondit l'oncle; un de mes amis s'est pourtant trouvé dans ce cas et a réussi à se tirer d'affaire par son sang-froid et sa contenance assurée. Il ôta son chapeau, le montra au chien, chaque fois que l'animal voulait se jeter sur lui; par cette manœuvre, et grâce à son regard ferme et son air résolu, il parvint à s'en débarrasser. Je crois, il est vrai, qu'il a dû son salut plutôt à son regard et à sa contenance qu'à son chapeau. La puissance des yeux et la fermeté du maintien sont toujours une des meilleures défenses contre un ennemi, homme ou brute.

« J'ai, une autre fois encore, été témoin de ce que peuvent la présence d'esprit, le calme et une main ferme dans des situations pareilles. Un énorme chien furieux se jeta, sans provocation aucune, sur un marin dans un marché public. L'homme lui parla, le regarda fixement, lui présenta son chapeau, ce fut en vain. Le chien essaya de se précipiter sur ses jambes. Le marin tira son couteau comme dernière ressource; il se courba, tenant son chapeau de la main gauche, mettant le chien à même de le saisir, puis il passa de la main droite son couteau en dessous et le lui plongea dans la gorge. Le chien expira sans avoir vu la main qui l'avait frappé.

— Mon oncle, ne trouvez-vous pas qu'il est hideux de se servir ainsi des chiens pour courir après des nègres? demanda Harold.

— C'est indigne, et ceux qui sont assez inhumains pour y avoir recours mériteraient d'être eux-mêmes livrés aux bêtes! répliqua vivement le docteur.

— Mais je croyais qu'il n'y avait plus d'esclaves dans notre
pays, fit observer Mary.

— Il n'y en a plus en droit, mais il y en a malheureusement
en fait. De pauvres nègres nés et élevés sur une plantation y
restent par crainte ou par ignorance. Quelques maîtres conti-
nuent à les traiter avec brutalité. La loi réprime ces attentats
quand elle peut les atteindre. Mais sur des territoires aussi
étendus, dans des États à demi sauvages, les vieilles habitudes
persistent malgré tout. Il faudra deux ou trois générations pour
les détruire. »

Le vendredi 24 septembre, la société retourna à Bellevue, et,
la semaine suivante, elle eut l'occasion d'être témoin d'un acte
de froid courage, qu'Harold déclara laisser bien loin derrière
lui son exploit avec les chiens.

Riley avait fait une nouvelle visite à la famille; il travaillait
dans la maison sous la direction de Sam le charpentier. Le
docteur emmena ses enfants dans le bateau de plaisance pour
les amuser et en même temps se procurer une nouvelle provision de poisson.

Ils pêchaient depuis quelques instants sans beaucoup de
succès, lorsqu'ils aperçurent Riley accourir vers le rivage, dans
l'intention, comme on le sut après, de leur donner d'utiles
conseils sur ce qu'ils devaient faire pour rendre la pêche fruc-
tueuse.

Comme il était déjà à peu de distance de l'embarcation, on
vit un bœuf sauvage s'élancer furieusement d'un massif de
chênes et se précipiter à sa rencontre. Si Riley avait été plus
près de l'eau, il se serait probablement jeté à la nage et aurait
ainsi échappé à tout danger; mais la bête enragée se trouvait
entre lui et la mer.

Les pêcheurs s'étaient rapprochés de la rive; leur émoi était
grand, car il y avait peu d'apparence que le pauvre Indien pût

éviter les atteintes de son ennemi. Riley ne perdit toutefois pas son sang-froid, il sembla même vouloir faire tourner l'aventure au comique.

Courant à un bouquet de petits arbres qui était à sa gauche, il en saisit un et s'y tint à la longueur du bras. Il parut se réjouir beaucoup de l'évidente mortification de l'animal ainsi joué. Riley était très adroit à laisser les petits arbres entre lui et la bête, et, comme le cercle dans lequel il se mouvait était beaucoup plus restreint que celui où son ennemi était forcé de courir, sa défense était facile. Le bœuf furieux se jetait en avant, d'abord avec une corne, puis avec l'autre. Il s'élançait par bonds soudains d'une violence extrême, il grattait le sable et le rejetait derrière lui, les yeux enflammés, la bouche écumante; mais sa rage, arrivée à son paroxysme, était impuissante, et l'Indien semblait n'avoir pour but que d'augmenter sa furie.

Fatigué enfin de cette lutte, Riley ramassa du sable plein sa main, lui en lança la moitié dans un œil, le reste dans l'autre, et le laissa aveuglé, courant follement d'une place à une autre, tandis que lui-même se rendait en riant auprès du bateau pour donner ses instructions au sujet de la pêche.

« Bien joué, dit le docteur en voyant l'affaire ainsi terminée. Il sera bon de se rappeler le procédé à l'occasion; je vous engage cependant, mes amis, à ne l'employer qu'en cas de nécessité absolue. Il est plus sage de se mettre à l'abri en grimpant sur un arbre ou en se jetant à la nage.

— Riley n'avait pas d'autre moyen à sa disposition, observa Harold.

— En effet, il n'en avait pas, dit M. Gordon; aussi regardé-je son expédient comme plein d'adresse. Si vous étiez poursuivi en rase campagne, le danger serait beaucoup plus grave. En ce cas, le meilleur système serait d'arrêter l'animal en lui lançant un objet quelconque pour attirer son attention. Ces bœufs sont facilement excités par la vue de la couleur rouge; mais, à défaut de châle ou de foulard, il faut, quand on est poursuivi, leur lancer quelque pièce de son vêtement, un chapeau, un habit ou même un parapluie ouvert pour attirer leurs regards et avoir le temps de fuir pendant qu'ils s'acharnent sur ce qu'on leur a abandonné.

— J'ai entendu dire, hasarda Robert, qu'on sautait sur le dos d'un bœuf en le saisissant par les cornes, quand il se baisse pour frapper.

— Moi aussi, dit son père; mais un singe seul ou un clown de profession pourrait tenter cet exploit sans s'exposer à de grands risques. J'aimerais mieux courir la chance de tenter de passer derrière le bœuf, de le saisir par la queue et de lui administrer avec un bâton une correction telle qu'elle lui enseignât à prendre de meilleures manières.... »

Cependant les travaux d'érection de la maison et des améliorations intérieures marchaient avec une rapidité visible. Au 1er octobre, le bâtiment était suffisamment avancé pour que la famille pût en prendre possession. Quinze jours plus tard, la nouvelle cuisine était couverte, et toutes les autres réparations, soit dans la maison, soit dans les annexes, étaient terminées de manière à donner une apparence tout à fait confortable à l'habitation. Les ouvriers n'avaient plus qu'à compléter les arrangements intérieurs; mais, pour cela, il fallait que la famille fût absente.

Après l'heure de l'étude, le docteur appela ses enfants et leur dit :

« Mes amis, j'ai une proposition à vous faire; mais je désire, avant, savoir de vous ce que signifie le mot *aventurier*? »

Ils regardèrent tous Robert, considéré par chacun d'eux comme un dictionnaire vivant. Celui-ci répondit, après une légère hésitation :

« Je dirais volontiers que ce mot définit un être qui vit, soit de son plein gré, soit par nécessité, ainsi que nous l'avons fait depuis notre débarquement ici. On doit être un aventurier quand on n'a pour toute ressource que ce qu'on trouve ou ce qu'on peut se procurer par la force, l'adresse ou l'invention.

— Vous êtes presque dans le vrai; mais soyons tout à fait précis. Le mot *aventurier* est d'origine indienne, venant, je crois, de l'île de la Jamaïque; il a signifié d'abord un nègre libre; mais, comme les nègres esclaves qui fuient de chez leurs maîtres sont libres de fait au moins provisoirement, le mot aventurier a fini par s'appliquer à quiconque, se trouvant loin de chez soi, ne se pourvoit qu'à l'aventure comme un nègre marron. Je vous demanderai maintenant si quelqu'un d'entre vous aimerait à mener cette existence de nègre marron? »

Tous gardèrent le silence.

Le docteur Gordon continua :

« Le mot aventurier désigne aussi quiconque se trouve dans un endroit sauvage, où il y a du poisson et du gibier, et se suffit à lui-même grâce à la pêche et à la chasse. Dites-moi qui, parmi vous, consentirait à être un aventurier de cette seconde sorte?

— J'en suis! j'en suis! fut le cri général. Quand sera-ce? Où irons-nous?

— Vous allez trop vite, reprit le docteur; j'ai deux propositions à vous faire. Il nous faut pendant quelques jours abandonner la maison aux ouvriers. La question à décider est celle-ci : Devons-nous retourner au fort Brooke et y passer notre temps parmi nos amis les soldats, ou aller à l'île de Riley, à l'embouchure de la baie, et vivre là pendant quelques jours au milieu des cerfs, des dindons, des poissons et des huîtres dont nous avons tant entendu parler par ce brave garçon. Il y a du pour et du contre des deux côtés, et je suis moi-même si indécis que je veux vous laisser le choix.... »

Les yeux de Harold brillèrent de plaisir à l'idée de reprendre pour quelques jours la vie qu'il avait tant pratiquée auprès de son père. Cependant il ne répondit pas ; il attendit que les autres exprimassent leur préférence.

Robert le regarda et fut pris à l'instant de la contagion ; sur quoi on eût dit qu'une sorte d'influence magnétique s'était emparée des enfants, car, après avoir échangé un regard interrogateur, ils s'écrièrent tous à la fois :

« Chez Riley ! chez Riley !

— Rappelez-vous, leur dit le docteur, qu'en vrais aventuriers nous devons jusque-là nous suffire à nous-mêmes. William sera le seul domestique que je prendrai. La cuisine et les soins à donner à la tente emploieront tout son temps ; nous ne devons pas compter sur lui, excepté pour ce qui sera absolument indispensable. Êtes-vous toujours du même avis ?

— Oui ! oui ! » fut la réponse unanime.

On convint alors de donner à chacun une fonction spéciale dans l'expédition. Harold serait préposé à l'outillage de chasse et de pêche ; Robert à l'équipement du bateau ; Frank à la garde de la petite bibliothèque de voyage. Quant à Mary, elle continuerait d'être la maîtresse de maison. Elle serait chargée des provisions de bouche et de tout ce qui a trait à la table.

« Faites vos listes et vos préparatifs dès ce soir, dit le docteur pour conclure ; occupez-vous du bateau, de telle sorte qu'il n'y ait plus qu'à s'embarquer demain matin. »

Le dîner ne fut pas plus tôt terminé, que tout le monde se mit à l'œuvre. Les fusils furent nettoyés, les engins de pêche examinés, les caisses remplies et chaque chose rangée par catégorie. Chacun se munit ensuite de vêtements de rechange en cas d'accident. Les préparatifs furent poussés si rapidement qu'à sept heures du soir le bateau était « paré » pour le petit voyage.

CHAPITRE IV

UN ÉVÉNEMENT EXTRAORDINAIRE. — ALTERNATIVES D'ESPOIR ET DE CRAINTES. — UN VAISSEAU EN VUE. — DERNIÈRE LUEUR D'ESPÉRANCE. — LA TROMBE. — UN COUP DE FOUDRE ET SES EFFETS. — LA RIVE DÉSERTE.

Beaucoup de visions entourèrent cette nuit-là les jeunes dormeurs; ce n'étaient que bandes de cerfs aux yeux luisants et aux bois branchus, dindons volant et courant, tentes blanches, lits de mousse et toutes les scènes de la vie sauvage. Au point du jour, ils étaient debout et prêts à se mettre en route.

La journée promettait d'être belle. Les petits pieds de Frank ne pouvaient tenir en place; il allait trottinant partout dans les chambres et la cour sous les pas de tout le monde.

On déjeunait déjà tandis que le soleil se levait. A table, personne ne put parler que du petit voyage de l'île Riley et de tout ce qu'on espérait voir et faire. Le bateau était amarré à l'embarcadère construit pour le brick; il était en ordre et il avait son chargement complet, à l'exception de quelques objets qu'on devait apporter à la main. William avait déjeuné en même temps que la famille, et il arriva bientôt pour se mettre aux ordres du docteur.

« Venez, mes enfants, dit M. Gordon, allons-nous-en.

— Oh! papa, s'écria Mary en approchant du rivage, voici Nanny avec ses gentils petits chevreaux. Voyez comme elle regarde avec attention le bateau, elle a l'air de dire : « Emmenez-moi. » Ne ferions-nous pas bien de la prendre avec nous? Elle est si privée, et vous aimez tant le lait dans votre café.

— Je doute, répondit le docteur, qu'il y ait assez de place sur le bateau pour les chiens, la chèvre et nous-mêmes, mais nous pouvons nous en assurer. Je sais que vous aimez le lait autant que moi, par conséquent, si on peut l'admettre, je la laisserai venir, elle et ses petits. »

Chacun prit place; le docteur Gordon au gouvernail; Robert et Harold au milieu; Mary et Frank auprès de leur père et William à l'avant. Tout avait été rangé avec tant de soin et chaque chose si bien aménagée afin de ne pas gêner, qu'il restait encore beaucoup de place. Nanny et sa famille furent donc invitées à entrer.

« Maintenant, mes enfants, dit le docteur, dans l'intérêt du bon ordre, je vais indiquer à chacun l'endroit où il doit se tenir : la chèvre et ses petits à l'avant, où se trouve William; Fidèle restera ici à côté de Frank, et Mum avec Harold. Mary, appelez votre favorite et faites-la tenir tranquille. »

Un mot sur les chiens : Fidèle était un magnifique épagneul pur sang; on aurait pu lui enseigner tout ce qu'un chien est capable d'apprendre; mais son talent se bornait, quant à présent, à très peu de chose, si ce n'est à faire des tours et des jeux pour l'amusement de son jeune maître. Mum était un gros vilain chien d'espèce dégénérée, devant sa principale valeur à son éducation. Il venait des forêts de la Géorgie, où le docteur Gordon avait eu occasion d'apprécier ses bonnes qualités et en avait fait l'acquisition. Mum avait été dressé par ses premiers possesseurs, de véritables coureurs de forêts, à chasser en silence, à suivre la piste des daims ou autre gibier, un peu en avant de son maître, et à lui donner des indications certaines, mais muettes, qu'il était près de la bête qu'il poursuivait. Enfin, ce n'était pas un chien ordinaire, et il le prouva bien en rendant d'éminents services aux jeunes aventuriers dans les difficultés qu'ils rencontrèrent par la suite.

« William, dit le docteur, levez l'ancre, pendant que je maintiens l'arrière. — Mais attendez, laissez-nous voir ce que signifie ceci. »

Et il montra du doigt un homme à cheval qui venait de déboucher d'une pointe de la grève, et qui, les apercevant prêts à partir, secouait son chapeau pour leur dire d'attendre. Le cavalier arriva à toute bride ; quand il fut à portée de la voix :

« J'apporte, dit-il, un mot du chirurgien du Fort qui prie le docteur Gordon de lui remettre un instrument qu'il lui a promis lors de sa visite, et dont il a justement besoin tout de suite.

— Restez à vos places, mes enfants, dit le docteur, je ne serai absent que quelques minutes. William, venez me remplacer et maintenez le bateau en vous retenant à ce pieu. »

Il remonta le débarcadère et se dirigea avec le soldat vers la maison. Il ne fut absent que quelques minutes ; mais, pendant ce court intervalle, survint un incident qui devait le séparer pour longtemps de ses enfants et lui faire craindre bien des fois de ne les revoir jamais en ce monde.

La position du bateau était particulière ; son arrière avait été amarré aux poutres du petit quai de bois pour le maintenir tranquille pendant l'opération de l'embarquement ; l'avant était retenu par une ancre jetée dans l'eau profonde à cet endroit de 15 à 18 pieds à marée haute. L'ancre était levée à moitié quand le docteur avait appelé William pour venir le remplacer à l'arrière ; là, l'amarre avait été défaite au moment où l'on se préparait à partir, et William maintenait le bateau en attendant le retour de son maître.

Cela se passait peu après le lever du soleil. On venait d'entendre un coup de canon tiré du Fort. A peine le docteur avait-il disparu à la vue des enfants que ceux-ci remarquèrent un vif mouvement de l'eau entre le bateau et le Fort, laissant présumer qu'elle était ainsi agitée par une multitude de très gros poissons filant rapidement du côté de la pleine mer.

« Qu'est-ce que cela? » fut la question que se posèrent tous les jeunes voyageurs avec une curiosité craintive en voyant les vagues s'approcher. William retint plus fortement le bateau près du pieu, pour qu'il ne fût pas secoué trop violemment par le remous.

« *Massa Robert*, dit-il d'un ton d'anxiété, *moi craindre il être mauvais tour du Poisson Diable, oui.* »

Et ses yeux eurent un regard effaré et ses lèvres blêmirent.

« *Eux faire à nous du mal*[1]. »

Les enfants se levèrent simultanément et s'élancèrent du côté de l'arrière dans l'intention de sortir du bateau, mais William les repoussa en s'écriant d'un ton effrayé :

« *Arrière, massa Robert, massa Harold et tous! Vous tous assis!* »

Ils s'apprêtaient à obéir quand un vif tournoiement de l'eau

---

1. C'est un poisson plat du genre raie et qui mesure souvent de dix à douze pieds du bout d'une aile à l'autre. De chaque côté de sa tête se trouvent deux espèces de bras flexibles avec lesquels il saisit sa proie ou s'attache à ce qu'il peut rencontrer. Il paraît être aussi stupide qu'il est grand, affreux et fort, laissant rarement échapper un objet qu'il a saisi. Il y a environ un an, on en trouva un mort sur la plage, près de Sainte-Marie en Géorgie, serrant toujours, quoique privé de vie, une énorme pièce de bois à laquelle il s'était attaché.

L'incident relaté dans les pages suivantes est exactement retracé d'après les habitudes connues de ce monstre marin. Il y a encore une foule de personnes qui peuvent se rappeler une aventure du même genre qui a eu lieu, il y a peu de temps, dans la baie de Charlestown.

Les personnes curieuses d'en apprendre davantage sur ce poisson, qui fréquente les mers du Sud, peuvent consulter un volume de *sir William Elliot* intitulé *Carolina Sports*, où il raconte des scènes analogues dans lesquelles il a été en personne un des acteurs.

Il paraît qu'en 1879, un de ces monstres a été pris et tué à cinq lieues de Trouville.

et un soubresaut du bateau les firent tomber à plat ventre. Puis ils entendirent William s'écrier plein de frayeur :

« Oh! seigneur!... A moi!... »

Et, quand ils se relevèrent ils regardèrent autour d'eux et ne l'aperçurent plus. Leur bateau s'en allait à la dérive avec une telle vitesse que l'eau rejaillissait de chaque côté.

« William, William, » cria Robert presque fou.

Mais rien ne répondit, et ils ne le revirent point.

« Oh! par grâce, mon frère, mon cousin, s'écria Mary, qu'y a-t-il donc? »

Mais Robert regardait tristement le rivage dont ils s'éloignaient avec une extrême rapidité, et Harold répondit :

« C'est un de ces affreux poissons qui a saisi notre ancre et nous entraîne vers la pleine mer!... »

L'horrible vérité était évidente, elle fit courir un froid de mort dans les membres de tous. Mary jeta des cris de détresse et tomba évanouie. Robert s'élança comme s'il voulait se précipiter à la mer. Harold se couvrit la figure de ses mains en jetant une plainte douloureuse et, les lèvres serrées, les narines dilatées, il courut à la barre du gouvernail. Quant au pauvre petit Frank, il ne put pas se rendre tout de suite un compte exact du danger qui les menaçait; mais, quand il l'eut compris, son état de détresse était affreux à voir; il étendit ses mains du côté de la terre, et, à l'aspect de son père courant sur le rivage, il s'écria :

« Oh! papa! aidez-nous, cher papa! Oh! envoyez un bateau à notre secours!... Oh! oh! je vous en prie!... »

Il vit en ce moment son père tomber à genoux et élever les mains en signe de prière.

« Oh! oui, papa! priez Dieu de nous secourir!... »

Et tombant lui-même à genoux :

« Oh! Dieu, bénissez mon père, ma mère, mes frères et ma sœur, et venez à notre aide!... » reprit-il.

Le bateau était déjà, à ce moment, à plus d'un demi-mille du rivage. L'intention de Harold, en s'élançant à la barre du gouvernail, était d'essayer de faire quelque chose, n'importe quoi, pour débarrasser le bateau de l'étreinte fatale du poisson-diable. Il prit sa carabine et, se plaçant sur la plate-forme de l'avant, il la dirigea vers le monstre qu'on pouvait apercevoir à quelque dix brasses de profondeur, attaché à la chaîne de l'ancre. Mais, désespérant d'atteindre l'animal à travers la quantité d'eau qui les séparait, il laissa de côté son arme et s'emparant de la hache de William, il en déchargea plusieurs coups sur la chaîne, espérant la couper. Il frappa juste sur le bord du bateau, où il y avait le plus de chance de la rompre : mais, malheureusement, elle était formée de nombreux anneaux très courts et très forts, et ses coups répétés ne servirent qu'à l'enfoncer dans le bois tendre dont le bateau était construit.

« Robert, cria-t-il, cherchez la hache de Frank. »

Mais Robert, terrifié par la peur, restait assis entre sa sœur et son petit frère en larmes, et ne sembla ni l'entendre ni le comprendre.

« Robert, répéta-t-il, levez-vous et soyez un homme!... Apportez la hachette de Frank et venez m'aider à briser cette chaîne. »

Robert ne bougea pas.

« C'est inutile, répondit-il enfin, ne voyez-vous pas que ma sœur est morte! William est mort aussi, et nous mourrons tous...

— Robert, Robert, cria Harold avec une espèce de colère, levez-vous, montrez du courage!... Mary n'est pas morte, elle n'est qu'évanouie et se remettra bientôt.... Arrivez ici et aidez-moi!... »

Au moment où Harold avait dit que Mary se trouvait seulement mal, Robert s'élança de son siège, ôta son chapeau, le remplit d'eau et la jeta à la figure de sa sœur ; il lui frappa dans les mains, frotta vivement ses bras pour rappeler la circulation du sang et l'éventa avec son chapeau mouillé. Au bout de quelques instants, Mary commença à respirer et poussa un soupir.

« Dieu soit loué! s'écria Robert, elle revient à elle. Continuez à l'éventer, Frank, et je vais aller aider Harold.... »

Mais Harold s'était aidé lui-même; il avait couru chercher la hachette de Frank et était revenu à l'endroit où la chaîne était attachée. Il plaçait la hache sous la chaîne, de manière à offrir plus de résistance que le bois pour pouvoir la briser, quand Robert arriva :

« Tenez la hache bien ferme, lui dit-il, pendant que je vais frapper un anneau avec la hachette.... »

Robert fit ce qu'on lui demandait, et Harold frappa de toutes ses forces sur l'anneau sous lequel était la hache. Le coup fut si violent que le fer en rendit un son strident. Presque au même instant, ils perdirent l'équilibre et tombèrent. Le bruit de la hachette sur le fer avait été porté le long de la chaîne et avait effrayé probablement le poisson, car celui-ci, après avoir imprimé une violente secousse au bateau, partit avec une nouvelle rapidité. Harold se releva, s'assura du fait et dit :

« Nous ne pouvons pas empêcher qu'il soit effrayé, mais peu importe; il faut absolument que nous brisions cette chaîne! Essayons encore. »

Il frappa coup sur coup, et le poisson sembla en être affecté comme s'il recevait un choc électrique. Robert jeta ses bras en avant en s'écriant :

« Arrêtez! arrêtez! nous allons sombrer! »

Et, en effet, le poisson, par suite des coups multipliés qu'envoyait Harold sur la chaîne, était descendu si bas que le bord du bateau se trouvait à point à quelques pouces de l'eau; mais le courageux garçon ne s'arrêta pas. Il poussa un cri rauque en regardant le monstre et ses compagnons pâles d'épouvante, puis se prépara à assener de nouveaux coups.

« Robert, cria-t-il, il le faut. Nous devons briser cette chaîne ou mourir! »

Il frappa à coups redoublés, frappa toujours jusqu'à ce que l'eau commençât à venir par-dessus le bord et à embarquer. Il s'arrêta alors et des larmes de rage s'échappèrent de ses yeux.

« Regardez le tenon qui attache la chaîne, dit Robert, peut-être pourrons-nous l'arracher ou le briser plus facilement. ».

Ils essayèrent, le frappant à coups redoublés, à droite, à gauche, mais en vain. Le bateau était trop solidement construit et le tenon trop fort, trop profondément entré dans les pièces de bois pour être retiré. Harold décida qu'il serait plus facile de couper la chaîne.

« N'y a-t-il pas ici une lime, ou même un ciseau parmi les outils? » demanda-t-il.

Ils mirent sens dessus dessous les boîtes et les paquets qui pouvaient contenir des outils, mais inutilement. Alors ils s'assirent, pâles, haletants, à bout de courage.

On était sorti de la baie; les gens sur le rivage, les maisons et même les grands arbres voisins de leur demeure s'étaient effacés graduellement. Ils avaient été entraînés avec une vitesse effrayante pendant près d'une heure et demie. Ils étaient en plein golfe, toujours courant aussi follement. Le monstre, alarmé des bruits répétés qui se faisaient dans le bateau, se cramponnait plus convulsivement à la chaîne qui était l'objet de sa terreur, et, une fois hors de la baie, il se dirigea vers le sud.

« Voilà l'île de Riley, dit Robert, indiquant avec tristesse une terre couverte de hauts palmiers devant laquelle ils passaient, et, plus loin, près du rivage, une barque montée par un homme. — Ah! si Riley pouvait nous voir et essayer de nous rattraper!... Et pourtant, quand cela serait, nul bateau ne peut être mû par le vent ou les rames aussi vite que nous allons.... »

Après quelques instants de silence, il reprit :

« Il y a un moyen que nous n'avons pas encore essayé, c'est de scier la chaîne en deux à l'aide de morceaux de faïence. J'ai lu que du marbre pouvait être coupé avec du grès, et du diamant avec du crin même. Peut-être, en travaillant assez long-temps, arriverions-nous à couper cette chaîne avec des morceaux d'assiettes cassées.... Voulez-vous que nous essayions?

— Oh! oui, essayez quoi que ce soit, » répondit Harold.

Puis, regardant les larges ailes et l'horrible figure du monstre, il dit en grinçant les dents :

« Oh! si seulement il venait assez près de la surface, comme j'essaierais de lui envoyer une balle dans la tête!... »

Ils cassèrent une assiette et commencèrent à scier. Harold travailla une demi-heure et laissa travailler Robert à son tour, ce qu'il fit avec ardeur. S'ils avaient été capables de tenir l'anneau parfaitement immobile et de frotter toujours à la même place, ils auraient peut-être réussi; mais, au bout de deux heures de peine, le résultat fut qu'ils avaient rendu brillant un des anneaux, enlevé la rouille et un peu de métal.

« Oh! jamais, jamais nous n'arriverons! s'écria Harold. En travaillant même jusqu'à minuit, je ne sais pas si nous parviendrons à scier la chaîne, et nous serions alors dans la haute mer sans aucun espoir de revoir notre maison. Robert, je suis exténué, mes mains sont en sang, mes membres ne peuvent plus me supporter, j'ai fait ce que j'ai pu, et maintenant que Dieu nous prenne en sa miséricorde!... »

Jusqu'à ce moment, Harold avait été l'âme et la vie de tout ce que l'on tentait; son courage et son énergie avaient inspiré la confiance aux autres. Mais, dès lors que son esprit courageux faisait défaut et qu'il était assis sur son banc répandant des larmes, il sembla que tout espoir avait disparu.

Robert jeta son morceau de faïence et alla s'asseoir auprès de Mary à l'arrière du bateau, où elle se trouvait. Frank avait

pleuré assez longtemps avant de s'endormir, et il pleurait
encore dans son sommeil, la tête appuyée sur les genoux de
sa sœur. Mary était pâle de souffrance et d'angoisse. Après
avoir recouvré ses sens, elle avait rappelé son courage et essayé
de consoler Frank, dans l'espoir que Harold et Robert, ayant
réussi à briser la chaîne, il serait possible de déployer la
grande voile et de retourner à la maison. Quand Robert vint
s'asseoir, ce mouvement réveilla Frank; il demanda à boire.

« Petite sœur, dit-il, où est papa? Je croyais qu'il était
ici!...

— Non, répliqua Mary, ses yeux s'emplissant de larmes à
la pensée que le pauvre petit s'était réveillé pour apprendre la
triste vérité.

— Papa est à la maison. Oh! petite sœur, j'ai rêvé qu'il
était avec nous, qu'il priait Dieu de venir à notre aide, et que
Dieu avait renvoyé le poisson et que nous retournions tous
chez nous. Robert, avez-vous enfin brisé la chaîne? »

Cette dernière demande était trop poignante pour la force
d'âme de Robert, déjà si éprouvée par des déceptions réitérées.
Il se couvrit la figure avec son chapeau, et tout son corps
trembla d'émotion.

« Mon frère, dit Mary parlant à travers ses larmes, vous ne
devriez pas vous désespérer si vite; cet affreux poisson sera
bien obligé de nous quitter à un moment ou à l'autre;
quelque vaisseau peut passer et nous recueillir à son bord.
Rappelez-vous combien de personnes ont flotté longtemps sur
des épaves, après un naufrage, sans avoir même de quoi
manger, tandis que nous avons assez de provisions pour nous
nourrir pendant plus d'un mois. Cher Robert, et vous, mon
bon Harold, tâchez de rappeler votre courage. »

Elle prit de l'eau qu'elle fit boire à Frank, et lui donna
aussi à manger.

« Mon frère, dit-elle, et vous mon cousin, vous avez travaillé longtemps et vous n'avez ni mangé ni bu, ne voudriez-vous pas réparer vos forces? Voilà de bons gâteaux.... »

Tous deux refusèrent.

« Eh bien, voici un peu d'eau; je suis sûre que vous devez avoir soif.... »

Harold fut si étonné qu'une fille de l'âge de Mary et de son doux caractère, eût une présence d'esprit beaucoup plus grande que la sienne, qu'il eut honte de son désespoir. Il ne connaissait pas encore cet héroïsme de la bonté particulier aux femmes et qui les rend capables de donner des consolations quand un esprit plus fort est dans l'abattement. Il but une gorgée d'eau, en présenta aussi à Robert, mais celui-ci le remercia en disant :

« Je n'ai besoin de rien; nous avons fait tout ce que nous avons pu et cependant....

— Non, mon frère, répondit Mary, pas tout; il y a une chose que nous n'avons même pas essayé de faire, et celle-là peut nous aider plus que toute autre : c'est de prier Dieu qu'il vienne à notre secours.

— Ah! oui, mon frère, dit le petit Frank, rappelez-vous que mon père a prié pour nous quand il nous a vus entraînés, et que ma sœur et moi avons prié ici pendant que vous et Harold étiez à travailler! Dieu, mon frère, Dieu aura pitié de nous si nous le prions ensemble.

— Ce que Frank dit est vrai, ajouta Mary, nous avons prié presque tout le temps pendant que vous étiez au travail, et maintenant voyez quelle différence; quand vous avez renoncé à tout, lui et moi sommes tranquilles et nous espérons. Nous devons tous prier, mon bon frère!

— Je prie et j'ai prié, dit Robert.

— Cela peut être, insista Mary, mais ce que j'entends, c'est que nous adressions la même prière tous ensemble.

— Je ne puis pas prier à haute voix, répondit Robert, je ne

l'ai jamais fait et ne saurais comment le faire. Mais nous pouvons nous mettre à genoux en même temps et demander tout bas que Dieu nous protège. Voulez-vous, Harold, vous joindre à nous en vous agenouillant? »

Comme ils se levaient à cet effet, Frank se mit à dire :

« Frère, voyez donc là-bas, n'est-ce pas un navire qui vient vers nous? »

Leurs yeux se tournèrent dans la direction du doigt de Frank et il devint évident qu'une voile s'élevait en pleine mer, très loin au sud et presque dans leur direction. Le soleil frappait la voile qui paraissait blanche comme la neige.

« Que Dieu soit loué! s'écria Robert, c'est un vaisseau!... Qui sait? On peut nous apercevoir et nous sauver. Agenouillons-nous donc et prions Dieu de nous venir en aide.... »

Ils le firent, et quand ils se relevèrent, le bateau était évidemment plus près.

« Essayons avec la lunette », dit Robert.

Et l'ajustant à ses yeux, il regarda attentivement pendant une minute.

« C'est un schooner ou un brick, dit-il d'abord. Mais non! je vois ses voiles et ses mâts, il est gréé comme un cutter et semble aussi en avoir le rang. Il arrive par ici; si c'est un cutter, il est certainement à la destination de Tampa et pourra nous reconduire chez nous. »

Combien les caractères se modifient suivant les circonstances! Mary et Frank qui, une minute plus tôt, étaient les seuls calmes et disposés à parler sur un ton d'énergie et d'espoir, se mirent à pleurer et perdirent toute énergie, tandis que Robert et Harold, secouant leur abattement, se levèrent et, le regard brillant, se préparèrent à faire de nouveaux efforts. Harold prit à son tour la lorgnette et examina longtemps le vaisseau.

« Il vient à nous, dit-il, ou nous allons à lui très vite, peut-être l'un et l'autre.... Et à présent, qu'allons-nous faire?

— Déployer un signal et charger les fusils, dit Robert, pour attirer leur attention le plus tôt possible. Vite, ma sœur, cherchez-moi un drap!... »

En moins de cinq minutes, le drap était hissé en tête du mât et flottait. En même temps les fusils étaient chargés. On pouvait non seulement apercevoir la coque du navire mais aussi ses abords et ses longs mâts penchés. Il n'y avait plus de doute, c'était un cutter de la douane allant à Tampa.

Il paraissait évident qu'à moins d'un changement de direction du vaisseau ou de leur bateau, ils devaient passer à une grande distance l'un de l'autre : alors que devaient-ils faire? Le ciel s'était entièrement couvert depuis qu'ils avaient aperçu le cutter; les nuages s'amoncelaient avec rapidité de manière à devenir plus menaçants à mesure qu'ils approchaient. Pleins de crainte que la pluie, venant à tomber, finît par masquer leur signal avant qu'il eût été aperçu, les enfants résolurent de se servir de leurs fusils dans l'espoir qu'ils pourraient être entendus à la première décharge.

Le monstre qui les entraînait fut tellement effrayé qu'il imprima une secousse au bateau; ils en furent presque renversés; mais à de nouvelles décharges, il parut avoir de moins en moins peur, jusqu'à ce que, finalement, il cessât de s'émouvoir; peut-être ses forces s'épuisaient-elles.

Peu de temps après, ils entendirent deux coups de canon, et presque aussitôt un signal fut hissé à l'un des mâts du cutter....

« Ils nous voient! Ils nous voient! crièrent Robert et Mary.

— Mais pourront-ils nous secourir? dit Harold, nous courons entre eux et la terre à une vitesse telle que nul navire ne

pourrait le faire, excepté par un ouragan. Il y a en outre à
peine assez de vent pour gonfler leurs voiles, et tout me
semble contraire à ce qu'ils puissent nous venir en aide.
Robert, il faut absolument que nous brisions cette chaîne, ou
nous sommes perdus. »

Il se faisait évidemment quelque mouvement à bord du
cutter; on pouvait apercevoir, au moyen de la lunette, plusieurs personnes regardant de leur côté. Elles se préparaient
à descendre une chaloupe, mais non pas sans hésitation. Cette
circonstance s'expliqua bientôt par le singulier aspect des
nuages : entre le bateau et le vaisseau, ils étaient devenus
excessivement épais, sombres et menaçants.

La partie centrale de cette nuée noire prit tout d'un coup
la forme d'une trompette dont le bout pointu descendit vers la
mer, tandis qu'une large colonne liquide monta de la mer
vers le nuage. Alors, l'eau et le ciel se joignirent en jetant un
mugissement terrible.

« C'est une trombe! dit Robert : si elle rencontre le vaisseau,
il est perdu. Regardez, Harold, voyez! voyez!... »

Le cutter commença à donner des signes manifestes de
l'effet du tourbillon : ses voiles se gonflaient en tous sens, ses
mâts pliaient, et on entendit presque aussitôt deux coups de
canon destinés sans doute à rompre la trombe. On vit enfin
la colonne descendante remonter graduellement et se perdre
dans la masse noire des nuages qui versèrent de tels torrents
de pluie que le navire disparut aux yeux des jeunes gens.

Ils entendirent cependant un nouveau coup de canon.

« Ah! ceci est pour nous, dit Robert, répondons-leur aussi
bien que nous le pourrons. »

Ils tirèrent des coups de fusil les uns après les autres, ils
entendirent des coups de canon leur répondre; mais le bruit
s'éloignant toujours, il fallut abandonner leur dernier espoir
d'être sauvés par le cutter. Il devait être fort loin et caché par

LA TENTE FUT DÉBARQUÉE ET DRESSÉE EN UN TOUR DE MAIN.

la pluie qui l'enveloppait. Pour leur compte, ils n'avaient pas encore eu de pluie, mais le ciel était très chargé de nuages au-dessus d'eux, et l'orage paraissait imminent.

Ils étaient bien loin de leur maison; ils ne pouvaient se faire une idée de la distance qui les en séparait, et loin aussi sans doute de toute terre. Les pauvres enfants retombèrent dans un découragement trop naturel après une déception si cruelle.

En cet instant, un éclair et un coup de tonnerre éclatèrent et frappèrent l'eau à quelques cents mètres devant eux. Les enfants avaient presque été aveuglés et assourdis.

Subitement leur bateau s'arrêta dans sa course folle. Ils coururent à l'avant et virent la chaîne tombant perpendiculairement dans l'eau. Le poisson avait disparu. Terrorisé sans doute par l'éclat de la foudre, il avait laissé échapper l'ancre et s'était enfin rejeté en arrière.

« Dieu merci, nous sommes délivrés! » cria Robert d'une voix triomphante, tandis que Harold se hâtait de relever la chaîne pour la mettre à l'abri d'un nouveau caprice du monstre.

Après les premiers transports de joie, on examina l'horizon.

Une terre apparaissait à sept milles environ vers le sud, mais probablement sauvage et déserte; il devait être difficile d'y aborder. Peut-être même serait-elle inhospitalière. N'importe. Du moins on avait un but maintenant, on n'obéissait plus à une force aveugle. La voile fut déployée et le cap mis sur la côte. La mer était redevenue calme et unie, mais il y avait encore assez de vent pour espérer gagner la terre avant la nuit. Robert prit le gouvernail, Harold dirigea la voile.

Les choses se montraient sous un aspect si rassurant que Mary ne tarda pas à étaler de nouveau ses provisions. Cette fois on leur fit bon accueil, et tout le monde mangea avec grand appétit. Frank, tout spécialement, était ravi à l'idée qu'ils allaient enfin aborder quelque part.

Aussi loin que pouvait porter la vue, au nord et au sud, s'étendait une plage de sable blanc, coupée de loin en loin de monticules. Devant le canot s'ouvrait une petite baie formée par l'embouchure d'une rivière ou un étroit bras de mer, ce qu'il était malaisé de déterminer; elle était bordée au sud par une forêt épaisse, et au nord par un fourré de palétuviers. Les jeunes navigateurs entrèrent dans cette baie avec l'espoir d'y trouver une place favorable à jeter l'ancre pour la nuit.

Un peu avant le coucher du soleil, ils atteignirent, en effet, un endroit propice, près de la forêt. Après toute une longue et mortelle journée d'angoisses passée dans le canot, on peut croire qu'ils furent heureux de remplacer leur inaction fatigante par quelques instants d'exercice sur la terre ferme.

Le premier soin de Harold fut d'escalader un monticule et de regarder dans toutes les directions pour chercher s'il apercevrait des habitations. Mais pas la moindre trace de fumée ou d'êtres vivants ne lui apparut : rien qu'une forêt vierge à gauche, une terre stérile et sablonneuse à droite.

« Je pense que nous pouvons dormir tranquilles cette nuit sur cette plage, sous la garde de nos chiens, dit-il en revenant; on ne pourra approcher sans que nous soyons avertis. Je n'aimerais pas que nous restions dans le bateau; un de ces vilains poissons n'aurait qu'à s'aviser de nous reprendre! »

Ils acquiescèrent tous à la proposition.

La tente fut débarquée et dressée en un tour de main. Les manteaux et les couvertures entassés sous cet abri, les piquets solidement enfoncés, les armes et les munitions mises à portée, on s'occupa de faire du feu avec les branches d'un chêne tombé à peu de distance.

Mary eut bientôt préparé du thé qui fut trouvé délicieux. Il ne resta plus alors qu'à assurer le bateau en fichant profondément l'ancre dans le sable du rivage, et à se glisser sous la tente, pour y goûter un sommeil bien gagné.

Seuls, les deux chiens veillèrent toute la nuit sur les pauvres enfants dont ils étaient désormais les seuls protecteurs.

CHAPITRE V

A LA DÉCOUVERTE. — UN DÉJEUNER D'AVENTURIERS. — RECHERCHE
DE L'EAU. — RÉUSSITE INESPÉRÉE. — LE BANC D'HUITRES. —
LE SORT D'UNE FOUINE. — LE PLUMET ET L'ÉVENTAIL. —
COMMENT ON ROTIT UN DINDON SANS FOUR.

Un peu après le lever du soleil, Mary se réveilla en sentant
Frank passer son bras autour de son cou. Elle ouvrit les yeux,
et, voyant la toile blanche au-dessus de sa tête, fut toute
surprise; mais bientôt le souvenir de la fatale journée de la
veille revint à son esprit, et elle se sentit le cœur serré. Ce ne
fut qu'un instant de faiblesse passagère. Mettant doucement son
bras autour de Frank, elle le rapprocha et lui donna un baiser.

« Petite sœur, dit l'enfant en s'éveillant tout à fait, est-ce
bien vous? Je croyais que c'était papa. Mais quelle est cette
maison?... Oh! je me rappelle, c'est notre tente!... »

Frank poussa un long soupir, se serra près de sa sœur et lui
pressa la tête sur sa poitrine; il semblait réfléchir tristement.
Une minute à peine écoulée, il sauta hors de la couchette et
commença à s'habiller. Regardant à travers le rideau qui
séparait la tente en deux parties, il dit :

« Mon frère et mon cousin Harold dorment toujours, faut-il
les éveiller?

— Non, non, répondit Mary, ils doivent être encore fatigués
de leur dur travail et de leurs émotions d'hier; faisons notre
prière et sortons sans bruit pour aller voir le bateau. »

La première chose qui frappa leurs regards en arrivant en plein air fut Nanny et ses chevreaux; la marée était descendue pendant la nuit, laissant le canot à sec sur le sable; la chèvre affamée avait saisi cette occasion de sauter à terre avec ses petits pour paître l'herbe et les feuilles fraîches.

Les pensées de Mary, en sa qualité de ménagère, se tournèrent alors vers le déjeuner. Elle et Frank rallumèrent le feu dont le craquement et la lueur éveillèrent bientôt les deux dormeurs. A peine debout, ils allèrent au canot pour voir si tout était en ordre. Nul changement n'était survenu.

Mais la vue du bateau n'en attrista pas moins les 'eux jeunes gens en leur rappelant combien ils étaient loin de leur foyer et quels terribles dangers ils avaient courus. Pendant quelques minutes pas un ne rompit le silence. Sans doute ils devinaient d'instinct, sans se les communiquer, les pensées qui s'agitaient dans leur esprit. Enfin, Frank vint près de Robert et, le regardant en face, il lui dit:

« Ne pensez-vous pas, frère, que papa va envoyer quelqu'un à notre recherche?

— Oui sans doute, s'il pouvait avoir le moindre indice du lieu où nous sommes, répondit Robert d'un ton chagrin; mieux que cela, je suis sûr qu'il viendrait lui-même!...

— Je pense qu'il enverra quelqu'un, dit Frank, car je me rappelle que, lorsqu'il s'est mis à genoux au bord du rivage en priant pour nous, il s'est tourné du côté du soldat à cheval en nous montrant, et aussitôt l'homme est revenu au grand galop vers lui....

— Quoi qu'il en soit, reprit Robert, si notre père ne vient pas ou n'envoie pas à notre recherche, il est une chose que nous pouvons toujours faire, c'est d'essayer de retourner près de lui!... »

Il se baissa alors vers son frère et l'embrassa avec effusion, puis il se joignit à Harold, et ils se mirent à marcher côte à côte sur la plage.

Pendant toute la matinée, Harold paraissait, contre son ordinaire, aussi grave et pensif que le soir précédent.

« Robert, dit-il quand ils furent assez loin pour n'être pas entendus des autres, j'ai réfléchi depuis notre lever à ce qu'il conviendrait de faire aujourd'hui, mais mon esprit ne peut s'arrêter à aucun plan. Qui sait combien de temps s'écoulera avant que nous revoyions Bellevue, et quels dangers nous attendent !... Quelle écrasante responsabilité pèse sur nous !... Si encore nous étions seuls !... Mais penser que nous avons charge de votre sœur, de ce pauvre petit Frank.... Voilà ce qui me paralyse et m'enlève la force de prendre un parti.... »

Un bêlement inquiet, ayant l'air d'un appel de Nanny, qui paissait au bas d'un monticule avec ses chevreaux, attira à ce moment l'attention des deux jeunes gens et vint les distraire du douloureux sujet de leur causerie.

Mum et Fidèle s'étaient élancés à la première alerte, en donnant des signes évidents d'agitation. Les enfants se hâtèrent de les suivre, le fusil à la main. Mais ils eurent beau regarder dans toutes les directions, ils ne découvrirent rien qui justifiât cette émotion soudaine.

Fidèle remuait la queue avec rage, et le dos de Mum était tout hérissé par la colère. Il fallait bien pourtant qu'il y eût un motif à ces manifestations.

« Qu'est-ce que cela peut-être? se demanda Robert.

— Il faut en avoir le cœur net! dit Harold. Ici... Mum!... Cherche!... Ici, Fidèle!.. cherche!... »

Les deux chiens s'élancèrent, avec des aboiements furieux, vers un grand chêne qui dressait tout près de là sa tête altière. Ils bondissaient autour de l'arbre, ou, grattant le tronc, semblaient vouloir s'élancer jusqu'aux branches.

Harold et Robert, tout à fait intrigués, examinèrent attentivement l'épais feuillage qui s'étalait au-dessus de leurs têtes, et finirent par découvrir, à mi-hauteur de l'arbre, un charmant petit écureuil noir.

« Quoi, folles bêtes?.. c'est là ce qui vous agite à ce point!.. s'écria Harold, en épaulant son fusil. »

Le coup partit, l'écureuil tomba sur le gazon.

Cet animal était très gras, s'étant nourri des glands doux du chêne, et il paraissait aussi jeune et tendre. Harold l'emporta à la tente dans l'intention d'en faire un surcroît à leur dîner. C'est le meilleur gibier des bois. Tout le monde admira sa fourrure noire et luisante, et Frank demanda instamment la riche et épaisse queue, qui lui servirait, dit-il, à se faire un plumet.

Cette petite diversion, si insignifiante qu'elle fût, exerça un effet salutaire sur les esprits des jeunes gens et leur fit pour un instant oublier leur situation.

Eussent-ils connu le pays aussi bien qu'ils eurent l'occasion de le connaître plus tard, ils n'auraient pas été si tranquilles ni si facilement satisfaits.

Quand ils s'assirent sur l'herbe pour leur frugal déjeuner, Frank se mit à rire de voir combien toutes choses étaient peu confortables. Il n'y avait pas de table et, bien entendu, pas de chaises; tous les convives se tenaient accroupis sur leurs talons, excepté Mary qui, étant la ménagère, fut honorée d'un siège formé d'un morceau de bois, couvert d'un manteau plié. Ce fut un vrai déjeuner d'aventuriers.

« Je pense que la première chose à laquelle nous devions songer ce matin est de chercher de l'eau, dit Harold en déjeunant. La chèvre a l'air d'avoir grand soif, et, comme notre cruche est à moitié vide, il ne se passerait pas beaucoup de temps sans que nous soyons altérés à notre tour. Mais comment nous arrangerons-nous? Mary et Frank doivent-ils rester à la tente, ou devons-nous aller tous ensemble?

« — Oh! tous ensemble, cria Mary; je ne suis pas contente de l'aspect qu'avaient ces chiens avant déjeuner; ils m'ont effrayée. Il est possible qu'il n'y ait rien à craindre; mais, s'il arrivait quelque chose, que deviendrions-nous, Frank et moi!

— Eh bien, partons tous ensemble, décida Robert, et, puisque vous n'avez rien à faire, Frank, je vous institue maître guetteur. »

Ils montèrent la petite falaise et regardèrent dans toutes les directions pour reconnaître, si possible, de quel côté ils pourraient trouver ce qu'ils cherchaient; mais nulle part ils n'aperçurent le moindre signe ou la moindre promesse d'eau douce. Très avant au midi, aussi loin que la vue pouvait porter, la campagne paraissait sèche et sablonneuse. Du côté de l'est, s'étendait le bras de mer; mais il semblait ne pas avoir d'autre courant que celui de la marée journalière, et le rivage ne donnait aucune indication qu'il fût traversé par des ruisseaux.

« Cela sera un grand inconvénient si nous ne parvenons pas à nous procurer de l'eau potable, remarqua Harold; nous serons forcés de changer de campement sans délai, car notre provision sera bientôt épuisée. Mais, après tout, il n'est pas si fatigant de chercher. De quel côté voulez-vous aller d'abord?

— Par la grève, proposa Robert. Voici un fait relatif aux côtes sablonneuses que peut-être vous ne connaissez pas: il paraît que très souvent, la meilleure eau se trouve sur la grève, juste à la marque des hautes marées. J'ai entendu papa expliquer le fait en disant que l'eau de pluie est plus légère que celle qui est salée, que la pluie filtre probablement à travers les sables et trouve son écoulement juste au-dessus de la surface ordinaire de la mer. Je pense donc que notre meilleure chance de trouver de l'eau fraîche est sur le bord de la mer, sur le sable. »

Ils n'avaient pas marché beaucoup le long de la rive quand ils entendirent quelque chose s'élancer lourdement dans l'air. En y regardant, ils aperçurent ce que Mary et Frank supposèrent être une énorme volée de buzards fuyant rapidement du côté de la forêt en passant très près d'eux.

« Qu'est-ce que cela? demanda Robert tout surpris. Sur ma parole, Harold, ce sont des dindons!.. des dindons sauvages!... »

Comme il disait « dindons sauvages », on entendit le coup de fusil de Harold, et on vit tomber un des oiseaux; il avait l'aile brisée.

« Ici, Mum! » cria le jeune chasseur.

Mum était une bête trop bien élevée pour ne pas connaître son devoir : il s'était élancé avant que l'oiseau eût eu le temps de se mettre sur ses pattes, et le tenait quand Harold arriva et mit fin à ses souffrances.

« Voici un fameux dîner, dit-il en l'élevant au-dessus de sa tête; tâtez comme il est gros, soupesez-le!...

— En effet, dit Robert, et c'est un beau coup de fusil! J'aurais dû, moi aussi, me servir du mien; mais, ne croyant pas être si tôt à même de chasser, j'ai été surpris à la vue de ces oiseaux et surtout de leur grand nombre.

— Quel bel éventail ferait sa queue! dit Mary, examinant les riches raies brunes et blanches du bout des plumes; il faudra le rapporter à la maison pour maman, quand elle viendra nous rejoindre. »

Mais, pensant aussitôt à leur triste position, elle ajouta doucement :

« Si nous pouvons jamais la revoir, pauvre mère!...

— Laissons le dindon attaché à cette branche, nous le prendrons à notre retour, dit Harold. Et maintenant, à la recherche de l'eau! »

Ils retournèrent au bord de la mer, marchèrent au ras du sable durci. La marée, ou plutôt la demi-marée (ainsi qu'on l'appelle sur ces côtes où il y a flux et reflux toutes les trois heures) étant presque basse, ils avaient toute facilité pour découvrir un courant d'eau douce, s'il en existait.

« VOILA L'EAU! ARRIÈRE, MUM, ET VOUS FIDÈLE. »

« Il y a de l'eau dans les environs, dit Harold, découvrant les traces que les chiens avaient faites et qui avaient été en partie effacées par le flot. Nos chiens ont passé par ici la nuit dernière avant la marée haute, et ils ont l'air d'avoir largement trouvé à boire et à manger, s'il faut en juger qar le peu d'appétit qu'ils ont montré à déjeuner. »

Quand ils eurent marché pendant environ un demi-mille, Robert, qui allait en tête, appela ses compagnons en s'écriant :

« Voilà l'eau et aussi les traces de nos chiens tout autour et dans l'eau même ! — Arrière, Mum, et vous Fidèle ! » — comme ils voulaient encore patauger et boire.

L'eau était bonne, très abondante ; ils étanchèrent leur soif et se préparaient à retourner à la tente chercher des seaux pour en emporter une provision, quand Harold continua de suivre la trace des chiens pour savoir ce qu'ils avaient trouvé à manger.

« J'ai aperçu, dit-il en revenant au bout de quelques minutes, pas loin d'ici un banc d'huîtres magnifiques. »

C'était une tâche facile de les ouvrir ; mais Harold parut dégoûté à l'idée de les manger vivantes. Cependant l'exemple de Robert fut contagieux, et, quand il eut assuré que c'était le mode primitif et ordinaire de manger ces mollusques, chacun l'adopta et s'en trouva bien. Comme ils étaient occupés à choisir les plus belles, ils entendirent Frank appeler avec une joyeuse exclamation.

« Ohé ! ohé ! regardez donc ! Voici une grosse patte de chat prise entre les coquilles de cettre huître !... Je m'étonne qu'un chat ait pu se couper lui-même une patte pour se sauver.

— Qu'est-ce que cela ? dit Robert en se rapprochant. Eh quoi ! reprit-il, vous n'avez jamais entendu parler d'une fouine prise par une huître ?

— Jamais ! s'écrièrent tous les enfants. Mais dites-vous cela sérieusement ?

« — Très sérieusement. Le fait a souvent été rappelé, et voici une nouvelle preuve de ce qu'on raconte à cet égard. On dit qu'une espèce de fouine est très friande d'huîtres, qu'elle arrive à un certain moment de la marée, alors qu'elles s'ouvrent pour se nourrir de ce que leur apporte la mer, la bête saisit un instant favorable pour fourrer sa patte entre les écailles, arracher l'huître avant qu'elle ait eu le temps de se refermer et s'en repaître. Mais parfois l'animal n'est pas assez prompt, et il se trouve pris entre les deux écailles. C'est probablement ce qui est arrivé ici; la fouine sera venue cette nuit dans l'intention de se régaler d'huîtres, et elle a été prise et retenue par la patte. Nos chiens sont survenus là-dessus et se sont accommodés de sa chair.

— Je doute fort que les chiens mangent les fouines! dit Harold. Ils les chassent, les fatiguent, s'en amusent comme font les chats des souris; mais je ne crois pas qu'ils s'en repaissent, à moins qu'ils soient affamés....

— Alors peut-être faut-il ajouter foi aux récits de ceux qui assurent que la fouine, poussée à l'extrémité par la faim, finit par se ronger la patte pour se dégager.

— Vraiment, dit Harold, ceci est une curiosité, et il faut que j'emporte cette huître à la tente pour examiner le cas plus à loisir. »

Chacun prit des huîtres autant qu'il pouvait, et on retourna à la tente. Ils arrivèrent vers dix heures et commencèrent à préparer le gibier devant servir au repas. Robert coupa la queue de l'écureuil pour Frank, il retira l'os sans endommager la peau et y inséra une petite baguette mince et flexible, de manière que, lorsqu'elle serait sèche, Frank pût s'en faire, comme il le disait, un plumet. La préparation de la queue du dindon fut dévolue à Harold; il coupa l'os de la queue qui portait les plumes, en ôta avec attention la chair et les cartilages, la dressa en éventail et la fit sécher au soleil.

« C'est réellement un beau pays que celui-ci, dit Robert faisant allusion, d'un air de gastronome, à l'abondance des provisions qui étaient étalées à ses pieds : un dindon sauvage, un écureuil, des huîtres. Je doute que notre vieil ami Robinson Crusoë ait eu autant de chance que nous en avons....

— C'est en effet un bel et bon pays, dit Harold à son tour, et, tant que nous aurons de la poudre et du plomb, je pense que nous pourrons vivre comme des princes. Mais, ami Robert, continua-t-il, il est temps que nous nous concertions pour arrêter un plan d'opérations. Qu'allons-nous faire?...

— Faire? dit Robert ; tout simplement retourner à la maison aussitôt que ce sera possible!

— Volontiers. Mais par quel chemin? Voilà la question.

— Eh! dit Robert, par le même chemin que nous avons suivi! seulement il faudra se tenir un peu plus près de la côte.

— Et qui pourra nous indiquer la direction à prendre? demanda Harold.

— Par là! répliqua Frank en montrant la mer vers le sud.

— Non, mon ami, dit Robert, c'est bien de là que nous sommes venus en dernier lieu, nous sommes arrivés par la mer, mais la maison est là-bas, ajouta-t-il en montrant à peu près le nord.

— Je pense que vous êtes tous deux dans l'erreur, dit Harold; dans mon opinion la maison est de ce côté, presque vers l'est. — Après tout, je me rappelle que, lorsque je travaillais à la chaîne, le soleil était derrière moi, car mon ombre tombait dans l'eau, et je ne me souviens pas que nous ayons changé de direction. Autant que je puis le croire, nous voguions vers l'ouest au départ, et nous nous sommes toujours tenus ouest.

— Cela nous aurait conduits en plein golfe du Mexique, dit Robert.

— C'est en effet dans le golfe où je pense que nous sommes, affirma Harold.

— Mais il n'y a pas d'îles dans le golfe, reprit Robert, ni de terre après qu'on a quitté Tampa jusqu'à Mexico, et certainement ce n'est pas ici Mexico !

— Je ne sais pas où nous nous trouvons, dit son cousin ; ce dont je suis certain, c'est que, lorsque nous avons quitté la maison, nous étions tournés à l'ouest et que la mer a toujours battu notre avant pendant dix longues heures. Avec quelle vitesse avons-nous marché, à quelle terre avons-nous abordé ? Je n'en sais là-dessus pas plus que Frank.

— Mais nous avons vu des îles et des pointes de terre à notre gauche, insista Robert, il est impossible que nous soyons dans le golfe.

— Où nous supposez-vous donc débarqués ?

— Sur la côte de la Floride, au sud de Tampa ; il n'y a pas d'autre endroit répondant à la description.

— Et comment savez-vous que nous ne sommes pas sur une île ?

— Nous pouvons être sur une île ; mais, s'il en est ainsi, c'est toujours sur les côtes de la Floride, car il n'y a pas dans ces parages d'îles autres que les Indes occidentales, et nous ne sommes certainement pas dans l'une d'elles. »

Harold secoua la tête d'un air de doute.

« Je ne saurais répondre à votre raisonnement, car vous avez été meilleur écolier que moi. Nous pouvons être où vous supposez ; je confesse cependant que, sans votre connaissance supérieure en géographie, je n'aurais jamais pu en douter. Mon impression reste, malgré cela, que nul de nous n'est assez sûr de lui pour affirmer que nous nous trouvions loin du continent. Un long voyage dans un canot non ponté, sur une mer agitée, n'est pas une petite affaire, et je m'en effraye. Mettez-moi sur la terre ferme, et je promets de faire autant qu'un autre garçon de mon âge; mais, si je suis en mer, loin de la vue du rivage, je deviens un poltron, parce que je ne sais ni où je suis, ni comment je dois agir.

— Que résoudre, enfin? dit Robert, nous ne pouvons rester ici toujours!...

— Non, mais nous pouvons y rester, ou quelque part ailleurs aussi en sûreté, jusqu'à ce que nous comprenions mieux notre situation! répondit Harold. Et qui sait si dans l'intervalle il ne passera pas quelque navire qui pourra nous reconduire chez nous! Il en est passé un hier. »

Robert réfléchit un instant, puis répondit :

« Je pense que vous avez raison en nous conseillant d'attendre. Papa va mettre tout en œuvre pour nous chercher. Le cutter que nous avons vu hier lui fera sûrement savoir dans quelle direction nous naviguions. Il est indubitable que ses investigations l'amèneront dans notre voisinage. Il nous faut donc rester ici, si nous le pouvons sans danger... »

Mary et Frank étaient attentifs et écoutaient le colloque sans y prendre part. Mary changea plusieurs fois de couleur suivant les motifs d'espérer ou les objections à un retour immédiat que faisait naître la discussion; elle était pleine d'anxiété, principalement à cause de son père, son cœur affectueux se brisant à l'idée du désespoir qu'il devait éprouver. Mais, quand elle réfléchit sur l'incertitude de leur position et les dangers d'un nouveau voyage, quand elle se fut dit que leur père avait probablement reçu de leurs nouvelles par le cutter, elle fut presque satisfaite de rester.

Le pauvre petit Frank pleura amèrement à la nouvelle qu'on ne s'en retournerait pas tout de suite; mais sa nature gaie reprit bientôt le dessus, et quelques mots suffirent à lui faire la peinture d'un beau vaisseau avec son père à bord, quittant leur jolie baie pour venir les prendre et les ramener à Bellevue.

« Avant de décider si nous devons rester ici, je pense, dit

Harold, qu'il faudrait d'abord faire en bateau le tour de l'île, si c'en est une, et voir sur quelle sorte de terre nous nous trouvons.... »

Cette idée était si juste qu'elle reçut l'assentiment de tous. Ils fixèrent au lendemain matin le moment de leur départ, et, ne sachant pas combien ils pourraient rester de temps, ni le chemin qu'ils auraient à parcourir, ils se déterminèrent à prendre avec eux tout ce qu'ils avaient.

« Mais, demanda Mary, qu'allons-nous faire de notre gros dindon? Le ferons-nous cuire ici ou l'emporterons-nous cru?

— Faisons-le cuire ici, dit Harold, je vous montrerai la manière indienne de rôtir sans four. »

Parmi les outils embarqués par William, il y avait une bêche et une houe. Harold les prit, creusa un trou dans la partie la plus sèche du rivage, et il demanda à Robert de prendre Mary et Frank et d'aller ramasser une provision de menu bois aux arbres qui croissaient plus haut. Le trou avait deux pieds et demi de longueur et de profondeur, un pied et demi de large environ, et ressemblait assez à une petite fosse.

Frank regarda attentivement son cousin et lui demanda s'il allait y avoir un enterrement, puisqu'il creusait une tombe.

« Oui, dit Harold, un enterrement qui ne sera pas trop triste. »

On coupa le bois en brindilles, on en emplit le trou et on y mit le feu.

Harold dit alors :

« Il y a une autre précaution à prendre, à laquelle je n'ai songé qu'en creusant le trou : c'est d'élever un mât de signal, pour qu'on le voie de la pleine mer.

— Faut-il que nous soyons étourdis de n'avoir pas pensé à cela plus tôt! dit Robert. Ce serait une négligence impardonnable de quitter cette côte, comme nous devons le faire demain, sans y laisser quelque signe indiquant que nous sommes dans le voisinage. »

Les enfants s'en allèrent dans le bois, où ils abattirent un jeune arbre haut et droit; ils le parèrent avec la hache, et il fut transporté auprès de la tente. On y cloua le drap qui leur avait déjà servi de signal; après quoi, le mât improvisé fut planté au bord de la mer, de manière qu'il pût être aisément aperçu du large et caché à la vue de l'intérieur des terres par les monticules voisins. L'opération terminée, les enfants contemplèrent tristement, mais avec espoir, cette silencieuse sentinelle chargée d'avertir leurs amis qu'ils étaient attendus. Et, après beaucoup de souhaits faits mentalement, ils retournèrent à leur tente.

Le bois était entièrement consumé dans la fosse; mais, à cause de l'humidité du terrain, ce four de campagne n'était pas encore assez chaud. On apporta donc une nouvelle provision de bois; pendant qu'il brûlait, nos jeunes aventuriers allèrent faire une autre récolte d'huîtres et chercher de l'eau. Les soucis de la vie commençaient pour eux.

Enfin, le four se trouva suffisamment chauffé. Harold pria Robert d'en retirer les cendres et tous les petits restes de bois non consumés. Il retourna couper une espèce de broche pour la passer au travers du dindon, de manière à la placer, retenue par les deux bouts, dans des trous qu'il avait fait exprès pour que la bête se trouvât suspendue au milieu du four.

Il était presque nuit. Les enfants, rangés en cercle, admiraient le simple procédé par lequel leur dindon allait se trouver si bien cuit, lorsque, à la surprise de tous, Mary partit d'un grand éclat de rire.

Harold lui demanda la cause de cette hilarité.

« Je pensais, dit-elle, presque étouffée par son fou rire, combien il serait plaisant, demain matin, quand vous viendrez visiter votre four pour voir si le dindon est bien rôti, de trouver que les chiens ont visité la fosse avant vous.

— C'est pourtant vrai, dit Harold très amusé de l'idée, je

n'avais pas pensé aux chiens. Mais venez tous me donner un coup de main, et nous aurons bientôt mis notre rôti à l'abri de tout danger. »

Il les conduisit en haut du monticule et, la hachette en main, il les chargea de petites branches et de feuilles de palmiers. Les baguettes furent posées en travers du four, puis une épaisse couche de feuilles fut entassée par-dessus.

« J'avais oublié cette partie de la cérémonie, dit-il ; elle est pourtant indispensable, et ce couvercle servira non seulement à garantir notre gibier de la dent des chiens, mais encore à conserver la chaleur. Je vous montrerai au moment de nous coucher un moyen plus sûr d'empêcher qu'ils nous jouent de mauvais tours.

— Oh ! vous les attacherez, dit Mary.

— Tout simplement, et c'est le meilleur moyen, je vous assure, de les mettre hors d'état de faire des sottises. »

Enfermé presque hermétiquement dans la chaude cellule et convenablement assaisonné, le dindon fut alors abandonné à son sort pour toute la nuit.

CHAPITRE VI

ASPECT DU PAYS. — LES ORANGES. — LA DOUCE-AMÈRE. — LE
SERPENT A SONNETTES. — SIGNES PRATIQUES POUR RECONNAITRE
UN SERPENT INOFFENSIF D'UN VENIMEUX. — DIFFÉRENTS MOYENS
DE TRAITER UNE MORSURE DE SERPENT A SONNETTES. — RETOUR
A LA TENTE. — DÉCEPTION. — UN NOUVEAU GENRE DE PÊCHE.

Le lever du soleil trouva nos jeunes aventuriers faisant leurs
préparatifs pour mettre à exécution leur projet de la veille.
Quand Harold alla découvrir le four, il trouva le dindon cuit
à point, d'une couleur brune tout à fait réjouissante, et du
trou encore tiède s'exhala une odeur si tentante pour l'appétit,
qu'on ne tarda pas à se mettre en devoir de le satisfaire.

Le déjeuner terminé, le premier ouvrage fut de charger le
bateau ; pendant ce temps, Harold, à la prière de Robert, prit
Frank avec lui, et alla jusqu'à la lisière de la forêt pour tâcher
de trouver quelque gibier qui pût servir à la nourriture des
chiens. Très peu de temps s'était écoulé lorsqu'on entendit
deux détonations du fusil de Harold, accompagnées d'aboiements des chiens et, moins d'une demi-heure après leur départ, on vit revenir les chasseurs chargés chacun d'un lièvre.

« Vois donc, frère Robert, vois donc, sœur Mary ! fut la
première et joyeuse exclamation de Frank quand il arriva. J'ai
pris celui-ci moi-même, Fidèle l'a poursuivi dans un arbre
creux. Oh ! c'est un fameux chasseur de lièvres ! Mum n'est
propre à rien, il ne veut pas chasser le lièvre du tout ; il s'est

assis et nous a regardés, pendant que Fidèle courait après. N'est-ce pas une belle pièce?

— En effet, dit Robert, je suis sûr qu'avant que nous puissions revoir Bellevue, vous ferez un chasseur de premier ordre. »

Le chargement du bateau étant achevé, on y fit entrer les chiens, la chèvre et ses petits, on poussa au large, la voile fut livrée à une brise favorable, et on remonta gaiement le cours de la rivière.

Pendant un mille et demi environ, l'eau sur laquelle voguait le canot s'écoulait dans un détroit s'étendant de l'est à l'ouest, puis tournant brusquement au nord, où son cours pouvait être facilement suivi des yeux pendant plusieurs milles à travers les trouées existant dans les palétuviers. Juste à l'endroit où la rivière changeait de direction, un petit cours s'était formé et descendait au sud. Ce ruisseau fuyait en serpentant à une distance très grande, embrassant le rivage de ses replis serrés, puis se prolongeant encore pendant un quart ou un demi-mille, il bornait quelques centaines d'acres de marais, et revenait de là à environ un jet de pierre de la place où il avait pris naissance.

Comme le but des voyageurs était d'explorer cette terre, ils entrèrent dans ce cours d'eau qui paraissait former la limite est de l'île. Ils remarquèrent que la végétation, qui était d'abord rare et pauvre près de la mer, s'accroissait rapidement et devenait riche et luxuriante à mesure qu'ils avançaient : hauts palmiers, pins, noyers d'Amérique, chênes, mangoliers, arbres à gomme et cyprès, élançaient leurs têtes altières vers le ciel, pendant que leurs bases étaient entourées ou cachées par des bouquets de myrtes, de palmiers nains et autres arbustes buissonneux entremêlés d'arceaux formés par le jasmin jaune et la vigne, tandis qu'une épaisse verdure émaillée de fleurs aux riches couleurs s'étendait, comme un magnifique tapis, sous ce riche dais. Quelques-unes des fleurs qui brillaient encore, à cette époque du déclin de la saison, au-dessous de ce grand temple gothique, étaient aussi belles que rares.

Pendant cinq minutes environ, ils suivirent les nombreux méandres du petit cours d'eau, tantôt à la rame, tantôt à la voile, jusqu'à ce qu'enfin il obliquât subitement à l'est, se divisant en un nombre infini de bras qui se perdaient dans des marais. Heureusement, toutefois, pour les explorateurs, le petit canal se terminait par une place très favorable pour débarquer, formée de sable durci et de débris d'écailles, où ils amarrèrent leur bateau à une racine qui se projetait près de l'eau, et ils prirent terre pour examiner l'aspect du pays. A leur grande surprise, ils n'avaient pas marché vingt pas qu'ils s'aperçurent que ce n'était qu'une étroite langue de terre, de deux ou trois cents mètres à peine de large, et que de l'autre côté était encore un cours d'eau tout à fait semblable à celui qu'ils venaient de quitter, et présentant aussi un excellent endroit de débarquement.

« Si, du moins, nous avions assez de force pour traîner notre bateau à travers cette langue de terre! s'écria Robert. Sans nul doute, cette rivière baigne ces bords à une grande distance et revient jusqu'ici en formant une île.

— Nous résoudrons la question demain, dit Harold; il est trop tard pour l'essayer aujourd'hui.

— Oh! mon frère, s'écria Mary, voici un oranger; regardez, regardez, il est chargé d'oranges mûres! »

C'était en effet un arbre magnifique; mais il n'était pas seul, il y en avait là une réunion de six ou sept enfermés dans une espèce d'enceinte, tous couverts de fruits dans cet état de demi-maturité où le vert foncé du milieu fait ressortir, par un frappant contraste, la riche couleur jaune du contour.

Les jeunes gens abattirent plusieurs oranges des plus mûres, et se mirent à en sucer le jus sans se donner la peine de les peler.

Mais, dès qu'ils eurent goûté ce jus, chacun fit une affreuse grimace et jeta au loin le fruit trompeur, bien beau en dehors, mais horriblement amer en dedans.

L'orange était de l'espèce appelée douce-amère, ayant, à l'écorce et à la peau qui l'entourent, une saveur âcre, tandis que l'intérieur renferme le jus le plus doux.

« Ouvrez-la en deux et mangez-la comme vous feriez d'un eshaddoc[1], sans toucher la peau des lèvres, leur dit Robert ; il n'y a rien d'amer dans le jus. Je me rappelle maintenant que cette orange pousse en grande quantité sur la côte de la Floride, et que le citron se trouve souvent aux mêmes endroits ; ceci est une autre preuve, Harold, que j'ai raison dans mon appréciation du pays où nous sommes.

— Quoi qu'il en soit, dit Harold, c'est un magnifique pays. J'ai à vous annoncer un autre fait que vous serez bien aise d'apprendre et que je vous ai gardé comme une surprise agréable. Il y a beaucoup de daims ici ; j'ai vu leurs traces dans les bois, ce matin, à un quart de mille autour de la tente. »

Ils cueillirent environ un boisseau des fruits paraissant les plus mûrs et les portèrent au bateau. Se sentant alors en appétit, ils s'assirent sur un tapis de verdure semblable à un lit de mousse au pied d'un large magnolia, et ils dînèrent là. Nanny et ses petits étaient encore sur le rivage, broutant le riche gazon, et les restes du lièvre firent le bonheur des deux chiens.

Peu de temps après le dîner, tandis que les enfants étaient occupés à couper une provision d'herbe pour les chèvres, en prévision du voyage du jour suivant, ils entendirent les aboiements de Fidèle et les grognements de Mum, réitérés, sur un

1. Très gros fruit de l'Inde ressemblant assez au citron ou à l'orange. On l'appelle encore le fruit *défendu*.

ton de colère des plus marqués. Évidemment, il y avait aux alentours quelque chose qui les agaçait.

« Il faut qu'un de nous aille voir ce qui cause la colère des chiens, dit Robert; c'était votre tour ce matin; je pense que c'est mon affaire maintenant. »

Il ne s'était pas éloigné depuis cinq minutes, quand Harold le vit revenir en courant.

« Venez avec moi, cousin! dit-il. Il y a un serpent énorme, tel que je n'en ai jamais vu, et qui a l'air furieux. Les chiens l'ont poursuivi jusqu'à un buisson, d'où il se remue comme s'il avait le venin de cent scorpions dans ses crochets; ses yeux lancent du feu. J'ai coupé un bâton et essayé de le tuer; mais le bâton était trop court. L'animal s'est élancé sur moi de telle façon que je me suis décidé à l'abandonner pour venir prendre un meilleur bâton. Ce qu'il y a de plus curieux, c'est que, dans le même buisson (si j'en puis juger par le son), une grande cigale s'amuse beaucoup du combat. Écoutez. Ne l'entendez-vous pas chantant, on dirait qu'elle voudrait faire craquer ses flancs? »

Tout en causant, les deux jeunes gens étaient arrivés sur le champ de bataille.

« Une cigale, dites-vous? s'écria Harold aussitôt que son oreille attentive eut perçu le caractère de la musique, vous n'appelez pas cela, sans doute, une cigale?... C'est la crécelle du crotale ou serpent à sonnettes. N'en avez-vous jamais entendu jusqu'à présent?...

— Jamais! répondit Robert. J'ai vu des échantillons de leurs peaux et de leurs écailles, mais jamais je n'en ai vu de vivants.... Oh! Harold, dit-il tout tremblant, que je l'ai échappé belle! Il m'est venu deux fois si près qu'il m'a presque déchiré mes habits!... »

Les jeunes gens se procurèrent deux perches d'au moins dix pieds; ils se placèrent chacun d'un côté opposé de l'étroit buisson dans lequel le reptile venimeux s'était réfugié, et, chaque fois qu'il se montrait en cherchant à mordre d'un côté ou de l'autre, ils frappaient dessus jusqu'à ce qu'il fût étourdi.

Sous un coup plus fort de Robert, le crotale tomba en se roulant parmi les feuilles et les herbes. Aussitôt Mum, dont les yeux semblaient animés par la rage se jeta sur le reptile, le saisit par le milieu du corps, le secoua si violemment contre le sol, qu'il l'acheva.

Harold et Robert l'étendirent alors sur le gazon. Il était plus long que ne le sont ordinairement ceux de son espèce et aussi gros que le poignet d'un homme; ses crochets étaient sortis de la longueur d'un doigt et recourbés comme les ongles d'un chat; les écailles de sa queue étaient au nombre de seize.

« C'est un vieux guerrier! dit Harold. Il a dix-sept ou dix-huit ans. Ne ferions-nous pas mieux de le porter dans le bateau, afin que Mary et Frank puissent le voir? Il est bon pour l'un et l'autre qu'ils apprennent à reconnaître un serpent à sonnettes, s'ils en trouvent sur leur chemin. »

La précaution n'était pas inutile, car, quoique Mary eût une peur salutaire de tous les reptiles, il n'en était pas de même de Frank: il aurait tout aussi bien joué avec un crotale qu'avec un lézard ou un ver. Il s'amusait très souvent à prendre les serpents dans sa main. admirant ce qu'il appelait leurs beautés.

Harold et Robert placèrent leur capture à terre devant les enfants, la mirent dans la position où le crotale se tient pour frapper, ouvrirent sa bouche, montrèrent ses affreux crochets, et, appuyant le doigt sur la vessie qui contient le venin, en firent sortir une goutte d'une couleur verdâtre qui vint se former à l'extrémité de la dent meurtrière.

« Frank, dit Harold, si vous rencontrez jamais un serpent comme celui-ci, vous ferez bien de le laisser tranquille! Jamais les crotales n'attaquent qui que ce soit; ils sont très pacifiques et ne mordent jamais que ceux qui les gênent ou

LES JEUNES GENS SE PLACÈRENT CHACUN D'UN CÔTÉ.

les tourmentent. Par exemple, ils ne se détourneraient pas de leur chemin, même pour un roi! Si vous les dérangez, ils vous donneront un coup de leurs crochets, et une goutte de leur venin vous fera enfler et mourir.... Pensez-vous jouer encore avec les serpents?

— Non, je vous assure! » s'écria Frank.

Robert demanda alors à Harold :

« Savez-vous comment reconnaître un serpent venimeux d'un serpent inoffensif? »

Sur sa réponse négative, Robert continua :

« Les serpents venimeux, m'a-t-on dit, sont facilement reconnaissables à leur tête plus large et anguleuse, à leur queue courte, épaisse et très rugueuse. Notre serpent à sonnettes répond exactement à cette description, et je suis étonné de n'avoir pas mieux profité de ce que je savais à ce sujet quand je l'ai rencontré. La seule exception que je connaisse à cette règle est la vipère, qui est tout à fait de la même forme que l'inoffensive couleuvre. Et savez-vous pourquoi les serpents venimeux ont ainsi la tête large et plate? C'est parce que, de plus que les autres, ils ont sous la joue la vessie et la dent au poison. Cet appendice meurtrier élargit leur tête de chaque côté et leur donne une physionomie toute spéciale. *Donc, si vous rencontrez un serpent court et épais, avec une tête large et aplatie et une queue d'aspect rugueux, prenez garde!* »

La conversation roula ensuite sur la morsure des serpents et la manière de les traiter.

« Deux nègres de mon père, dit Harold, furent mordus pendant l'été par des serpents, et ils furent guéris par des moyens très simples. Dans le premier cas, l'accident arriva près de la maison; mon père, se trouvant dans un champ voisin, envoya tout de suite à la maison un exprès chercher une bouteille d'huile, et en fit boire au blessé un demi-litre

par petites gorgées; il n'en fallut pas plus pour que la piqûre
guérît. L'autre cas fut plus singulier encore : mon père était
absent et il n'y avait plus d'huile. Le commandeur de la plantation guérit le pauvre diable avec des poulets.

— Des poulets, dit Mary en riant. Les lui a-t-on fait avaler
comme l'huile?

— Pas tout à fait, dit Harold, on s'en est servi en guise de
cataplasmes. Le commandeur ordonna qu'on prît quelques
poulets à peu près au milieu de leur croissance, et qu'on les
coupât en deux de la tête à la queue. Il les appliqua tout chauds
sur la morsure; avant que ce singulier cataplasme fût froid,
il en mettait un autre, et il renouvela l'opération jusqu'à douze
fois. Il disait que ces entrailles chaudes suçaient le poison.
Que ce soit ou non la vraie raison, toujours est-il que le nègre
se trouva beaucoup mieux après les premières applications. Un
fait assez curieux, c'est que l'intérieur des poulets devenait
noir, surtout chez les premiers posés, au bout de quelques
minutes qu'ils étaient restés sur la blessure.

— Nous avons eu aussi un nègre mordu par un serpent
à sonnettes, dit Robert, et mon père l'a guéri avec de la corne
de cerf dans de l'eau-de-vie et une bouteille vide. »

Harold sembla assez surpris en entendant parler de bouteille vide, et curieux de savoir à quoi elle avait pu servir
Mais Robert lui apprit qu'elle n'avait été employée qu'à faire
l'office de verre à ventouses.

« On versait dedans de l'eau chaude, expliqua-t-il, on la
vidait ensuite, et, à mesure que l'air intérieur se refroidissait,
comme elle était posée très fortement sur la piqûre préalable-
ment débridée par mon père avec sa lancette, elle attirait
activement le sang et le venin hors de la plaie. Pendant que
cette opération avait lieu, on fit boire au patient assez d'eau-
de-vie pour l'enivrer. Mon père disait que c'était le seul cas
où il était pardonnable de faire boire une personne jusqu'à

perdre la raison. La corne de cerf fut employée une autre fois
alors qu'il n'y avait plus moyen de se procurer ni eau-de-vie,
ni bouteille, ni eau chaude. On l'appliquait librement sur la
plaie, et on l'administrait intérieurement par quart de cuillerée à café dans de l'eau, jusqu'à ce que le blessé en eût pris
six ou huit doses. J'ai souvent entendu dire à mon père que
tous les poisons des animaux étaient des acides très violents,
et que les meilleurs antidotes étaient les alcalis.

« L'année dernière, dit Harold, j'ai moi-même été mordu
par un serpent. J'étais loin de la maison et je n'avais personne
pour m'aider ; je réussis à me guérir sans aucun secours.

— Vraiment ! Et comment cela ?

— J'étais allé à l'étang d'un moulin pour me baigner,
quand je mis le pied sur un serpent qui dormait au bord de
l'eau. Quoiqu'il y ait plus d'un an de cela, je sens encore la
douleur sous mon pied ; l'animal s'éveilla furieux en se tordant
et me mordit au pied. Heureusement ses crochets n'entrèrent
pas très avant, mon soulier me protégea ; il y eut pourtant une
morsure à la naissance de mon orteil, d'un demi-pouce de
long au moins. Je compris tout de suite que j'avais été atteint
et me rappelai aussi vite avoir entendu dire à Torgah que la
manière indienne de guérir une morsure de ce genre était
d'appliquer sur la blessure le foie du serpent qui l'avait pro-
duite ; mais je suppose que le mien n'avait nulle envie d'être
converti en cataplasme pour sa propre morsure. Je courus
après et essayai de l'attraper. Ce fut en vain, il s'enfonça sous
une pièce de bois et m'échappa. Très probablement, si j'avais
réussi à le tuer, je me serais reposé sur le remède indien et
peut-être aurais-je été déçu. Je me jetai dans l'eau, je lavai le
venin aussi complètement que possible, puis je suçai la plaie
jusqu'à ce que le sang cessât de couler.

— Et le poison ne vous a pas rendu malade ?

— Pas le moins du monde ; mon pied enfla un peu et tout

d'abord me fit grand mal, et ce fut tout. J'eus soin de ne pas
avaler du venin et de bien laver ma bouche après la succion.

— Oh! je vous en prie, ne parlez plus de serpents, dit Mary.
Je commence à en voir partout où je regarde. Si nous retournions à notre campement? »

Les enfants ramassèrent quelques brassées d'herbes, appelèrent les chèvres et les chiens et gagnèrent l'endroit où ils
avaient débarqué, cinq heures environ après en être partis.
Ils n'avaient aperçu aucun signe d'habitations humaines, mais
n'en étaient pas moins contents de l'aspect de leur île.

Ils firent toutefois une petite modification dans l'emplacement de leur tente; au lieu de la laisser sur le rivage, ils la
plantèrent au haut du monticule, près de la source, et sous les
branches d'un large chêne moussu; ces travaux suffirent du
reste à remplir la soirée. Bientôt ils se sentirent accablés de
fatigue et de sommeil. Ils se mirent une fois de plus sous la
garde de celui qui a promis d'être le père des orphelins, se
couchèrent en paix et se reposèrent pour la troisième nuit de
leur séjour sur cette terre inconnue.

Avant le lever du soleil, il était évident que, sans un
changement de vent, l'excursion que l'on s'était proposée
la veille serait impossible; une forte brise soufflait directement de l'est et amenait une succession incessante de petites
vagues courtes le long de la rivière. Espérant, malgré cela,
que le vent pourrait changer ou s'abattre, ils résolurent d'employer leur temps en transportant, du bateau à leur nouvelle
résidence sous le chêne, tous les objets les plus indispensables.
Il fut très heureux réellement qu'ils eussent cette idée, ayant
eu plus tard à se féliciter de n'avoir pas négligé cette précaution.

Le chêne, sous lequel leur tente se trouvait maintenant
dressée, était un arbre magnifique. Son tronc était, il est vrai,
en partie pourri par l'âge, et plusieurs autres signes de vétusté

dans les larges branches, avaient sans doute empêché qu'il fût désigné à la hache dans les fréquentes recherches de bois pour la marine, qu'on faisait sur les côtes; il était si gros que les quatre enfants, en joignant leurs mains, pouvaient à peine l'embrasser. A dix pieds au-dessus de ses racines, il se séparait en trois branches massives, dont chacune se subdivisait en d'autres branches s'étendant à quelque soixante pieds dans toutes les directions et se courbant à leur extrémité, de manière à balayer le sol. La hauteur de l'arbre ne correspondait pas à son étendue en largeur. Il est dans la nature du chêne qu'après avoir atteint la hauteur modérée de quarante à cinquante pieds, sa végétation s'accroisse latéralement. Les plus vieux couvrent souvent une étendue de plus du double de leur hauteur. Chaque branche était tapissée d'une quantité de longue mousse grise, et cela lui donnait un air patriarcal et vénérable qui faisait dire à Harold :

« J'ose à peine le regarder sans me sentir prêt à lui ôter mon chapeau! »

A midi, Harold proposa à Robert d'employer l'après-midi, si le vent persistait, soit à pêcher, soit à chasser.

« Si Mary et Frank, dit-il, nous permettent de les quitter, je propose la chasse; dans le cas contraire nous pouvons rester tous ensemble ici et pêcher.

— Oh! ne nous quittez pas, je vous en prie, dit Mary, je n'aime pas à me trouver seule avec Frank dans ce pays désert : quelque chose pourrait arriver.

— Eh bien, allons à la pêche, dit Harold, mais que prendrons-nous pour amorcer?

— La vieille amorce dont nos grands-pères se servaient : du *vairon*, dit Robert. J'ai remarqué hier une multitude de petits poissons blancs dans un trou de la crique, près de la rivière; rien de plus facile que d'en ramasser quelques-uns avec notre petit filet et d'en essayer pour la truite; si nous n'obtenons pas un bon résultat, nous nous servirons de la fiente de kangourou et nous pêcherons des crabes.... »

Cependant, en remontant la rivière dans leur bateau, ils s'aperçurent que les vairons avaient disparu; ils ne purent attraper que six ou sept retardataires.

« C'est une triste perspective, dit Harold que sa nature active disposait assez mal à goûter les tranquilles plaisirs de la pêche; si vous voulez me permettre d'aller sur le rivage, j'essaierai ma chance avec le fusil....

— Certainement, certainement! fut la réponse. A quoi Robert ajouta : — N'oubliez pas que nous sommes ici en pays sauvage et que nous ferons bien de nous tenir à portée d'entendre un coup de fusil de l'un ou de l'autre. »

Harold promit de ne pas s'éloigner plus loin qu'il n'était convenu, et on décida que, s'il y avait lieu de signaler un danger, deux coups de fusil seraient tirés à peu d'intervalle.

« Si vous preniez mon fusil à deux coups, dit Robert, il est chargé avec du plomb de canard et d'écureuil; mais vous pourriez le retirer et le remplacer par des chevrotines.

— Non, je vous remercie, dit Harold, il y a si longtemps que je suis habitué à me servir d'une carabine, qu'un fusil léger me gênerait. »

Ils le ramenèrent au rivage, jetèrent l'ancre et se mirent à pêcher. Mary et Frank avaient été initiés depuis longtemps aux mystères de l'art. Pour le présent, Robert se réservant les vairons assigna aux autres la tâche plus facile de pêcher les crabes. Pour surcroît de sécurité, il attacha des lignes à des troncs de pins. Les crabes, ce que nul n'ignore au bord de la mer, ne se prennent pas avec des hameçons, mais avec l'appât accroché ou lié à la ligne et à l'aide d'une épuisette. Le crabe se saisit de l'appât avec ses pinces, on l'amène à la surface, puis on passe doucement l'épuisette au-dessous et on l'enlève. Robert mit son hameçon le long du dos d'un petit poisson et le jeta dans l'eau pour pêcher la truite. Mary fut la première à retirer sa ligne, qui était très lourde, disait-elle.

« Il y a un crabe après, mon frère, cria-t-elle, il y a même deux crabes ! deux crabes ! »

Robert s'était rapproché d'elle ; il passa son épuisette en dessous, et les deux captifs furent bientôt dans le bateau.

« Victoire pour vous, mademoiselle Mary, vous nous avez tous battus.... »

À ce moment, ce fut au tour de Frank d'appeler :

« J'en ai un aussi. Oh ! qu'il est lourd ! Venez vite, mon frère, le gredin emporte ma ligne. »

Ce n'était pas un crabe. Robert et lui tirèrent lentement. Après beaucoup de peine, ils s'aperçurent que c'était un énorme *poisson-chat*, ou *tête-de-bœuf*.

« Ce gaillard-là nous fera un fameux hochepot pour le dîner de demain, dit Robert. Mais tenez bon votre ligne, Frank, pendant que je vais passer mon filet dessous. J'ai peur de ces terribles pinces de côté. »

À peine le poisson fut-il passé par-dessus le bord du bateau, que Robert remarqua sa propre ligne fuyant sous l'eau avec une grande rapidité. Il la détacha promptement de l'endroit où il l'avait fixée et la dévida pied par pied à mesure que le poisson l'emportait en se débattant. Alors, selon les mouvements, laissant aller ou retirant la ligne ainsi qu'il le fallait, il l'attira à lui et l'amena à bord. C'était une truite, la plus forte qu'il eût jamais prise ou même vue ; elle était plus longue que son bras et avait une bouche qui aurait pu renfermer ensemble ses deux poings.

Robert dégagea l'hameçon et essaya encore de pêcher ; mais les truites parurent désormais paresseuses à mordre. Il en prit cependant encore deux, mais relativement très petites.

Mary, pour sa part, avait pêché neuf crabes et Frank deux.

Ils commençaient à se fatiguer de cet exercice, lorsqu'ils entendirent la détonation de la carabine.

« Voilà un coup de la carabine de Harold, dit Robert, et je garantis que quelque pauvre animal a vu son dernier jour. Ramassons nos lignes et allons le trouver à la tente. »

On leva l'ancre, la voile fut dépliée, et au bout d'une demi-heure ils virent Harold les attendant au débarquement.

« Qu'avez-vous rapporté? demandèrent-ils.

— Oh! rien! dit-il, rien du tout, — avec un regard satisfait pourtant.

— Quoi, rien! dit Robert. Nous vous avons fait cependant l'honneur de dire :

— Voilà un coup de fusil de Harold; nous pouvons être sûrs qu'il aura tué quelque chose.

— Si vous n'avez rien, nous avons, nous! dit Frank. Voyez quel énorme poisson j'ai pris! Il m'a presque entraîné dans l'eau, mais j'ai tenu bon. Robert est venu à mon aide, et nous avons pu enfin l'amener à bord. Regardez aussi ce que mon frère a pris : une énorme truite! Et Mary a pêché un panier de crabes, et j'en ai aussi deux, tandis que vous, vous n'avez rien tué. Vous n'avez pas eu de chance, mon cher Harold!

— Allons, vous avez fait bonne chasse, j'en suis sûre, je vois cela à votre figure, dit Mary en l'interrogeant du regard. Qu'avez-vous tué? Ne nous faites pas languir.

— Ceci est une autre question, dit Harold; vous m'avez tous demandé d'abord ce que j'avais apporté. Eh bien, je n'ai rien apporté, mais j'ai un daim à vous offrir.

— Alors vous avez été encore plus heureux que nous! Et c'est bien ce que j'espérais! dit Robert.

— Un daim! dirent les deux plus jeunes, oh! conduisez-nous le voir. »

Amarrant solidement le bateau, ils coururent avec leur cousin au théâtre de son exploit. C'était à peu près à un mille de distance. Là était couché un grand daim aux flancs bruns, orné de bois gigantesques. Frank, à cette vue, parut en extase ; il toucha la bête, lui souleva la tête et l'aurait volontiers embrassée. Mary recula émue à la vue du sang.

« Oh! cousin Harold, quelle terrible blessure vous lui avez faite! Regardez-la, à la gorge! »

Harold eut un sourire :

« Cela n'a pas été produit par ma balle, dit-il, mais par mon couteau. Tous les chasseurs saignent leur gibier, ma cousine ; autrement il n'aurait pas l'apparence si appétissante ni le goût si bon. »

Les enfants se préparèrent à le transporter à la tente. Harold tira sa hachette de sa ceinture, coupa une longue et forte branche, tandis que Robert cueillait quelques longues tiges d'herbe-soie[1] avec lesquelles on attacha les jambes réunies du daim. Ils passèrent la branche au milieu, et, non sans peine, portèrent ainsi l'animal chez eux.

Cette excursion d'un après-midi avait suffi à leur procurer une provision abondante et excellente de poissons, de crabes et de gibier. Mais, hélas! ils furent obligés d'être leurs propres bouchers et cuisiniers, car il y a certains procédés indispensables pour rendre les viandes propres à la nourriture et qui ne sont pas très ragoûtants. Mary et Frank se chargèrent d'apprêter la truite ; ils la couchèrent sur une des racines plates de leur arbre et, au moyen d'un couteau, l'écaillèrent. C'était peu amusant pour une gentille petite demoiselle, mais c'était un ouvrage nécessaire. Elle gratta, gratta. Les écailles s'attachaient à ses doigts ou lui sautaient à la figure ; elle persévéra pourtant jusqu'à ce que la dernière fût arrachée.

Pendant ce temps on ralluma le feu, on versa de l'eau dans

---

1. *Yucca filamentosa*, dont les longues feuilles étroites sont fortes comme de la corde.

le plus large pot, et, quand elle commença à bouillir, Mary et Frank y jetèrent les crabes. Pauvres bêtes ! c'était une chaude réception qu'on leur donnait là. On ne les retira que lorsque leurs carapaces furent devenues entièrement rouges et on les disposa sur un plat pour le souper.

CHAPITRE VII

Quand Mary et Frank se réveillèrent le lendemain, ils aperçurent toutes les basses branches du chêne garnies de petites tranches de venaison. Harold et Robert les avaient placées là, après leur besogne terminée fort avant dans la soirée, afin de les faire refroidir et de les mettre hors de la portée des chiens.

« Allons, Frank, dit Mary, faisons le feu et préparons le déjeuner. »

Le bois était à proximité, tout coupé ; il n'y avait qu'à le mettre sur le foyer et à l'allumer.

« Mon petit Frank, reprit Mary, veux-tu aller à la source et me rapporter un peu d'eau, pendant que je vais m'occuper de notre repas ? »

Mais Frank était paresseux ce matin-là, l'air était si froid et le feu si clair qu'il préférait rester à se chauffer les mains et à souffler la fumée qui lui venait dans les yeux. Il répondit donc : « Non, ma sœur, j'ai peur.... » Puis il s'arrêta pour trouver une excuse valable : « J'ai peur, si j'y vais, que les crabes veuillent me mordre, reprit-il enfin.

— Les crabes ! dit Mary, comment pourraient-ils te mordre, ils sont tous cuits !

13

— Je ne dis pas ceux qui sont dans le plat, mais ceux qui sont dans la rivière.

— Très bien; mais, s'ils sont dans la rivière, comment pourront-ils te mordre si tu restes à terre? »

Frank s'aperçut que sa défaite n'était pas très bonne, mais, ne se sentant pas disposé à se rendre si vite, il en chercha une autre.

« J'ai peur d'y aller, parce que, si les crabes ne me mordent pas, les serpents pourraient le faire. Ne te rappelles-tu pas ce que notre cousin nous a dit l'autre jour à propos des serpents?... »

Frank avait dit tout rela très sérieusement, et, si Mary n'avait pas été choquée de son refus peu amical, elle aurait ri de bon cœur du contraste ridicule entre ses paroles et sa gravité. Elle lui répliqua assez vivement :

« Je croyais, Frank, que tu m'aimais assez pour ne pas me traiter ainsi. J'avais besoin d'eau pour faire le café, et cependant tu refuses de m'aider.

— Je n'ai pas besoin de café, répondit-il, tout ce que je désire pour mon déjeuner est un peu de ce daim et aussi de ce poisson et de ces crabes.

— Très bien, dit-elle d'un air chagrin mais résolu, je m'aiderai moi-même. »

Elle prit un seau et s'en alla à la source. Frank semblait un peu honteux de sa conduite, pourtant il ne bougea pas. Il alla chercher une souche de bois, il s'en fit un siège, et allongea ses pieds devant le feu; étendant ensuite ses mains vers la flamme, il ne parut plus occupé que de se chauffer.

Lorsque Mary revint de la fontaine, Robert et Harold sortaient de leur compartiment de la tente. Ils s'étaient retirés la veille très fatigués, et, par une conséquence naturelle, ils avaient dormi plus tard que de coutume.

« Que s'est-il donc passé entre toi et Frank? Vous avez parlé si fort ! demanda Robert à Mary.

— Interrogez Frank, dit-elle ; je préfère que ce soit lui-même qui vous le raconte.

— Eh bien, Frank, qu'était-ce donc?

— Rien, répondit-il d'un ton rogue, si ce n'est que ma sœur voulait que j'allasse à la fontaine, et je lui ai dit que j'avais peur d'être mordu par les serpents.

— Pourquoi Mary avait-elle besoin d'eau?

— Pour faire du café, je pense.

— Et n'aimes-tu pas le café?

— Des fois ; mais je ne m'en soucie pas ce matin, parce que ma sœur n'y met jamais assez de sucre pour moi !

— Bien ! bien ! nous verrons qui aura envie de café pour déjeuner. Ma bonne Mary, puis-je faire quelque chose pour t'aider?

— Cousine, dit Harold se joignant à l'intention de Robert pour rendre Frank honteux de son étrange caprice, je serais heureux aussi si vous vouliez me laisser vous aider en quelque chose. Vous êtes toujours si bonne et si disposée à faire tout ce que vous pouvez pour nous, que nous sommes enchantés quand nous pouvons vous être agréables. »

Mary n'avait besoin de rien, si ce n'est qu'on plaçât la cafetière sur le feu. Frank restait toujours à se chauffer les pieds et les mains comme s'il avait été gelé. Il savait bien qu'il avait eu tort, et commençait à s'en repentir, mais en boudant visiblement. A déjeuner, Mary lui demanda s'il voulait du café : il était très tenté d'accepter, mais crut devoir refuser par dignité.

Le travail le plus important pour ce jour-là était de tirer le meilleur parti possible de la venaison. Comment la conserver? Les jeunes aventuriers n'avaient pas d'endroit convenable pour la garder fraîche ; ni tonneaux ni barils pour saler ce qu'ils ne pourraient pas manger immédiatement. On tint conseil. Harold proposa de couper les cuisses en morceaux minces et de les exposer à la fumée, ainsi qu'il avait vu Torgha le faire, ou autrement de les laisser sécher au soleil qui, au milieu du jour, était très chaud.

Robert fit observer qu'il avait entendu dire ou lu que, pour conserver de la viande fraîche pendant plusieurs jours, il suffisait de la mettre sous un courant d'eau fraîche, et offrit d'en faire l'essai à la source.

Mary dit qu'elle approuvait les deux moyens, mais qu'ayant vu un assez bon exemple des connaissances pratiques de Harold quand il avait rôti le dindon, elle lui demandait s'il ne voulait pas leur donner une idée du goût de la venaison rôtie.

On résolut définitivement d'expérimenter chacun des modes proposés : une cuisse serait coupée en morceaux minces et fumée, une autre serait rôtie pour le dîner du jour suivant, de même que le dindon l'avait été; une épaule serait cuite pour la consommation du jour, et l'autre, immergée dans le courant de la source, pour voir si elle se conserverait jusqu'au lundi.

« L'avantage que nous retirerons de ces expériences, dit Harold, ce sera de savoir à l'avenir le meilleur procédé pour économiser la chair de notre gibier. »

Pendant une minute ou deux, on avait vu Mary plongée dans de profondes réflexions, comme si elle avait cherché quelque problème difficile à résoudre. Robert, remarquant sa distraction, lui demanda avec gaieté si elle faisait de l'algèbre mentale.

« Pas précisément, répondit-elle; je pensais seulement à ceci : nous n'avons aucun ustensile propre à faire bouillir ou rôtir cette épaule!

— Oh! quant à cela, dit Harold, en moins de dix minutes je puis vous établir un four assez grand pour cuire un bœuf ou assez petit pour un moineau. Nous allons suspendre cette épaule avec une ficelle à la traverse que je vais vous préparer au-dessus du feu, et elle sera bientôt rôtie ! Seulement, vous perdrez tout le jus, je dois vous en avertir.

— La machine à rôtir des Bohémiens ! s'écria Mary. Comment n'y ai-je pas songé ? Je pensais aussi que, lorsque vous auriez enlevé les morceaux principaux qui sont autour de l'os, le reste ferait une excellente soupe, si nous avions des légumes à y joindre.

— Et de quels légumes avez-vous besoin ? demanda Robert.

— Dans la soupe de bœuf les cuisinières ajoutent soit des navets, soit des oignons, des choux, des carottes, des pommes de terre et quelques herbes.

— Quant aux carottes et aux pommes de terre, je pense qu'il faudra nous en passer pour aujourd'hui ! Mais les autres légumes sont aisés à trouver. Je puis tout au moins vous en donner d'approchants.

— Et quoi ! avez-vous déjà un jardin potager prêt sur notre île ? demanda Harold.

— Oui, répliqua Robert, et un des plus magnifiques ; une récolte incessante de superbes choux blancs, de délicates asperges, quantité d'épinards, sans compter beaucoup d'autres légumes excellents. Le palmier donne le chou, les pousses tendres du bambou-brier fournissent des asperges. Outre ces plantes — qu'il faut toujours faire bouillir à plusieurs eaux pour en ôter l'amertume, — il y en a une multitude d'autres autour de nous qui sont très nourrissantes, telles que : le persil, le chardon, la chicorée sauvage, le cresson, et l'oronge et le cep, qui croissent sur le tronc du noyer d'Amérique.

— Je ne vous ferai pas d'autre question sur notre jardin, dit Harold ; je confesse tout de suite que c'est un des plus grands et des mieux garnis du monde ; mais il est bon de dire aussi

qu'il faut avoir vos connaissances pour en user convenablement.

— Oh! il n'y a pas grand savoir là dedans. Je pourrais vous
apprendre le tout en une demi-heure.

— J'attendrai donc vos leçons, dit Harold, vous souhaitant
tout le savoir possible, à vous et à ma cousine, dans votre visite au potager et dans la préparation des légumes pour le
dîner. »

On laissa ce sujet pour causer de celui qui ne cessait d'occuper l'esprit des jeunes aventuriers : la possibilité de quitter
l'île et de tenter le retour à Bellevue. Robert et Mary devenaient tous les jours plus impatients sur ce point, car ils
désespéraient qu'on vînt à leur recherche.

« Pourquoi ne pas faire un effort pour rentrer tout de suite
chez nous? disaient-ils. Cette île est très agréable à beaucoup
d'égards, nous ne pourrions pas désirer mieux; mais après tout
ce n'est pas notre maison! »

Harold secoua la tête et répondit :

« Je ne suis pas sûr, en dépit de tous vos arguments, que
l'un de nous ait la moindre idée de la direction exacte où se
trouve Bellevue; ce que je sais, c'est que cette île semble très
confortable et sans danger pour des gens dans notre position.

« De plus j'ai la confiance que votre père emploiera toutes
les ressources en son pouvoir pour nous chercher; nous ne
pouvons donc pas être mieux qu'ici pour qu'on nous trouve.
Mon opinion reste toujours qu'il est préférable pour nous de
continuer à demeurer où nous sommes quinze jours ou trois
semaines de plus, plutôt que de risquer, en partant trop tôt,
dans un bateau non ponté, de faire un nouveau naufrage, —
irréparable, celui-là. »

L'avis était sage, assurément. Il ne prévalut pourtant pas.

Les enfants sentaient trop cruellement l'amertume de leur
situation. Ils se faisaient une peinture trop exacte du désespoir

de leur père, pour ne pas tout sacrifier au désir et à l'espoir
de le faire cesser sans délai. Mary et Frank joignirent leurs
instances à celles de Robert afin de décider Harold à tenter
l'aventure et à essayer de revenir à la maison en longeant la
côte.

Ils le pressèrent si ardemment de céder, que le brave garçon
finit par dire avec un soupir :

« Vous le voulez?... Eh bien, soit! Partons.... Ma raison me
dit que c'est une folie, mais je n'ai pas la force de résister à
vos prières. »

D'un commun accord, on convint qu'il fallait au moins deux
jours pour compléter les préparatifs de cette grande, de cette
hasardeuse expédition, et le départ fut fixé au surlendemain
lundi.

Le soleil du dimanche se leva sur un ciel admirablement
pur et d'une éclatante beauté. Les jeunes aventuriers s'étaient
retirés de bonne heure; ils se trouvèrent debout aux premières
lueurs du jour.

Frank avait eu le temps de comprendre la sottise de sa
conduite de la veille. Il aidait résolument sa sœur à préparer
le déjeuner et prouvait son repentir, non par des mots, mais
par des actes. Il avait été convenu qu'on consacrerait au repos
toute la journée du dimanche. Aussitôt après le déjeuner, Robert prit l'*Imitation de Jésus-Christ* et en lut à haute voix
plusieurs chapitres; cette lecture et les réflexions morales
qu'elle leur inspira augmentèrent leur courage à se soumettre
docilement à ce que leur réservait la Providence dans leur
projet de retour. La conversation qui s'ensuivit les conduisit
jusqu'à l'heure du dîner.

Dans l'après-midi, ils reprirent leur lecture et chantèrent
les plus beaux cantiques d'actions de grâce.

Puis, la soirée venue, ils allèrent jusqu'au rivage et s'assirent sur un banc de sable près de leur signal, contemplant la

mer dont ils avaient été si providentiellement sauvés, et à laquelle ils pensaient se confier une fois de plus.

Une bonne brise avait soufflé toute la journée de l'ouest; quoique légère, elle avait été suffisante pour soulever des vagues, les faire mugir et se briser avec violence sur la grève. Cet effet de la brise révéla un autre fait aux jeunes observateurs : c'est qu'à deux ou trois milles en mer s'étendait une chaîne sans fin de rochers à fleur d'eau dans la direction du nord au midi, et aussi loin que la vue portait. Ils pouvaient voir de larges vagues se rompre sur les récifs et les couvrir d'une blanche écume. A coup sûr, si ce vent avait soufflé le jour de leur accident, il ne leur eût pas été possible de traverser les brisants; ils seraient forcément restés en mer et auraient bientôt péri sans nul doute dans l'orage de la nuit suivante.

L'aspect de ces brisants était aussi une source d'inquiétude pour le voyage qu'ils se proposaient. Il devenait évident qu'ils ne pourraient pas naviguer en sûreté si le vent soufflait un peu fort, soit de mer, soit de terre, en raison des vagues énormes qui s'élèveraient dans le premier cas, et du danger qu'il y aurait d'être portés au large dans le second. Longtemps ils discutèrent cette nouvelle et fâcheuse découverte; puis, d'un accord unanime, ils se mirent à genoux sur la grève avec la conscience de leur impuissance, et ils implorèrent Celui qui commande aux éléments de les prendre en pitié et de diriger leur course lorsqu'ils se confieraient de nouveau à la fortune des flots.

Quand ils quittèrent le rivage, le jour tombait et ses dernières lueurs se fondaient avec les ombres de la nuit. On n'apercevait que quelques pâles étoiles se détachant à peine du ciel encore clair. Mary et Frank se retirèrent de bonne heure dans la partie de la tente qui leur était réservée. Les deux grands garçons, restés au dehors et causant de leur situation et de leurs espérances, ne tardèrent pas à remarquer les in-

dices d'un changement subit du temps. Le ciel se couvrait de
nuages, une forte brise se levait, et bientôt une véritable averse
les décida à rentrer se coucher.

De minute en minute, le vent devenait plus violent ; il sifflait
dans les branches du chêne qui couvrait la tente. Chaque rafale
était plus forte que celle qui l'avait précédée. Ils entendaient
au loin une sorte de rugissement sourd, — celui des lames
qui déferlaient sur la barrière de récifs, — puis le grondement du tonnerre plus près de la côte ; c'était le début d'un
orage formidable.

Les deux jeunes gens, craignant pour la solidité de leur
abri, prirent la hache et la hachette, et enfoncèrent plus profondément dans la terre les piquets de la tente. Pendant qu'ils
travaillaient ainsi, Nanny et ses chevreaux s'approchèrent,
témoignant une grande disposition à chercher refuge sous la
toile hospitalière. Les chiens aussi donnaient des signes de
malaise ; ils suivaient leurs maîtres la queue pendante et trem-
blaient tout en jetant des regards inquiets dans la direction du
vent.

Ces signes de terreur de leurs compagnons muets engagè-
rent les jeunes gens à travailler avec plus de hâte et de précautions. Ils ne se contentèrent pas de mieux assurer les piquets
de la tente, ils prirent les plus gros morceaux de bois coupés
pour le feu et les placèrent devant la tente, de manière à empêcher le vent de passer par-dessous et de l'enlever. S'ils
avaient été moins pressés par le temps, ils auraient doublé la
toile de la tente au moyen de la voile du bateau ; mais, avant
qu'ils pussent accomplir ce dessein, le vent devint une véritable trombe. L'immense chêne qui les abritait trembla jusqu'à
ses racines ; ses branches se courbèrent produisant un bruit
lugubre. La tente flottait et tirait d'une telle force sur ses cordes que les pieux, quoique bien enfoncés, menaçaient de céder.
Par bonheur, elle avait été dressée sous le chêne, et ses longues

branches inférieures, qui en temps ordinaire ne balayaient qu'à peine le sol, furent entraînées si bas que, grâce à leur charge de mousse, elles formèrent une excellente barrière contre le vent.

Il y eut peu de sommeil pour les jeunes gens cette nuit-là. La pluie avait redoublé; elle arrivait en averses, poussée par le vent avec une force telle que, malgré la protection du chêne, elle s'insinuait à travers les coutures de la toile. Mary s'était éveillée au bruit des marteaux, et Frank se souleva à son tour en sentant l'eau lui frapper le visage. Quand Robert entra dans leur compartiment pour savoir comment ils se trouvaient, il les vit assis sur une caisse, enveloppés du manteau de leur père et à l'abri sous un grand parapluie que la prévoyance de Frank avait fait admettre au nombre des bagages. Tous alors roulèrent les objets de literie et les vêtements au milieu de la tente, pour les protéger autant que possible. Ils s'assirent sur des caisses, s'enveloppèrent de leur mieux dans les manteaux et les couvertures; mais ce fut à peu près en vain : ils ne pouvaient pas se garer à la fois de l'eau qui tombait par en haut et de celle qui se frayait un passage par-dessous.

Ils restèrent ainsi, tremblants de froid, jusqu'à ce que la pluie cessât et que le vent s'abattît, ce qui n'eut lieu que vers trois heures du matin. Harold et Robert allumèrent aussitôt du feu, et les pauvres enfants, séchés et réchauffés, purent enfin se coucher et se livrer à un sommeil dont ils avaient grand besoin.

Le soleil se leva brillant avant qu'ils fussent éveillés.

Harold, le premier debout, appela Robert pour constater les dégâts que la tempête avait pu causer.

Mary et Frank se joignirent presque aussitôt à eux : s'étant habillés pendant la nuit, ils n'avaient pas grande toilette à faire.

De tous côtés, on apercevait des traces de l'orage : arbres

ROBERT LES VIT ASSIS SUR UNE CAISSE, A L'ABRI
SOUS UN GRAND PARAPLUIE.

courbés ou abattus, branches cassées, la terre couverte de débris de buissons et de vignes chargés d'une quantité de mousse arrachée aux arbres. La mer mugissait encore d'une manière terrible et charriait des arbres de toute taille apportés par le courant de la rivière.

Harold s'occupait de rallumer le feu, lorsque Robert, ayant jeté un regard vers la marée, bien plus haute que d'habitude, s'écria en prenant le pas de course :

« Ne perdez pas une goutte de l'eau qui est dans les seaux ! Il n'en reste guère qu'un quart, et nul ne peut dire quand la marée sera assez basse pour que nous puissions en obtenir de nouvelle ».

Il avait atteint le sommet du monticule voisin. Les autres remarquèrent qu'il fit aussitôt un geste de surprise et s'empressait de redescendre. Après deux ou trois minutes seulement d'absence, il revenait, pâle, décomposé, à pas précipités.

« Harold ! cria-t-il, à peine en état d'articuler quelques mots, NOTRE BATEAU EST PARTI, arraché de son amarre !... »

A cette terrible nouvelle, tous les visages pâlirent. Chacun courut où devait être le canot ; c'était l'affreuse vérité. Il n'était possible de l'apercevoir nulle part : le pieu qui le retenait avait même disparu. Aussi loin que le regard s'étendait, on ne voyait rien que de l'eau ! toujours de l'eau ! Çà et là des sommets de palétuviers plus hauts que les autres se courbant sous le coup des vagues.

Les pauvres enfants contemplèrent tristement ce désert d'eau, et, à l'expression de leurs figures bouleversées, il était trop évident qu'ils avaient désormais perdu tout espoir de retour.

« Mais, dit Mary, qui fut la première à recouvrer la parole, peut-être n'est-il pas perdu ! Il peut avoir été emporté dans le haut de la rivière ou avoir sombré à l'endroit où il était attaché. »

Robert, après un dernier regard sur l'emplacement où avait été le bateau, répondit :

« Nous pouvons essayer. Mais à quoi cela servira-t-il? Une fatalité nous poursuit depuis notre départ de la maison. Harold, devons-nous chercher le long de la rivière? »

Harold semblait perdu dans ses pensées; ses yeux, après avoir scruté toutes les directions où le bateau aurait pu dériver, se baissèrent et il donna les signes du plus profond abattement. La question de Robert le rappela à lui-même, il répondit tristement :

« Oui! mais mon opinion est que nous ne le trouverons pas. Vous savez que j'ai toujours eu l'idée que nous ne devions pas quitter cette île. Je suis troublé autant que vous l'êtes vous-mêmes; mais je me suis posé cette question : Est-ce pour notre bien ou pour notre mal que tout ceci nous arrive? Je ne pense pas que cela ait été pour notre mal, car nous aurions péri dans la mer; et, si c'est pour notre bien, que faire, sinon de nous soumettre avec résignation?... »

Ils retombèrent dans un morne silence et revinrent à pas lents vers la tente. C'était maintenant le seul abri qu'ils pussent appeler leur maison.

CHAPITRE VIII

Le modeste repas fut bientôt prêt. Les enfants se mirent à
table, tâchant de paraître gais, mais on ne parla guère, et on
ne mangea presque pas. Robert remarqua que Harold fixait
ses yeux attentivement sur un point élevé de la falaise. Après
avoir prolongé cet examen plus d'une demi-minute, celui-ci
détourna les yeux et retomba dans ses pensées.

« Avez-vous découvert quelque chose de l'autre côté du marais? demanda Robert pour rompre le silence.

— Je croyais avoir vu une petite colonne de fumée sur ce
point, répondit-il; mais j'imagine plutôt que c'était la vapeur
de la terre provoquée par les rayons du soleil. Après tout,
poursuivit-il, pourquoi ne retrouverions-nous pas notre bateau? S'il n'a pas coulé à fond à l'endroit où il était amarré,
il a certainement été porté quelque part le long de la rivière,
poussé par le vent. La marée n'a pas encore commencé à
baisser. S'il a été jeté dans le marais, nous pourrons même le
voir pendant que la mer sera haute, et, s'il ne s'y est pas arrêté,
il peut revenir avec la marée descendante. Je serais d'avis que
nous nous missions à sa recherche sans plus tarder. »

La répugnance de Mary à rester seule s'effaça devant la
nécessité absolue de cette recherche. Elle se contenta donc de

recommander à son frère et à son cousin d'être prudents et
de revenir aussitôt qu'ils le pourraient; puis elle prit un
air gai et essaya même de les aider à s'équiper pour le départ.

Les deux jeunes gens promirent d'être de retour avant la
nuit, à moins qu'ils ne fussent retardés par la découverte du
bateau. Munis de leurs fusils et de provisions de bouche,
ils partirent accompagnés de Mum. Mais à peine avaient-ils
fait quelques pas que Robert dit à Harold :

« A quoi bon emmener le chien? Laissons-le à Mary et à
Frank pour le protéger en cas de besoin.

—Vous avez raison. Je crois qu'il n'y a pas de danger; mais
ils se trouveront plus en sûreté l'ayant près d'eux. — Frank,
donnez-moi la chaîne de Mum. — Ici, Mum, ici ! »

Mum obéit, quoique avec une répugnance visible; on aurait
dit qu'il comprenait les paroles de Robert. Mary ne put s'empêcher de le remarquer :

« Cousin, dit-elle, je crois vraiment que Mum a compris ce
que mon frère a dit ! Voyez son air contrarié !...

— Oh! certainement, dit Harold, les chiens comprennent
plus qu'on ne l'imagine! — Mon pauvre Mum, je suis fâché
de vous laisser, car je sais que vous préféreriez chasser; mais
nous avons besoin que vous demeuriez avec Fidèle pour garder
votre maître et votre maîtresse contre les écureuils et les kan-
gourous; entendez-vous, Mum? »

Le pauvre chien remua tristement sa courte queue, comme
s'il voulait dire qu'il ferait de son mieux, et jeta en même
temps un regard de regret sur les fusils.

Après avoir recommandé à Mary de ne pas détacher Mum
sans nécessité, et à Frank de ne pas quitter la tente, sinon en
compagnie de sa sœur, les jeunes garçons s'apprêtaient à partir, quand Mary leur demanda :

« Mais que devrons-nous faire si nous voyons le bateau

redescendre la rivière ou si nous avons besoin de vous pour autre chose?

— C'est juste, dit Robert, je suis content que vous ayez suggéré cette idée. Nous allons charger le fusil de William, et, s'il y a lieu de nous rappeler, vous le tirerez comme un signal; nous serons très probablement à portée de l'entendre. »

Robert savait fort bien que Mary était capable de faire ce qu'il demandait, car son père avait cru de son devoir de lui enseigner tout ce qui était nécessaire pour défendre sa vie ou l'amuser. A cet effet, elle avait appris à charger un fusil et à s'en servir, à conduire un attelage, à monter à cheval et même à nager. Comparée à d'autres jeunes filles, on pouvait dire qu'elle était presque une héroïne.

Après beaucoup d'adieux et de bons souhaits de part et d'autre, les jeunes gens se mirent enfin en route. Ils coupèrent directement à travers les bois pour rejoindre l'endroit où ils avaient pêché, au point où la rivière se jetait dans la crique. S'arrêtant sur le sommet de la falaise, ils regardèrent de tous côtés; mais nulle trace de bateau n'était visible.

Dirigeant alors leurs pas vers le sud, en suivant d'aussi près qu'ils le purent les bords de la crique, quoique forcés quelquefois de faire de longs détours pour éviter, soit les petits ruisseaux, soit les nombreux buissons qui croissaient dans le marais, les deux cousins pouvaient à peine faire un mille et demi en une heure. Ils ne laissèrent pas un pouce de terrain sans l'explorer; mais toujours pas de vestige du bateau.

Vers onze heures, ils approchèrent de la langue de terre où ils avaient découvert les oranges et où ils se proposaient de faire halte, pour ensuite retourner à la tente. Ils avaient à peine atteint un petit bois et découvert les bords de la rivière du sud, quand ils entendirent un grand bruit dans les buissons environnants et virent six daims s'élancer et disparaître au plus épais du fourré.

L'instant d'après, un jeune faon, aussi blanc que la neige, en sortit en bêlant piteusement; il se débattait sous les étreintes d'un énorme chat sauvage qui lui déchirait furieusement le cou et les épaules.

Robert avait abaissé son fusil à l'apparition des daims; mais ceux-ci passèrent trop rapidement pour être tirés; il était donc tout prêt quand le faon s'approcha. Visant alors non la charmante bête, mais le carnassier qui était sur son dos, il lâcha son coup, et les deux animaux roulèrent ensemble sur le gazon.

Il voulait courir dessus, mais Harold le retint :

« Pas encore, lui dit celui-ci; tenez votre second coup prêt; un chat sauvage n'est pas facile à tuer; il se défend jusqu'à la mort. »

Il fut heureux que Harold eût arrêté son cousin, car le chat, légèrement blessé, trouva assez de force pour bondir de côté et s'enfuir.

« Maintenant, envoyez-lui votre second coup et visez à l'épaule. »

Avant qu'il eût pu mettre en joue, le chat se glissa dans le trou d'un arbre voisin.

« Le voilà provisoirement sauf, dit Harold, mais nous pourrons le tuer à loisir. Ne quittez cependant pas des yeux le trou et soyez prêt à tirer; je vais chercher le faon. »

Quand Harold prit la jolie petite créature, il s'aperçut que la balle qui avait blessé le chat avait écorché le cou du daim, sans atteindre aucune partie vitale. La pauvre bête commençait à se remettre. Les blessures faites par le chat n'intéressaient aussi que la peau et pouvaient être facilement guéries.

« Faut-il le tuer pour notre garde-manger? demanda Harold, ou bien le ramener vivant à Mary et à Frank?

— Oh! faites-lui grâce! je vous en prie, répondit Robert dont les sympathies avaient tout d'abord été éveillées par les plaintes enfantines du pauvre faon. Emmenons-le pour ma sœur et dépêchons-nous d'en finir avec ce vilain chat.

— Alors prêtez-moi votre mouchoir, dit Harold, car le mien ne suffirait pas pour fabriquer un collier et une laisse. »

En s'approchant, Robert vit le chat ramper doucement hors de son trou et détaler en toute hâte.

« Vite, Harold, cria Robert en jetant son mouchoir, attachez le faon et suivez-moi. »

Il disparut alors sous le buisson, à la poursuite du chat.

« Ayez soin de ne pas l'approcher trop près », lui cria Harold.

Mais Robert était déjà hors de vue. Harold l'entendit bientôt crier : Halloo! à une centaine de pas. Il courut dans cette direction et arriva à temps pour assister aux dernières convulsions du fauve.

« Vous allez devenir un chasseur de première classe, avec des progrès tels que ceux-ci, mon cher Robert, dit Harold. C'est un chat magnifique! Quelles terribles griffes et quelles dents! Voyons sa longueur. »

Réunissant ses mains par les pouces et écartant les autres doigts de manière à former la longueur d'un pied, il s'assura qu'il mesurait deux pieds neuf pouces depuis le museau jusqu'à la racine de sa queue, et que, quand il était sur ses pattes, il devait avoir au moins deux pieds de haut.

« Je suis content qu'il ne m'ait pas fourré ces vilains ongles-là dans les jambes, dit Robert; mais il était tellement furieux de sentir qu'il ne pouvait m'échapper, qu'il s'est arrêté et s'est élancé tout à coup sur moi avec un sourd miaulement, montrant ses dents aiguës, hérissant son poil et l'œil en feu. Par bonheur, l'agonie l'a pris juste au milieu de ce suprême effort.

— Ç'aurait été une lutte désespérée; s'il avait pu vous atteindre, vous auriez porté ses marques jusqu'à la fin de votre vie. »

Revenus auprès du faon, qui se débattait violemment à leur approche, ils réussirent à calmer si bien ses terreurs par des caresses et de douces paroles qu'il finit par s'abandonner à son sort et consentit à suivre ses nouveaux maîtres.

Quelques oranges apaisèrent la soif des deux jeunes gens. Après un quart d'heure de repos accordé à leurs membres fatigués, ils allaient repartir, lorsque le faon se mit à sauter et à donner de nouvelles marques de frayeur. Un frôlement bruyant agita les buissons voisins. Harold et Robert n'avaient pas eu le temps de saisir leurs fusils couchés à leurs pieds qu'ils virent Mum accourir à eux de toute sa vitesse.

Les jeunes chasseurs furent très surpris, et leur première pensée fut que quelque accident était arrivé. Mum cependant ne donnait aucun signe qui pût faire supposer un malheur. Il vint à eux en remuant sa queue et paraissant de très bonne humeur. Il jeta bien un regard de colère sur le faon; sa gueule semblait avoir quelque envie d'y toucher; cependant il se tint tranquille. Tout à coup, Harold remarqua au cou du chien une ficelle à laquelle était attaché un petit papier roulé. Il le détacha et lut ces mots tracés au crayon :

« Revenez vite, j'ai vu quelqu'un de l'autre côté de la rivière, agitant un signal.   « MARY. »

Après que Robert et Harold eurent quitté la tente le matin pour aller à la recherche de leur bateau, Mary et Frank suivirent longtemps d'un œil inquiet leurs formes se perdant dans le lointain. Ils étaient tristes de rester ainsi livrés à eux-mêmes dans cette solitude; mais c'était indispensable, et Mary résolut de supporter cette épreuve avec courage. Dans l'intention de secouer les idées sombres, elle proposa à Frank de venir l'aider à étaler au soleil les objets qui avaient été mouillés sous la tente par la pluie. Parmi ces objets se trouvait le paquet de William.

« Pauvre garçon, dit Frank, qu'est-il devenu ? Ne pensez-vous pas qu'il s'est noyé ?

— Je ne sais, mon petit Frank, répondit Mary avec un soupir ; je veux espérer encore que cela n'est pas. William était un bon nageur et il se trouvait près du rivage. Oh ! si seulement nous pouvions avoir des nouvelles de papa et lui faire parvenir des nôtres ! Voyez, Frank, — et elle lui montra une valise, — c'est celle de notre père, elle contient ses rasoirs et les divers objets dont il se servait chaque jour ; je voudrais bien l'ouvrir et faire prendre l'air à chaque chose ; le dessus et le dessous sont trempés. »

Elle essaya les différentes clefs de son trousseau, et, à sa grande joie, elle en trouva une qui ouvrait le cadenas.

Quelques-uns des objets qu'elle contenait étaient mouillés ; ils furent sauvés de dommages plus grands par ses soins intelligents. Il y avait une boîte en maroquin dont le contenu fut très utile par la suite ; c'était une provision de remèdes choisis. Mary eut le soin de ne déranger quoi que ce soit, excepté les choses qui avaient besoin d'être séchées, car, bien que son père n'eût rien qu'il dût cacher, elle savait que c'était sa propriété privée, et elle tenait à la respecter religieusement. Après avoir tout fait sécher, elle remit chaque objet à sa place.

Cette besogne les occupait depuis deux heures environ, lorsque Frank, dont les yeux se portaient continuellement vers la mer avec un espoir vague de voir son père venant à leur secours, s'écria :

« Ma sœur, n'est-ce pas une fumée que j'aperçois de l'autre côté de la rivière ? »

En effet, à trois milles de distance dans cette direction, une vapeur blanchâtre s'élevait en tournoyant ; c'était bien de la fumée.

« Qui peut faire ce signal ? » dit Mary anxieuse.

Elle courut chercher sa longue-vue, la mit au point, l'appuya de ses deux mains tremblantes contre un arbre et la dirigea vers la colonne de fumée.

« Il y a quelqu'un! s'écria-t-elle après un court examen. Il agite un signal, on dirait un mouchoir attaché à un bâton!... Mais qui cela peut-il être?... Si c'est un des nôtres, pourquoi ne vient-il pas jusqu'à nous? Oh! Frank, que je voudrais donc que mon frère et mon cousin fussent ici.

— Déchargeons nos fusils, ma sœur, cela les fera revenir. »

Frank prit le fusil chargé par Robert et fit feu. Mary regarda de nouveau à travers la lunette et cria :

« *Il* nous voit, Frank, il fait flotter son petit drapeau, il a certainement entendu notre coup de fusil ou il en a vu la fumée. Je suis bien fâchée de ne pas le distinguer mieux. Oh! si; le voilà couché; il a déposé son signal et semble se traîner péniblement par terre, à l'aide d'un seul bras. Que peut signifier cela?... Oh! quand reviendront donc Robert et Harold? »

L'impatience de Mary lui faisait trouver le temps affreusement long. Elle ne savait qu'imaginer pour hâter le retour des chasseurs. Enfin, se tournant vers Frank avec un regard joyeux et frappant dans ses mains, elle s'écria :

« J'ai trouvé! Je vais les faire revenir en leur envoyant un exprès! Rien n'est plus aisé. Assurément, rien n'est plus aisé! »

Frank parut troublé.

« Comment pouvez-vous leur envoyer un exprès? demanda-t-il. Je suis le seul que vous ayez, et je suis bien persuadé que je ne pourrais pas me guider plus que vous-même.

— Non, ni vous ni moi, mais un messager qui, j'en suis persuadée, saura bien les découvrir et leur porter une lettre! »

Elle ouvrit sa malle, prit un morceau de papier, écrivit quelques mots au crayon, puis elle attacha solidement son message avec une ficelle qu'elle passa au cou de Mum.

« Voilà mon exprès ! reprit-elle. J'ai confiance en lui ! »

Et vite, lui ôtant sa chaîne, elle dit :

« Cherche, Mum ! cherche! »

Mum la regarda d'un air inquiet, paraissant chercher à deviner ce qu'on attendait de lui. Elle l'appela sur la piste de ses jeunes maîtres, la lui fit flairer, la suivit pendant quelques pas pour l'encourager. La bête intelligente comprit ce qu'elle voulait et toute joyeuse s'élança au galop dans la direction qu'avaient prise les deux chasseurs.

Harold et Robert furent de retour à la tente vers une heure, conduisant le faon en laisse, quoiqu'ils eussent été tentés maintes fois de le laisser en arrière, attaché à un arbre, ou de le mettre en liberté, car il retardait souvent leur marche. A leurs appels, Mary et Frank ayant couru au-devant d'eux furent enchantés du nouveau favori qu'on leur amenait et perdirent quelques moments à caresser ses flancs de neige. Mais l'intérêt, excité par la présence d'un être humain sur la rive opposée, absorba bientôt toute leur attention. Aussitôt que Harold put apercevoir la fumée s'élevant lentement, il dit :

« C'est cette fumée que j'ai vue ce matin ; elle était si faible que je l'ai prise pour du brouillard. Il faut que cette personne soit restée là toute la nuit !... »

Robert et Harold, ayant pris la lunette, ne purent chacun rien distinguer autre chose que cette légère fumée. Mary décrivit la position dans laquelle elle avait vu la personne couchée et se traînant plus haut après avoir entendu les coups de fusil.

« Alors, dit Harold, je vais en tirer encore un. Et vous, Robert, examinez ce qui va se passer. »

Robert s'étendit à plat ventre, reposant la lunette sur un morceau de bois, de manière à ce qu'elle ne bougeât pas, et dit :

« Faites feu maintenant.... »

Un quart de minute après la décharge, il s'écria :

« C'est un homme : il est couché à l'ombre d'un cèdre, je le vois se remuer... il se repose sur un bras, comme s'il était malade ou blessé... voici qu'il se traîne, comme l'a décrit ma sœur.... Ah! il agite encore son petit drapeau!... Il ne se sert que d'un bras, l'autre pend inerte. Qui cela peut-il être?... Je suis fâché qu'il ne soit pas au soleil, car je pourrais voir sa couleur; mais je suis presque certain que ce n'est pas un homme blanc.

— Oh! c'est Riley, dit Frank, je devine que c'est Riley qui vient nous chercher!... Maintenant nous sommes sûrs de retourner à la maison!... » ajouta-t-il en sautant de joie.

Harold prit à son tour la lunette. Le mystérieux étranger avait posé à terre son petit drapeau, il s'était adossé à un arbre. Harold le vit porter la main droite à son bras gauche et le soutenir.

« Cet homme est évidemment blessé grièvement, dit-il; au lieu de nous venir en aide, il a besoin que nous l'aidions. Ce doit être un naufragé jeté là pendant l'orage de cette nuit. Oh! si nous avions seulement notre canot!... Robert, il nous faut aller à son secours, nous pouvons construire un petit radeau. Il n'y a pas plus de trois milles d'ici là. Nous avons les rames et le gouvernail de notre bateau, il nous sera facile d'aller et de revenir avant la nuit en travaillant fort.... »

Ils songèrent d'abord à un arbre tombé à une petite distance, mais encore difficile à transporter jusqu'à la rivière.

« Où avons-nous la tête? fit Robert. Le palmier que j'ai jeté bas pour avoir le chou est de soixante à soixante-dix pieds, droit comme une flèche, et, ce qui vaut mieux encore, juste sur le rivage. »

Ils partirent avec la hache, la hachette et les clous. Mary leur dit que, s'ils voulaient lui montrer le chemin, elle les suivrait de près avec Frank pour leur porter à manger.

« J'accepte de grand cœur, répondit Harold, car j'ai une faim de loup ; nous vous tracerons votre route, suivez-nous le plus tôt possible.

— Voulez-vous dire que vous marquerez les arbres en marchant ?

— Précisément ! nous leur donnerons un coup de hachette, de manière que vous voyiez des marques blanches sur l'écorce ; cela s'appelle tracer une voie. Vous ne pourrez pas vous tromper. »

Cette besogne ne les dérangeait presque pas ; un bûcheron expérimenté peut s'en acquitter d'un seul coup de sa hache, à mesure qu'il avance et sans s'arrêter.

Un grand nombre d'arbres furent ainsi entaillés.

Arrivés au palmier abattu, ils le coupèrent en quatre morceaux : un de vingt pieds, deux de dix-sept pieds, et l'autre, de dix. Ce fut un ouvrage facile ; le palmier est un bois tendre et chaque coup de hache, après avoir pénétré sous l'écorce qui est assez dure, produisait une coupure très profonde. Puis, à l'aide de leviers, ils roulèrent les tronçons au bord de la rivière, les attachèrent ensemble, taillèrent l'avant en pointe pour couper l'eau, et clouèrent quelques traverses pour s'asseoir et y déposer leurs outils et divers objets.

Pendant qu'ils travaillaient, Mary et Frank, guidés par la marque des coups de hache sur les arbres, les rejoignirent avec un panier de provisions que Mary plaça devant eux en leur disant :

« Je suis fâchée de n'avoir pas d'eau à vous offrir, mais voici quelques-unes des oranges que nous avons récoltées l'autre jour. »

Trois heures plus tard, les jeunes gens furent étonnés eux-mêmes de la besogne accomplie grâce à leur vigueur et à leur bonne volonté ; ils étaient sur le radeau, ramenant Mary et Frank rapidement vers le point de la rive le plus rapproché de

la tente. Un coup d'œil donné en passant à la source montra
qu'on pouvait dorénavant obtenir une provision d'eau. Tandis
que Harold creusait une sorte d'écope et la préparait en cas
d'invasion d'une vague, Robert accompagna Mary et Frank
à la tente d'où il rapporta des fusils, une cruche d'eau,
une lunette d'approche et la boîte de médicaments dont
Mary lui avait parlé et qu'il supposa être nécessaire au
blessé.

Harold et Robert s'embarquèrent enfin, laissant les enfants
sur le rivage.

« Ne vous inquiétez pas, dirent-ils, voyant les larmes rouler
dans les yeux de Mary au moment de cette nouvelle séparation;
à la tombée de la nuit allumez sur le rivage un grand feu que
vous entretiendrez. Nous espérons vous apporter de bonnes
nouvelles de la maison. Si la personne qui est là-bas est un
messager venu de Tampa, nous vous le ferons savoir en tirant
deux coups de fusil. Soyez attentifs; vous les entendrez cinq
minutes après que vous nous aurez vus aborder. »

Les voyageurs s'éloignèrent bientôt à une vitesse de plus de
deux milles à l'heure.

Quoique très désireux de secourir le naufragé, les jeunes
garçons ne s'approchèrent pas du rivage opposé sans quelques
précautions; ils savaient être sur une terre de sauvages excessivement ingénieux et patients dans leurs projets de violences.
Chacun prit à son tour la lunette, pendant que l'autre ramait,
la dirigeant vers le but de l'expédition. A un quart de mille
du rivage, ils stoppèrent et surveillèrent la place et l'étranger.
Ils le virent distinctement, adossé à un cèdre et se soutenant
sur la main droite.

« Harold, dit Robert, c'est un nègre! Je crois bien que c'est
Sam, le charpentier. Oh! le pauvre garçon, comme il paraît
souffrir! Que lui sera-t-il arrivé?... »

Ils ramèrent avec une nouvelle vigueur, et, quand ils ne

furent plus qu'à cent yards du rivage, ils s'arrêtèrent de nouveau et regardèrent.

« C'est Sam, dit Robert, tout va bien. Abordons maintenant. »

Ils tirèrent le radeau à terre, l'assujettirent solidement au moyen de leur hache enfoncée dans le sable pour servir d'ancre. Ils coururent vers Sam, qu'ils trouvèrent horriblement blessé, incapable de se mouvoir. Ils allaient se jeter sur lui pour l'embrasser, quand il les arrêta d'un geste de son bras valide en leur disant :

« *Doucement ! pour amour de Dieu, pas secouer moi fort. Oh ! massa Robert, oh ! massa Harold, moi bénir Dieu de voir vous une fois plus !... »*

Les pleurs couvraient les joues du pauvre homme.

« Cher vieux Sam, dirent les jeunes gens, nous sommes si heureux de vous voir !... Mais que vous est-il arrivé ?

— *Oh ! moi, mort ! Ma bras et mon jambe cassés tous les deux nuit dernière.... Vous avoir un peu d'eau ?*

— Beaucoup ! beaucoup ! Nous en avons apporté pour vous. »

Ils coururent chercher la cruche ; mais Robert était en avance, et Harold revint.

« *Massa Robert,* demanda Sam, *où être les enfants ?*

— Nous les avons laissés là-bas ; ce sont eux qui vous ont aperçu et qui ont tiré les premiers coups de fusil.

— *Dieu bénisse eux jeunes amis ; moi les aimer bien.*

— Mais comment se porte papa ?

— *Oh ! beaucoup bien, beaucoup bien ; mais lui beaucoup inquiet de vous. Dieu bon !*

— Voici de l'eau, dit Harold en revenant ; laissez-moi tenir la cruche pendant que vous boirez ; mais n'en prenez pas trop à la fois, cela pourrait vous faire mal. Et quelles nouvelles de mon oncle ? »

Sam n'en avait que de bonnes à donner.

Pendant qu'ils causaient, Robert courut à son tour au radeau, en rapporta son fusil; puis, se plaçant à l'endroit le plus en vue du monticule, il commença par agiter son mouchoir blanc jusqu'à ce qu'il eût reçu un signal de son frère et de sa sœur en réponse; il tira ses deux coups de fusil à peu de distance d'intervalle.

« *Merci, massa, pouvez-vous laisser moi boire un peu de l'eau encore!* » demanda Sam.

Lorsqu'il eut étanché sa soif :

« *Bénir bon Dieu, dit-il, pour bon l'eau; c'être si bon!* »

Ils lui demandèrent la cause et la nature de son accident.

« *C'être bateau nuit dernière, bateau à Riley. Mer tuer lui et abîmer moi! Nous venir pour chercher vous tous, vent souffler bien fort et mer beaucoup grosse. Moi et Riley aller ensemble pour remonter bateau plus haut sur grève, quand vague bien bien grand venir, jeter bateau droit dans poitrine à Riley; tuer lui, moi suppose, moi voir plus lui après.... Quand moi revenu à moi, moi couché tout long sur grève avec ma bras et mon jambe cassés, et l'eau courant sur moi; moi traîné nuit dernière plus haut par bras et par jambe bons; mais si pas pour vous, moi jamais pouvoir venir si haut, mer emporter moi comme paille....*

— C'est assez parlé pour le moment, Sam, vous êtes trop faible et trop malade; d'ailleurs, nous n'avons pas de temps à perdre, nous allons vous emporter à notre tente; là, vous causerez tant que vous voudrez. Pouvons-nous faire quelque chose pour vous avant de partir?

— *Seulement, donner à moi un peu de l'eau encore.* »

Il en avait déjà bu au moins deux litres.

Il leur désigna l'endroit où devait se trouver la carabine de Riley, avec une hache et plusieurs gourdes. Le tout fut porté au radeau.

MARY ET FRANK LES ATTENDANT A COTÉ D'UN FEU
QU'ILS AVAIENT ALLUMÉ.

Harold dit alors :

« Voyons, Sam, dites-nous comment nous devons vous transporter. Le soleil descend rapidement, et nous avons beaucoup de chemin à faire. Mary et Frank n'aiment pas qu'on les laisse seuls la nuit; ils regardent certainement s'ils nous voient partir.

— *Oh! enfants, enfants! Dieu bénisse eux et vous; mais moi croire il veut tuer moi si changer de place. Vous voir combien jambe et bras à moi enflés!...* »

Après bien des débats, Sam consentit à se laisser emporter, et, quoiqu'il gémît et poussât des grognements à cette pensée, le transport fut effectué avec beaucoup moins de peine qu'on aurait pu le croire. Ils étendirent une couverture à côté de lui, l'aidèrent à se mettre au milieu, approchèrent et épinglèrent les bords sur une longue et solide branche à l'aide d'épines de cèdre; puis, prenant chacun une extrémité de la perche, ils l'enlevèrent doucement de terre et le portèrent tout d'une haleine jusqu'au radeau, où ils avaient préparé d'avance une couche de mousse.

Le soleil disparut dans l'eau à l'horizon avant qu'ils eussent fait un demi-mille; mais les jeunes gens se mirent à ramer avec un courage et une force fébriles, profitant d'un petit vent qui leur était favorable. Il était nuit quand ils abordèrent, ou plutôt nuit comme il pouvait l'être avec un clair de pleine lune. Robert profita de ce qu'il était au gouvernail pour recharger les deux coups de son fusil et répéter le signal convenu. Ils purent d'une assez grande distance apercevoir les figures de Mary et de Frank les attendant sur la rive à côté d'un feu qu'ils avaient allumé pour guider les voyageurs. Ils paraissaient écouter attentivement les coups de rames. Bien avant que des paroles pussent être échangées, la voix claire de Frank courut sur les eaux, envoyant des appels joyeux. A leur tour, les deux jeunes gens, unissant leurs voix, crièrent : « Sam! Sam! »

répétant ce nom à intervalle, jusqu'à ce qu'ils fussent sûrs, par les exclamations de joie de Mary et de Frank, d'avoir enfin été entendus.

Bientôt Frank cria :

« Comment ça va-t-il, Sam ? »

Le pauvre Sam essaya de répondre, mais sa voix était trop faible ; Robert et Harold le firent pour lui. Mary aurait crié pour s'informer aussi ; mais la vérité est qu'elle pleurait de bonheur et n'aurait pas pu prononcer un mot.

CHAPITRE IX

DÉBARQUEMENT. — ON PANSE LES BLESSURES DE SAM. — UN RÊVE
DE FRANK. — LE NOM DU FAON. — RÉCIT DE SAM. — UNE
AMÈRE DÉCEPTION.

Le débarquement s'opéra sans trop de peine, les deux jeunes
gens transportant le pauvre Sam dans la couverture, trans-
formée en civière, dont ils s'étaient servis pour l'embarquement du blessé.

Sur le conseil de Mary, on s'occupa tout d'abord de panser
Sam. Robert savait un peu de chirurgie et avait plus d'une fois
vu son père réduire des fractures. Il eut bientôt fabriqué des
planchettes de bois et des bandes de toile, à l'aide desquelles il
immobilisa, dans une position convenable, le bras cassé de
Sam et sa pauvre jambe.

L'excellent homme se sentit immédiatement soulagé. Il ne
savait comment exprimer sa gratitude dans son langage enfan-
tin. Quand il se vit couché sur un matelas, délivré des douleurs
cuisantes que lui avaient causées tout le jour ses fractures, et,
par surcroît, régalé d'une tasse exquise de thé fumant, de
grosses larmes de reconnaissance coulèrent sur ses joues noires.

« *Merci, miss Mary!... merci, massa Robert! merci, massa
Harold et massa Frank!* balbutia-t-il. *Moi mort là-bas, pour
sûr, si vous pas venir à mon aide!*

— Allons, Sam ! ne parlez plus de cela ! dit Mary en bordant
avec soin la couverture. N'avez-vous pas été blessé en cherchant

17

à nous secourir?... Il n'est que juste que nous vous soignions de notre mieux.

— Endormez-vous, Sam, c'est ce que vous avez de mieux à faire. Et nous ne tarderons pas à vous imiter! » ajouta Robert.

Il était dix heures passées. Tout le monde était harassé de fatigue et s'empressa de suivre un avis si judicieux. Bientôt on n'entendit plus sous la tente que la respiration douce et calme des enfants et les soupirs plus rudes du blessé.

A peine le jour venait-il de paraître, qu'un cri de joie réveilla les dormeurs en sursaut. C'était la voix de Frank, disant en riant :

« Oh! papa!... quel bonheur!... Bonjour, petit père!...

— Papa ici?... Est-il possible? Où le vois-tu, Frank? demandèrent Robert et Mary.

— Là-bas, dit l'enfant assis sur son lit, se frottant les yeux à moitié ouverts et montrant un coin de la tente. N'est-ce pas lui? Je viens de le voir à l'instant. »

Ce n'était qu'un rêve. Frank avait pensé plus que de coutume à la maison, le jour et le soir précédents; il était donc naturel que ses visions pendant le sommeil s'en ressentissent. Il s'imagina que son père avait trouvé le bateau perdu, qu'il l'avait attaché à l'endroit où l'on débarquait et était venu à la tente. Pauvre petit! Il fut cruellement déçu. La peinture avait été si vivante, son père lui était si réellement apparu, que, pendant quelques instants, il se montra tout chagrin. Mary tâcha de le réconforter en lui disant :

« Ne t'inquiète pas, nous le verrons arriver quelque jour. Mais, quoique papa ne soit pas ici, tu sais que Sam y est, qu'il a à nous conter tout ce qui s'est passé à la maison, aussitôt qu'il sera en état de parler.... »

A ce moment, le petit faon, qu'on avait un peu négligé au milieu des émotions de la veille, et qui était resté mélancoliquement attaché à l'un des piquets de la tente, fit entendre un bêlement prolongé.

« Ah! s'écria Frank, voilà Blanchette qui réclame son déjeuner!

— Blanchette!... Quel nom vulgaire! répliqua Mary avec plus de vivacité peut-être que n'en comportait le sujet. J'espère bien que nous n'allons pas appeler ainsi cette jolie bête!...

— Quel nom lui donner, en ce cas? demanda Frank.

— J'avais pensé à *Dora*, répondit gravement la jeune fille. J'ai entendu dire à mon père que cela signifie : *cadeau*.

— Dora, soit!... Vive Dora! » crièrent derrière la cloison de toile Harold et Robert, qui avaient écouté en souriant cette importante discussion.

Sam venait de s'éveiller, lui aussi, d'un sommeil calme et réparateur. Les enfants s'assemblèrent autour de lui pour écouter ce qu'il avait à leur dire de la maison.

« *Moi pas avoir beaucoup à dire, moi parti si vite après vous tous que vous savoir presque tout, excepté quoi arrivé à moi et à Riley!...*

— Contez-nous tout, dit Robert.

— D'abord, interrompit Mary, faites-nous savoir ce qu'est devenu William. S'est-il noyé? »

Dans l'intérêt de nos lecteurs, peu familiers avec le jargon des nègres, et qu'une telle manière de s'exprimer pourrait fatiguer, nous allons donner la narration de Sam en un français plus intelligible, tout en conservant l'originalité de ses idées et de ses images.

« Oh! non, mademoiselle, répondit Sam à la question de Mary, il a seulement bu un bon coup; il a tout de suite donné l'alarme. Je suppose que la raison pour laquelle vous ne l'avez pas entendu est qu'il était sous le débarcadère, se tenant fortement à un poteau, dans la crainte qu'un autre poisson-diable ne vînt aussi le saisir. Il m'a accompagné à l'île de Riley.

— Maintenant commencez par le commencement, reprit Robert; dites-nous les choses l'une après l'autre, dans l'ordre où elles se sont passées. S'il y a quelques points sur lesquels nous voulions être plus renseignés, nous vous arrêterons pour vous les indiquer.

— Bien, dit Sam. Vous savez qu'au moment de votre départ, j'étais à travailler dans la chambre de derrière; je mettais un store à la fenêtre, quand j'entendis votre père, sur le pas de la porte, dire à quelqu'un : — « Restez ici, je reviens. » Il entra dans la chambre et je le vis ressortir avec une boîte. Il ne l'avait pas plus tôt remise à l'homme qui l'attendait, que nous entendîmes la voix de William appelant au secours. Votre père ainsi que l'étranger s'élancèrent vers le rivage. J'y courus aussi. Quand j'arrivai à un endroit d'où je pouvais vous apercevoir, — après les petits cèdres qui font un rideau entre la maison et la mer, — votre père était à genoux, pâle et défait et levant les bras; ses yeux étaient remplis de larmes. Pendant quelques instants, je ne pus détourner ma vue de cette douleur affreuse; puis, je reportai mes yeux sur vous et je vis votre bateau fuyant, laissant derrière lui une longue trace d'écume. A ce moment, votre père, se relevant, nous dit : C'est un « poisson-diable, il ne saurait les mener longtemps de ce « train-là! Sam, et vous William » (il était à ce moment sorti de l'eau), « apprêtez à l'instant le petit canot et rattrapons-les. » — « Mon Dieu! grâce! grâce! Sauvez mes enfants! » ajouta-t-il en levant de nouveau ses mains vers le ciel.

« William et moi, nous courûmes au canot; mais je revins bientôt après avertir mon maître qu'on ne pouvait pas s'en servir : un madrier tombé de l'embarcadère y avait fait un grand trou.

« Le soldat du fort, qui était toujours là, dit alors :

« — Le major a une très belle yole à voiles, docteur; si

« vous voulez, je vais remonter à cheval pour aller lui deman-
« der qu'il vous l'envoie!

« — Faites, faites, mon ami; dites au major qu'il est ma
« seule ressource. Ne ménagez pas votre cheval; merci, brave
« soldat! »

« Le cavalier enfonça ses éperons dans les flancs de sa mon-
ture, qui partit ventre à terre. Votre père vint examiner le
canot.

« — On peut le radouber, dit-il; il sera certainement en
« état avant que la yole arrive du fort.... Pierre, allumez du
« feu ici, vite, vite! Judy, courez à la maison, rapportez un
« pot, un morceau de cire et deux poignées d'étoupe. William,
« allez couper le cuir de côté du harnais, prenez deux mar-
« teaux et une grande feuille de papier brun. Et vous, Sam,
« aidez-moi à soulever le canot et à le retourner sur le
« sable. »

« En plus d'un trou large comme ma tête, il y avait deux
longues fentes; mais nous avions le cœur à l'ouvrage, et, en
moins d'une heure, le canot était en état. Votre père avait
travaillé aussi fort qu'aucun de nous; mais à chaque instant
il se retournait pour vous regarder : il était désespéré.

« Vous étiez déjà à une telle distance que vous ne formiez
plus qu'un point noir devenant de plus en plus petit. Quand
vous fûtes hors de vue, votre père prit son autre lunette pour
vous suivre aussi longtemps qu'il put. Lorsqu'il ne vous vit
plus, il revint vers nous et nous dit :

« — Partez sans moi dans le canot; vous ramerez plus vite.
« Avec la yole du major je tenterai de vous devancer à la voile.
« Les enfants ont disparu derrière l'île de Riley. Si vous y
« arrivez avant moi, dites à Riley, de ma part, de se mettre,
« lui aussi, en chasse dans sa pirogue! »

« Ni moi ni William ne pûmes prononcer un seul mot. Nous
prîmes les mains de notre maître et les baisâmes; elles étaient

toutes mouillées de nos larmes, car nous l'aimons comme s'il était notre père.

« Nous atteignîmes l'île vers midi; Riley n'y était pas; sa femme nous dit qu'ayant vu passer le bateau et reconnu les enfants du docteur, il était parti sans différer, ni se donner le temps de rien emporter, si ce n'est une calebasse pleine d'eau. La femme de Riley nous donna un petit sac de maïs rôti, un jambon de venaison, le fusil et les munitions de son mari, nous faisant observer que s'il était avec nous il les emporterait. Nous sautâmes dans notre bateau et repartîmes.

« Une heure plus tard, nous croisâmes Riley dans son bateau; il était monté sur un arbre d'une île au sud de la sienne, et vous avait gardés à vue jusqu'à ce que vous fussiez trop loin pour être aperçus. Il revenait chez lui, incertain s'il devait se mettre à votre recherche le lendemain matin ou vous abandonner tout à fait. Quand nous lui rapportâmes ce que votre père nous avait chargés de lui faire savoir, il dit qu'il irait à votre secours, parce que le docteur était un excellent homme, mais qu'il fallait d'abord retourner à son île pour prendre un bateau plus grand; que la côte au delà étant dangereuse, celui dans lequel il se trouvait n'était pas assez fort, ni le nôtre non plus. Nous revînmes avec lui à son île, où je restai toute la nuit. Inquiets, d'autre part, de ne pas voir arriver le docteur, nous décidâmes que William reviendrait à Bellevue se mettre à sa disposition.

« Quand nous partîmes de l'île au point du jour, nous vîmes un vaisseau se dirigeant vers Tampa, mais trop loin de nous pour que nous pussions le héler. Ce jour-là, nous ne visitâmes pas du tout les côtes; nous y regardions cependant très attentivement, quoique nous fussions persuadés que vous étiez bien plus loin; mais, pendant les trois jours suivants, nous entrâmes dans tous les petits havres ou cours d'eau, sans nous y enfoncer beaucoup, Riley nous ayant appris que, depuis ces derniers temps, beaucoup de peuplades qui habitaient ces côtes étaient hostiles aux blancs, aussi bien qu'aux Indiens mêmes, et qu'il ne serait pas prudent de les rencontrer.

« Nous en vîmes quelques-uns, les deux premiers jours, mais nous n'en aperçûmes plus ensuite. Riley me dit que ces côtes étaient encombrées de récifs et de brisants très dangereux, où personne ne se risquait, et que les Indiens Calloux, qui les habitaient, y mouraient de faim. Il n'y avait qu'une étroite bande de terre suivie de marais impraticables. Un incendie avait dévoré presque tous les arbres. Les Indiens s'imaginaient que cette côte était maudite par le Grand Esprit.

« Pendant toute cette journée, les rochers à fleur d'eau et les brisants nous empêchèrent d'aborder ; aussi parlâmes-nous plusieurs fois de nous en retourner. Ces brisants, que vous pouvez voir de la falaise, s'étendent à une grande distance plus bas. Riley ne voulut pas essayer de les franchir ; il craignait que nous ne pussions nous arrêter nulle part, excepté sur une île qu'aucun Indien ne s'aventure à visiter, parce qu'elle est enchantée par la présence de cerfs blancs[1]; le courroux du Grand Esprit était si redouté que nul Indien n'osait seulement y aller.

« Nous nous maintînmes cependant en vue autant que nous pûmes, espérant trouver enfin un passage, et atteindre la côte sans aborder dans cette île terrible.

« Par surcroît, le vent était contre nous. Vers le soir, nous nous risquâmes à forcer notre passage à travers l'endroit le moins dangereux que nous pûmes trouver, et encore fûmes-nous mouillés plus d'une fois. Quand nous débarquâmes, il était nuit close. Nous vîmes plus loin un feu que nous pensâmes pouvoir être le vôtre. J'essayai de persuader Riley d'y aller, mais en vain, il craignait peut-être que ce fût l'*Ile*

1. Les cerfs blancs sont associés aux superstitions de toutes les peuplades sauvages des deux Amériques.

Maudite, quoiqu'il n'en dît rien. Il répondit seulement que nous étions menacés d'un orage et qu'il fallait prendre nos précautions. Nous tirâmes notre bateau aussi haut que nous pûmes sur la grève, puis nous l'amarrâmes solidement par son petit câble, fait de peau de cerf tordue.

« Je coupai un peu de bois pour allumer du feu; mais avant que cela fût possible, un violent coup de vent se fit sentir; la mer monta rapidement. Nous courûmes à notre bateau et le hissâmes plus haut sur le rivage, puis plus haut encore; mais le vent devint bientôt si impétueux et les vagues déferlaient avant tant de fureur que nous renonçâmes à rester près du bateau et même à le sauver. Nous descendîmes cependant encore une fois pour tenter de le haler, quand une énorme vague le souleva et le lança sur nous.

« Ce fut une terrible nuit. Les vagues venaient m'assaillir jusque sous le cèdre où j'avais réussi à me traîner, ayant appelé vainement Riley. La pluie tombait par torrents, les mugissements du vent devenaient si effrayants que je suis sûr qu'on n'aurait pas entendu un coup de canon tiré à deux milles.

« Au matin je me traînai, au prix d'atroces souffrances, à la recherche de Riley et de son bateau, mais je ne vis que les vagues roulant sur le rivage. Le jour grandissant, je finis par découvrir votre tente et la fumée; je fus certain alors que le feu que j'avais remarqué dans la nuit était bien le vôtre. Je fis tout ce que je pus pour attirer votre attention. Je pris la carabine de Riley, j'essayai de tirer un coup de feu; mais la poudre était mouillée. Je me traînai encore comme je pus à un buisson près de là; j'y coupai, avec ma seule main valide, une longue baguette à laquelle j'attachai mon mouchoir. Je l'agitai en l'élevant; mon signal ne fut pas aperçu. Je vous distinguais parfaitement, — car j'ai la vue très perçante, — assis ou allant et venant, comme si vous étiez inquiets de quelque chose.

J'essayai de faire du feu. Tout était mouillé. Dans un trou de l'arbre près duquel j'étais, je ramassai du bois pourri; je jetai un peu de poudre sur les morceaux les plus secs. En faisant jouer la batterie de fusil au-dessus à plusieurs reprises, je réussis enfin à l'enflammer; mais il s'écoula beaucoup de temps avant que je trouvasse rien d'assez sec pour produire de la flamme. Pendant que j'étais occupé à mon feu, vous, monsieur Robert et monsieur Harold, vous vous mîtes en route. Cependant je ne me décourageai pas, et je jetai dans le brasier tout ce que, en rampant de mon mieux, je pus rassembler de broussailles et de petit bois, pour entretenir ainsi le feu jusqu'à ce que je fusse assuré que Mlle Mary et M. Frank me découvraient.

« Enfin, je compris, par leurs coups de fusil et par leurs mouvements, que j'avais réussi à attirer leur attention, et j'en éprouvai beaucoup de bien. Mais vous aviez été si longtemps éloignés et je souffrais tellement qu'il me semblait que je serais mort avant qu'on eût le temps d'arriver à mon secours, même après que je vous eus vus revenir à la tente et que j'eus entendu vos coups de fusil. Plus tard, dans l'après-midi, quand j'ai pu voir que vous aviez un bateau ou quelque chose de semblable, et que vous traversiez la rivière pour venir à moi, je fus si content que je..., je.... »

Sam ne put finir sa phrase, ses larmes se répandirent sur sa face noire, et les enfants pleurèrent avec lui.

Il n'y avait guère de questions à lui adresser; son rapport avait été si complet et si plein de détails, qu'il aurait été inutile de rien demander de plus.

Les rudes travaux de la veille, l'émotion et le défaut de sommeil avaient si fort abattu l'énergie des deux jeunes gens qu'ils firent peu de chose ce jour-là, excepté de ranger dans la tente, tout en s'entretenant avec Sam de la maison et de leurs aventures. Plusieurs fois Harold proposa à Robert de venir avec

18

lui sur le rivage pour s'assurer si leur mât-signal avait résisté à la tempête, et, dans le cas contraire, le replanter. Mais Robert avait toujours allégué quelque raison pour s'en dispenser. Enfin, dans l'après-midi, ils prirent la bêche et la pioche et allèrent au signal : le mât était renversé sur le sable.

Et quel ne fut pas leur chagrin, en approchant du monticule, d'apercevoir un vaisseau qui avait passé l'embouchure de la rivière, juste au delà des récifs. Il se trouvait maintenant à quatre milles environ dans le sud.

« Ah! cousin, s'écria Robert, voici notre vaisseau parti; c'est le cutter; papa est à son bord, j'en suis sûr! Ils sont venus aussi près qu'ils ont pu, cherchant s'ils verraient un signal, et voilà le nôtre couché là. Oh! dit-il en se tordant les bras dans le paroxysme de la douleur, pourquoi avons-nous tant tardé?

— Vous avez raison, dit Harold regardant avec désespoir le vaisseau fuyant dans le lointain, nous avons perdu peut-être notre unique chance d'être sauvés. »

Et pourtant il leur restait encore un faible espoir. Il se pouvait que quelqu'un à bord regardât avec une lunette et vît le signal. Les deux jeunes gens redressèrent rapidement la perche et l'agitèrent en tous sens; ils secouèrent leurs mouchoirs, jetèrent leurs chapeaux en l'air et crièrent de toute leur force : « Ohé! du cutter! » Ils ramassèrent des feuilles, des branches, tout ce qu'ils purent trouver d'inflammable, allumèrent un feu le plus grand possible.

Vains efforts! Il était trop tard; le vaisseau continuait sa route.

Il s'effaça ainsi graduellement, puis disparut tout à fait. Robert et Harold laissèrent retomber le mât et, devant le spectacle de la mer déserte, ils furent longtemps incapables de prononcer une parole.

LES DEUX JEUNES GENS REDRESSÈRENT RAPIDEMENT LA PERCHE
ET L'AGITÈRENT EN TOUS SENS.

« Ils peuvent revenir, dit enfin Harold, levons notre signal. »

Ils creusèrent un trou profond et y plantèrent la perche.
dont ils assujettirent le pied avec du sable et de grosses pierres.
Cela fait, ils retournèrent à la tente pour annoncer cette nouvelle infortune.

CHAPITRE X

La petite compagnie ne se retira pas de bonne heure ce soir-là ; le chagrin tint tout le monde éveillé fort tard. Les jeunes aventuriers restèrent assis autour du feu, discutant sur la destination probable du navire et ce qu'ils avaient à en attendre. A l'un, il paraissait possible que leur père eût obtenu la permission de se servir du cutter pour porter ses investigations sur les côtes ; à un autre, qu'il avait été amené de ce côté parce que c'était l'endroit où on les avait vus en dernier lieu et que probablement on pensait qu'ils n'étaient plus loin maintenant ; enfin, qu'il descendait jusqu'aux *clefs* de la Floride pour ensuite revenir à Bellevue en continuant ses recherches. En tout cas, ils étaient sûrs qu'on les cherchait, qu'il ne s'écoulerait pas beaucoup de temps sans qu'on les trouvât et qu'on les ramenât à la maison.

Aussi, avant de se retirer pour reposer, adoptèrent-ils une série de résolutions dont la substance était :

1° Tenir leur signal toujours flottant ;

2° Être autant qu'ils le pourraient sur le qui-vive à tout moment ;

5° Avoir toujours une provision de bois préparé pour allumer un feu près du signal ;

4° Amasser constamment des provisions et avoir une réserve pour plusieurs semaines ;

5° Examiner et savoir exactement ce qu'ils avaient en magasin ;

6° Ne plus toucher aux provisions qu'en cas de nécessité et se nourrir sur les ressources que l'île leur offrait ;

7° Consolider leur habitation, afin que, s'ils étaient assaillis par un nouvel orage, ils pussent jouir de plus de sécurité ;

8° Quoi qu'il arrivât, être en mesure soit de partir, soit de continuer leur séjour pour un temps indéfini.

En conséquence de ces résolutions, leur premier soin, le lendemain matin, fut de réunir tout le bois qu'il fallait auprès du signal. Ensuite, munis de leurs engins de pêche, Harold et Frank suivirent le rivage, laissant Robert et Mary à la tente. De leur côté, ceux-ci devaient faire l'inventaire qu'on s'était proposé.

Les deux partis remplirent fidèlement leurs obligations. Lorsqu'ils se retrouvèrent, Harold rapportait huit belles truites en sus de bon nombre de crabes et d'une petite tortue. Quant à Robert, il donna lecture de sa liste ; elle montrait qu'en outre des provisions mises sur le canot par leur père et celles apportées par Sam et Riley, consistant en pain, lard, maïs grillé et venaison séchée, il y avait plus qu'il ne fallait pour une quinzaine de jours au moins.

Des truites apportées par Harold, toutes, une exceptée, avaient été nettoyées et remises à Mary ; la dernière, qu'il se réserva, était destinée, annonça-t-il, à fournir un autre spécimen de la cuisine des sauvages.

A l'heure du dîner, Harold prit cette truite sans l'écailler ni la vider, puis, l'enveloppant dans des feuilles vertes, il la posa sous les cendres pour la cuire ; cela fut bientôt fait. Alors, enlevant adroitement toute la peau, il servit chacun de telle sorte qu'il ne resta plus que les arêtes et l'intérieur.

Le goût de Mary fut d'abord choqué à la vue d'un mets si grossièrement préparé; mais, en entendant les convives proclamer que c'était délicieux, elle se laissa tenter, et elle prit sa part de ce mets primitif d'aussi bon cœur que les autres.

Robert, ayant terminé son inventaire avant le retour des pêcheurs, était allé chercher un chou palmiste. D'après les instructions de Sam, on en ôta toutes les parties vertes et les pellicules dures qui se trouvaient à l'extérieur, puis on le fit cuire dans trois eaux différentes en ajoutant un peu de sel à la dernière. On le posa alors sur un plat et on l'assaisonna de beurre. Ainsi préparé, c'était un légume excellent, participant à la fois du goût de l'artichaut et de celui du chou-fleur.

Fermement résolus à vivre en aventuriers des productions de leur île, les enfants pensèrent qu'il était temps de prendre une connaissance plus parfaite de celle-ci. Il fut donc décidé qu'on consacrerait ce jour-là tout entier à une excursion de découverte et de chasse. Mary y consentit volontiers. Elle s'accoutumait de jour en jour à sa situation; de plus, Sam était là pour la rassurer et l'instruire.

Après un déjeuner matinal, les jeunes gens appelèrent Mum et partirent, laissant Fidèle pour protéger Frank et Mary. Le chemin qu'ils choisirent longeait la côte. Pendant un mille, ils marchèrent sur le sable fin et dur, parsemé d'une innombrable quantité de coquillages de toute espèce et de toutes grandeurs. Quelques-uns étaient longs, d'autres entourés d'épines ou de nœuds, quelques autres teintés d'une couleur irisée charmante, d'autres encore d'un blanc de neige ou d'un joli ton acajou. Les grandes conques étaient très abondantes; il y avait en outre des myriades d'autres curieux crustacés.

« Je voudrais bien savoir, dit Harold, si l'on peut tirer parti de ces coquilles?

— Certainement, répondit Robert, si nous avions besoin de chaux, nous pourrions en faire en les brûlant. Ces belles écailles rondes pourraient nous servir de vases et de coupes. Les longues sont employées par beaucoup de peuplades en guise de cuillers, et les conques font d'excellentes trompettes ; nos nègres des côtes percent un trou au bout à cet effet. Nous entendions souvent les bateliers souffler la nuit dans leurs conques, et quand le son nous arrivait avec l'accompagnement de leurs barcarolles, c'était extrêmement doux et presque harmonieux. »

Harold choisit quelques-unes des plus belles conques, faisant cette remarque, que, dans le cas où ils resteraient sur l'île, ils pourraient avoir besoin d'autres signaux que ceux des fusils et des feux pour appeler l'attention. Il avait, dit-il, l'intention d'essayer son talent en en convertissant quelques-unes en trompettes.

Ils mirent dans leurs poches un certain nombre de coquilles pour Mary et Frank ; puis ils continuèrent leur chemin, attirés par la vue d'un gros objet blanc immobile au bord de l'eau. À première vue, cela paraissait être un amas d'écume jetée là par la mer, mais ils s'aperçurent que l'objet remuait. Robert reconnut un pélican.

« C'est dommage, dit-il, que ce ne soit pas comestible, car un oiseau de cette taille donnerait plus de chair que le plus gros des dindons ; malheureusement, il a un affreux goût de poisson.

— Ah ! si c'est là son seul défaut, nous pourrions le corriger, observa Harold. Je me rappelle, un jour, pendant que vous aviez le mal de mer, avoir entendu dire au capitaine qu'il avait mangé de toutes sortes d'oiseaux de mer (excepté des poulets de la mère Carey), en enlevant la peau comme on ferait d'un cerf ou d'un lapin, et en trempant la chair dans de fortes saumures. Ou bien, s'il était à terre, il les enterrait pendant un jour ou deux; au bout de ce temps, leur chair était très bonne. Il dit, en outre, que le goût de poisson contracté par les oiseaux de mer venait principalement de leur peau. Allons prendre ce gaillard-là; je ne puis m'empêcher de penser quel beau châle sa peau ferait à Mary en temps de froid et de pluie, si elle était convenablement préparée avec ses plumes. »

Le pélican jugea sagement à propos de leur épargner tout travail à venir, soit sur sa chair, soit sur sa peau, car il s'envola avant qu'ils fussent arrivés à portée de fusil. Ayant gravi la falaise, ils s'arrêtèrent, et, regardant au loin la côte, ils la virent se courber à perte de vue sans offrir le moindre indice qu'elle se continuât plus loin. Sur la falaise même et pendant un quart de mille dans les terres, le pays était aride et dépouillé d'arbres, excepté çà et là un bouquet de cèdres nains avec quelques hauts palmiers les surmontant. Au contraire, dans l'intérieur, la forêt paraissait s'élever dans sa plus grande magnificence, surtout en s'éloignant de la mer. Traversant ce terrain presque dépouillé, égayé cependant par quelques bouquets de cactus chargés de superbes figues rouges et par de petits buissons de châtaigniers nains où les rugueuses enveloppes du fruit, précisément ouvertes en cette saison, montraient chacune un cône noir et luisant, ils entrèrent enfin dans la forêt, où l'on pouvait espérer trouver du gibier. Harold ordonna à Mum de chercher, ce qu'il fit aussitôt en s'élançant avec ardeur en plein fourré.

« Puisque vous avez l'intention de vous mettre en chasse, dit Robert, rappelez-vous que j'ai encore à apprendre mon métier de chasseur. Si vous voulez donc que je ne vous gêne pas par mes balourdises, vous ferez bien de me dire comment on découvre le gibier et comment on peut en approcher.

— On emploie pour cela différents moyens, répondit Harold: les uns recourent uniquement à la subtilité de leur vue, soit

en traquant, soit à l'affût; les autres s'aident de chiens élevés
à cet effet, comme nous allons le faire. Ce dernier moyen est
le meilleur, surtout si l'on a des chiens bien dressés. Quand
Mum est sur une piste, il ne la perd jamais; à mesure que la
trace devient plus fraîche, il se montre plus inquiet, jusqu'à
ce qu'enfin ses pas deviennent plus légers et plus doux que
ceux d'un chat guettant une souris; alors il faut à notre tour
devenir très attentifs. Supposons que ce soit un daim. Si le
bois est épais de manière que nous ne puissions pas voir la
bête ou qu'elle ne puisse nous voir elle-même, notre succès
doit dépendre de la vitesse de notre tir et de la sûreté de notre
coup d'œil. Mais, si le bois est assez ouvert pour que nous
voyions de loin, il nous faut profiter d'un buisson ou d'un
autre objet pour cacher notre approche, ou bien l'un de nous
doit laisser le chien avec l'autre et s'approcher résolument du
gibier.

— Vous n'entendez pas par là, je suppose, interrompit
Robert surpris, que le daim vous permettra de l'approcher en
plein jour et de le tirer?

— Si certainement, répondit-il ; c'est très facile, si vous
voulez bien suivre la marche que je vais vous indiquer: quand
un daim broute, ses yeux sont dirigés sur le sol, il ne voit
rien que ce qui se trouve sous son nez. C'est le moment que
vous devez choisir pour avancer jusqu'à l'instant où il lève la
tête; il faut alors vous arrêter court, ne plus bouger, et il y a
beaucoup de chances pour qu'il vous confonde avec les troncs
d'arbres voisins.

— Mais peut-on s'arrêter assez à temps pour être aussi
immobile qu'un tronc d'arbre?

— Bien entendu, vous devez agir vite; mais ceci me porte à
vous parler d'un autre fait : un daim ne baisse ni ne lève
jamais la tête sans remuer la queue: tenez donc votre vue
attentivement fixée sur lui et guidez-vous d'après ces signes.

Le vieux Torgah m'a conté une histoire amusante de la différence qu'il y a entre le daim et le dindon à cet égard, car,
avec toute leur sagacité sur divers points, les daims sont très
niais, tandis que le dindon est si adroit et si fin que les chasseurs l'ont nommé « l'Esprit des Bois ». Voici l'historiette de
Torgah dans toute sa simplicité et son français de fantaisie :

« *Indien*, dit-il, *voit daim manger : courir sur lui quand
tête basse. Daim remuer queue, Indien s'arrêter. Daim regarder fort Indien et se dire : « Tronc, tronc, rien que tronc ! »
Lors Indien approcher et tuer daim. Indien voir dindon manger, et courir sur lui ; dindon lever long cou, et Indien rester
droit comme tronc d'arbre ; mais dindon dire jamais : « Tronc »,
lui dire : « C'est vieux Indien, » et partir.* »

« Mais attention ! Voici Mum qui a trouvé une piste ; voyez
comme il est immobile, il nous attend avec patience ; venez,
suivons-le. »

Dans l'opinion de Robert, la réputation de patience de Mum
semblait peu justifiée en cette occasion, car il partit tout à
coup d'un tel train qu'il leur fut difficile de le suivre des yeux,
et de plus il se mit tout à coup à donner de la voix.

« Je croyais que vous aviez dit qu'il chasserait en silence,
dit Robert presque hors d'haleine à force de courir.

— J'ai dit qu'il était silencieux sur la piste du daim ; mais
ce gibier-ci est du dindon. Ne reconnaissez-vous pas les traces
profondes de ses pattes ? Mum sait ce qu'il en est. Les dindons
à son approche vont s'envoler au haut d'un arbre, et, comme
alors le chien restera dessous en aboyant, ils tiendront les
yeux fixés sur lui et ne s'occuperont pas de nous. Les voyez-
vous dans ce chêne ? Robert, allez vous placer derrière ce petit
buisson d'arbres moussus ; je vais trouver un autre endroit.
Mais, vu que ma carabine portera plus loin que votre fusil, ne
vous occupez pas de moi excepté pour attendre mon signal....
Aussitôt que vous serez prêt à faire feu, sifflez ; si je suis prêt,

je vous répondrai, et alors tirez sans plus tarder. Moi, je viserai celui qui sera le plus haut perché. »

Ils gagnèrent chacun leur abri sans avoir été aperçus, Mum aboyant toujours de plus en plus furieusement. Un coup de sifflet se fit entendre, puis un autre, et trois coups partirent successivement. Quatre dindons tombèrent lourdement de l'arbre.

« Bien réussi ; hourra ! » crièrent les jeunes gens en courant sur leur proie.

Ils suspendirent les dindons à une perche dont chacun prit un bout pour retourner à l'habitation. La distance n'était pas de plus de deux milles ; mais, chargés comme ils l'étaient de leurs fusils et de leur gibier, obligés de frayer leur route à travers de fréquents enlacements de vignes, de jasmins jaunes et de masses énormes de hautes herbes, ils employèrent près de deux heures à faire le trajet.

Frank, qui les guettait de loin, courut au-devant d'eux.

« Oh ! oh ! cria-t-il en voyant leur charge, quelle magnifique chasse ! »

Il leur offrit de porter une partie de leurs fardeaux, mais ils étaient trop fatigués pour s'arrêter à les défaire. Ils préféraient que Mary et Frank prouvassent leur bon vouloir en allant chercher de l'eau fraîche.

« Nous vous payerons votre peine, dirent-ils, posant la main sur leurs poches rebondies. Dépêchez-vous, car nous avons bien soif. »

En attendant, ils essuyèrent leurs fronts trempés de sueur et s'assirent pour se reposer, tout en vidant leurs poches. Quand Mary et Frank revinrent, ils trempèrent leurs mains dans l'eau fraîche, burent ensuite ; puis, s'étendant sur leurs lits de mousse, ils parlèrent à travers la tente à Sam qui semblait aussi heureux qu'eux-mêmes de leur beau succès.

On était à peine au milieu de la journée. L'après-midi fut

ILS SUSPENDIRENT LES DINDONS A UNE PERCHE.

employée à travailler à la tente. Leur projet était de la rendre plus imperméable à la pluie et plus solide contre le vent en cas d'un autre orage. Ce double objet fut atteint en élevant le sol tout autour et en étendant la voile du bateau au-dessus de la tente.

CHAPITRE XI

TEMPS PLUVIEUX. — LA CUISINE ET LE FEU. — CHASSE AUX SARIGUES.
L'ILE DU REFUGE.

Il fut heureux pour les jeunes aventuriers qu'ils eussent
exécuté si promptement leur ouvrage. Bien qu'il n'y eût guère
de vent, la pluie tomba très abondamment pendant la nuit
entière. Quand ils se levèrent le lendemain matin, le ciel était
couvert de nuages épais qui promettaient beaucoup d'eau
pour toute la journée, peut-être même pour les jours suivants.
Quoique la tente fût aussi sèche que possible, le confortable
était encore loin d'être parfait; on n'avait songé à se procurer
qu'une provision insuffisante de bois, et le foyer de la cuisine
se trouvait sans abri. A moins que quelqu'un ne consentît à se
faire mouiller, il faudrait donc se contenter d'un déjeuner
froid.

« Pourquoi n'avons-nous pas pensé à cela plus tôt? demanda
Robert d'assez mauvaise humeur.

— Simplement parce que nous avons eu à penser à autre
chose, dit Harold. Pour ma part, je me tiens fort heureux que
notre tente soit sèche.

— Je le suis aussi, répliqua Robert en changeant de ton;
mais je le serais davantage si nous avions un endroit où nous
asseoir près du feu.

— Nous apprécierons d'autant mieux cet avantage, dit Harold, que nous savons maintenant par expérience combien il

est désagréable d'en être privé. Croyez-vous que nous serions si satisfaits d'être à sec si nous n'avions pas expérimenté l'ennui d'être mouillés? Je me rappelle à ce propos que ma mère tomba malade en route pendant que nous voyagions dans les États de l'ouest. A ce moment-là, les Indiens devenaient très hostiles; nous nous attendions de jour en jour à les voir déclarer la guerre. Oh! quelles angoisses nous éprouvâmes! Tous les matins nous remerciions Dieu de nous avoir accordé encore une nuit sans être scalpés. Mais, plus tard, quand nous fûmes rentrés chez nous et que nous pûmes passer nos jours et nos nuits en paix, nous avons tout à fait oublié d'être reconnaisants. »

Robert ne put réprimer un sourire.

« Eh bien! je crois que nous serions très reconnaissants maintenant, si nous avions du feu et un abri! s'écria-t-il. Ne pourrions-nous pas, par quelque moyen, nous procurer l'un et l'autre? »

Le résultat de cette conversation fut, qu'en moins d'une heure, ils avaient fixé une couverture par les coins à la tête de quatre piquets qu'ils avaient ensuite entourés de trois côtés par une voile. Ayant alors un feu à l'abri du vent et de la pluie, ils s'assirent tranquillement sur des boîtes et des caisses et purent enfin se chauffer un peu.

Contrairement à ce qu'ils avaient cru d'abord, la pluie cessa de tomber vers le milieu du jour, et, longtemps avant le coucher du soleil, le sol était sec et les gouttes d'eau restées dans les arbres et les buissons complètement évaporées ou secouées par une brise assez forte. Les enfants en profitèrent pour aller chercher du bois et des broussailles.

Les broussailles étaient si résineuses et pétillaient si joyeusement en répandant de vives lueurs, que cela inspira à Harold la pensée d'une chasse aux sarigues qu'il avait souvent pratiquée et dont il était très amateur.

« Nous avons été retenus toute la journée à la maison, dit-il à son cousin. Je propose de prendre notre revanche de cette réclusion forcée, en organisant une chasse aux flambeaux cette nuit!

— De tout mon cœur, répondit Robert, et je pense que personne ne fera d'objection à ce que nous ayons un marcassin rôti pour notre dîner de dimanche.

— Ce n'est pas probable, et, d'autre part, un des avantages de ce gibier, c'est qu'il est possible de le prendre vivant et par conséquent de le garder en réserve aussi longtemps que nous voudrons. »

Les préparatifs de cette chasse amusante se bornèrent à ramasser une forte brassée de petit bois sec, dont Harold fit une botte qu'il put porter aisément sur l'épaule. Au milieu de ces soins, Frank arriva, et, en apprenant ce que l'on se proposait, il se mit à sauter de joie. Il avait entendu si souvent Sam et William parler du plaisir de leurs chasses aux sarigues, qu'il avait toujours ambitionné d'être d'une de ces parties: pour différentes raisons, l'occasion ne s'en était jamais présentée.

« Oh! que je suis content! cria-t-il avec une figure illuminée par le plaisir. Vous m'emmènerez, n'est-ce pas? »

Ici surgit une difficulté: comment refuser, et aussi comment laisser Mary sans autre compagnon que le pauvre blessé? Les jeunes gens n'auraient d'autre alternative que d'abandonner la chasse si Robert ne s'était dévoué lui-même pour rester avec Mary, à la condition que Frank se chargerait de porter la torche et le menu bois, tandis que Harold se réserverait la hache et son fusil. A leur grand étonnement, Frank, s'apercevant de la difficulté du cas et confus d'enlever à son frère une place qu'il n'était pas lui-même propre à remplir, trancha la question en disant:

« Non, mon frère, je n'irai pas cette nuit; j'attendrai et j'irai une autre fois avec mon cousin Harold, quand Sam se portera mieux. Je vous demanderai de me donner les sarigues que vous prendrez et de me les laisser soigner tous les jours. »

Ils le félicitèrent sincèrement de son acte de raison et lui promirent qu'il n'y perdrait rien. A la nuit close, ils lui dirent bonsoir et se mirent en route. Debout à la porte de la tente, il les regarda partir, heureux de penser à leur plaisir et suivant de l'œil leurs mouvements et ceux des chiens à la lueur rouge jetée sur les arbres par la torche. Tout enfin disparut graduellement en se perdant à travers la forêt.

Les jeunes chasseurs n'avaient pas marché plus d'un demi-mille quand un aboiement éclatant, d'abord de Mum et ensuite de Fidèle, indiqua que ceux-ci avaient flairé quelque gibier. Ils pressèrent le pas et virent les chiens en arrêt devant un arbre mince et élevé, le museau en l'air, aboyant sans discontinuer. Ils ne découvrirent rien ni dans les branches ni sur le tronc de cet arbre, et ils commençaient à penser que leurs chiens étaient ce qu'on appelle en terme de chasse *en défaut*. Mais Harold prit la torche et la secoua çà et là en marchant autour de l'arbre et tenant ses yeux fixés sur les endroits où il pouvait supposer que se trouvait un sarigue.

« Nous le tenons, cria-t-il, je vois ses yeux! Mum, pauvre bête, vous ne faites jamais défaut, » dit-il en lui caressant la tête.

Mum remua la queue avec beaucoup de joie, semblant dire qu'il avait compris le compliment de son jeune maître, et ne désirant plus pour l'instant que le privilège de secouer comme il faut le sarigue. Robert brandit à son tour la torche, et, la tenant derrière lui, vit, au milieu d'un paquet de mousse, deux petits yeux brillants dans l'ombre. Le but était si facile que le fusil aurait pu être employé avec certitude, si ce n'eût été contre les règles de la chasse; un sarigue doit être pris et non tué.

Les chasseurs attaquèrent l'arbre à coups de hache. Les chiens, silencieux maintenant, fixaient leurs regards alternati-

« NOUS LE TENONS! » CRIA-T-IL.

vement sur le gibier qui était dans l'arbre et sur leurs maîtres
dont la besogne avançait assez vite. L'arbre craqua et tomba.
Les oreilles de Mum se dressèrent, et à peine les branches
eurent-elles le temps de toucher terre qu'il était au milieu,
grognant et secouant un objet qu'il tenait entre ses dents.
C'était le sarigue qui, conformément à l'habitude de ses semblables en présence du danger, paraissait raide mort. Les jeunes
gens le saisirent par sa petite queue écailleuse et l'emportèrent.

Après quelques pas dans la forêt, ils en capturèrent un
autre et, en revenant, un troisième; c'était tout ce qu'ils pouvaient porter sans trop se fatiguer. Ils arrivèrent à la maison
avec leurs prisonniers, qu'ils immobilisèrent en attachant
autour de leur cou un bâton en fourchette. A partir du moment où ces singuliers animaux s'étaient trouvés au pouvoir
de leurs ennemis, ils avaient conservé tous les signes apparents
de la mort. Pas un muscle ne bougeait, rien ne tremblait,
chaque membre était rigide et chaque œil clos. Rien, pas
même le grognement des chiens, ne fut capable de les faire
changer d'attitude. Robert ne pouvait se persuader qu'ils ne
fussent pas réellement morts; mais Harold se mit à rire.

« Ils peuvent supporter le craquement d'un arbre qu'on
abat ou les aboiements des chiens, dit-il; mais voici une chose
à laquelle ils ne résistent pas. Voyez ceci! »

Et il leur jeta à chacun une tasse d'eau froide. Le choc fut,
pour ainsi dire, électrique; chaque sarigue fut galvanisé et
rappelé à la vie. Ils tirèrent de toutes leurs forces pour se débarrasser de leurs entraves de bois, mais sans y réussir.

« A présent, allons nous coucher », dit Harold en souhaitant le bonsoir à Robert.

Les premiers mots de Frank en s'éveillant le matin furent :

« Avez-vous apporté mes marcassins?

— Oui! oui! répondirent-ils, il y en a trois; nous les avons

entravés de manière qu'ils ne puissent aller ni dans le jardin
ni dans le potager. »

Frank ne comprenait pas ce langage énigmatique pour lui.
Il s'habilla à la hâte et sortit. Tout près de la cuisine, il aperçut les nouveaux venus couchés, chacun orné de l'entrave que
Harold lui avait imposée. C'étaient d'assez laides créatures,
avec de longs museaux rudes, aux poil graisseux, et une
expression hypocrite dans le regard.

Frank avait vu souvent des animaux du même genre ; mais
le nom fantaisiste de marcassin l'avait induit en erreur, et il
pensait qu'ils devaient ressembler à ceux qu'il avait vus à la
maison. Quand il les eut contemplés dans toute leur laideur,
remuant leurs petites queues sans poil, il se retourna avec
une expression de dégoût.

« Tu ne les trouves pas jolis ? dit Harold, remarquant le
changement d'expression de la figure de son petit cousin.

— Non, bien sûr, répondit Frank ; ce sont les plus laides
bêtes que j'aie jamais vues. Vous pouvez les garder et les nourrir si bon vous semble ; quant à moi, je n'en veux pas. »

La vilaine apparence des sarigues excite chez les personnes
qui les voient pour la première fois une sorte de répugnance à
en faire un comestible ; cependant, quand ces animaux sont
jeunes et tendres, ou qu'ils ont été gardés pendant quelques
jours, leur chair a si bien pris le goût du cochon de lait que
beaucoup de personnes n'en peuvent faire la différence.

Une sorte de cage fut bientôt construite pour les captifs,
avec des baguettes de quelques pouces de longueur entrelacées
et se rapprochant par le haut comme une espèce de dôme ; le
bas fut aussi garni de baguettes pour les empêcher de gratter
et de se sauver.

« Maintenant, il nous faut des auges pour leur eau et leur
nourriture, dit Harold, aussitôt que les petits animaux débar-
rassés de leurs entraves furent introduits dans le salon bien

aéré qui avait été préparé pour eux. Je propose donc que Mary
et Frank viennent avec un de nous au grand dépôt de coquillages et apportent une provision de conques, que nous trans-
formerons, selon nos besoins, en auges, coupes, tasses ou
trompettes. »

Mary et Frank n'eurent pas besoin d'être priés longtemps
pour faire cette excursion après la description pompeuse qu'en
avaient rapportée les jeunes gens à leur retour de cette grève.
Robert préféra rester auprès de Sam. Les autres partirent :
Harold avec son fusil, que par mesure de sûreté il portait toujours ; Mary avec un panier, et Frank avec son chien et sa
hachette. En arrivant à la grève, les enfants s'amusèrent pendant quelque temps à écrire des noms ou dessiner de grotes-
ques figures sur le sable fin et compact ; puis ils durent courir
pour rattraper Harold, qui avait continué son chemin en guettant les oiseaux de mer. Ils s'arrêtaient souvent pour ramasser
des coquillages et des plantes rejetés par les vagues. Bien des
fois, le panier de Mary avait été rempli, puis vidé, afin d'y
remettre d'autres coquilles plus jolies ou plus rares, avant
qu'ils eussent atteint le « monticule des Coquilles ».

Le rivage, à cet endroit, était charmant. Sur une longueur
de plus d'un mille, il apparaissait d'un blanc de neige, avec
des bandes de couleur rose ici, ou de brun noir plus loin et de
teintes changeantes, et enfin le haut du monticule était cou-
ronné par un bouquet de palmiers des tropiques dominés par
un superbe cèdre noir.

Mary remplit encore une fois son panier, Frank fourra des
coquilles plein ses poches et plein son bonnet, Harold recueil-
lit dans son mouchoir les plus belles conques qu'il put trouver.
Ils étaient prêts à revenir, lorsque leur attention fut attirée
par une énorme langouste dont le corps seul avait plus d'un
pied de long et dont les pattes étaient d'une dimension
effrayante.

« Il faut que j'emporte ceci pour Robert, dit Harold. Peut-
être aura-t-il à nous en dire quelque chose d'intéressant. »

Robert les félicita de la belle collection qu'ils avaient apportée, et plus particulièrement de la langouste. Il dit que c'était
une preuve de plus en faveur de son opinion, s'il en était
besoin, pour démontrer qu'ils se trouvaient sur les côtes ouest
de la Floride du Sud, car il avait entendu parler souvent des
énormes langoustes qu'on y pêchait et qui étaient presque
égales en grosseur aux plus gigantesques homards.

« Gardons-la donc, mon cher Harold, pour la mettre à côté
de votre huître à patte de fouine; cela commencera notre muséum des choses curieuses de l'île, dit-il en riant.

— Oui, ajouta Harold, avec la peau de notre serpent à sonnettes, notre queue de dindon....

— Et le plumet de Frank, ajouta Mary; ce sera bien réellement la base d'un muséum; nous avons en outre plus de vingt
variétés de coquilles ou d'herbes marines curieuses dans ce
panier, et que je n'avais jamais vues jusqu'à ce jour. »

Harold ne fut pas le moins intéressé à l'idée de ce muséum,
quoiqu'il ne sût rien sur la meilleure manière de le former;
mais il avait le bon sens de penser que c'était un moyen d'acquérir et de retenir de la science.

« Et, puisque nous en sommes là, dit Robert, comment
n'avons-nous pas encore donné un nom à notre île? Il serait
temps de lui en trouver un; nous en avons bien le droit, puisque nous sommes ses seuls habitants. »

Cette motion fut unanimement approuvée, et l'on décida de
passer sur l'heure au choix du nom.

« L'usage, dans une délibération, est de faire opiner
d'abord le plus jeune membre du conseil, reprit Robert. Maître
Frank, dites-nous le nom que vous proposez. »

Frank réfléchit un instant.

« Je pense qu'on pourrait dire : l'*île des Dindons*, fit-il enfin. C'est le premier oiseau que nous y ayons vu.

— Je préférerais l'*île de l'Espérance,* » dit Mary.

Et comme son frère la regardait :

« ... Nous avons certainement vécu dans l'espoir depuis que nous y sommes, répliqua-t-elle, et nous continuerons d'espérer jusqu'à ce que nous en sortions.

— Oui, mais nous avons *désespéré* aussi, dit Robert, spécialement le matin après l'orage. Pourquoi n'adopterions-nous pas le nom donné par les Indiens Calloux : l'*île Enchantée?*

— *Oh! massa Robert,* implora Sam, *vous pas appeler par ce nom; moi voir déjà revenants et esprits, moi bien effrayé si vous appelez « île Enchantée », moi voir partout et toujours revenants.*

— Je pense, dit Harold, qu'un nom qui conviendrait parfaitement serait : l'*île du Refuge;* elle l'a en effet été pour nous contre la mer et l'orage; et si c'est l'île enchantée dont a parlé Riley, elle nous assurera de plus un refuge contre les Indiens, car aucun d'eux n'osera venir nous y troubler. »

Sam refusa de proposer aucun nom. Il dit, en montrant le point de l'autre rive où il avait eu son accident :

« *Place à moi autre côté de la rivière, et moi l'appeler « Pauvre Espoir ».*

Le nom adopté par acclamation fut donc : l'*île du Refuge.*

CHAPITRE XII

Le dimanche fut consacré par les enfants au repos et à la lecture.

Le matin suivant, pendant que Robert et Harold organisaient l'emploi de leur journée, Frank apparut, tenant la main sur un de ses yeux. Il y était entré un grain de sable, tandis qu'il jouait avec Dora, et ce corps étranger lui causait une souffrance si vive que le pauvre petit pouvait à peine s'empêcher de pleurer.

Mary courut chercher une tasse d'eau fraîche pour lui laver l'œil, opération qui ne fut pas sans le faire crier, parce que l'eau lui entrait dans le nez; il en était presque suffoqué. Il aurait mieux valu sans doute le faire coucher sur le dos et lui verser l'eau sous la paupière relevée. Mary proposa ensuite d'introduire sous la paupière la tête d'une grande aiguille; mais Frank ne voulut pas en entendre parler.

Robert, à son tour, s'en mêla. Après avoir soufflé et frotté en vain de diverses façons pour expulser le grain de sable, il essaya de le retirer en ramenant la paupière supérieure sur celle de dessous, de manière à faire une sorte de balai et à nettoyer l'une par l'autre; mais ce moyen ne réussit pas mieux.

Cependant l'œil était très enflammé et Frank pleurait de

plus belle. Harold finit par lui demander s'il consentait à souffrir une minute de plus et à laisser essayer la méthode du vieux Torgah. Il prit un filament de mousse, — ce qu'il put trouver de plus apte à remplacer un crin, — le plia en anneau et le fourra sous la paupière relevée, de manière à entourer ce qui gênait, puis, laissant retomber la paupière, il retira doucement le petit anneau, et dedans se trouvait le corps étranger.

Robert fit remarquer qu'un remède presque infaillible en pareil cas était de bander l'œil et de l'obliger à rester fermé.

Frank n'eut besoin d'aucun traitement supplémentaire. Il se baigna l'œil avec de l'eau fraîche, on lui mit un bandeau, et il se trouva guéri.

Cependant, Harold, armé d'un marteau et d'un grand clou, cherchait à pratiquer un trou dans le petit bout d'une des conques. Le trou fait, il porta la conque à ses lèvres, et, après différents essais, il parvint à en tirer un son clair et aigu ressemblant assez à celui d'un bugle. Robert, satisfait aussi du résultat, cria :

« Venez ici, ma sœur, que nous vous montrions à sonner de la trompette ! »

Mary réussit aussi, mais non sans grande peine, à produire un son. Frank s'amusa beaucoup à voir les grimaces qu'elle fit pour tâcher d'adapter ses lèvres au trou, et, quoiqu'il ne dît rien sur le moment, Harold se rappela plus tard l'expression moqueuse errant sur les coins de sa bouche et de ses yeux.

« Maintenant, ma cousine, dit Harold quand celle-ci se fut perfectionnée dans ce nouvel art, si vous aviez jamais besoin de nous rappeler quand nous sommes à un mille ou deux de distance, vous n'avez qu'à emboucher cette trompette ! En cas ordinaire, sonnez seulement une fois longuement; s'il y a danger, sonnez deux fois à l'intervalle d'une ou deux secondes.

Quand vous voulez appeler Frank, ce sera un son bref; pour Robert deux, et pour moi trois. »

Dans ses courses à travers la forêt, Harold avait observé que les dindons sauvages se perchaient de préférence sur certains chênes dont les glands étaient doux et petits; cela lui avait donné l'idée qu'on pourrait prendre quelques-uns de ces animaux vivants dans des pièges, pour les garder comme de la volaille et en faire usage au besoin. A cet effet, il était nécessaire que les places où l'on mettrait les pièges fussent d'abord bien aplanies et battues. Il proposa donc à Rober d'employer une partie de l'après-midi à choisir et à préparer différents endroits; dans cette intention, ils quittèrent la tente, leurs poches pleines de grains et de pois. Il ne fallut pas beaucoup de temps pour trouver cinq ou six endroits favorables peu éloignés de l'habitation, les préparer et ensuite les marquer afin qu'on pût y revenir.

Leur besogne touchait à sa fin lorsque retentit le son de la conque; ce n'était ni très distinct ni très régulier d'abord, comme si Mary n'avait pas pu trouver du premier coup l'embouchure; mais, une seconde fois, la note leur arriva si claire et si sonore qu'elle fit dresser les oreilles à Mum, qui prit sa course du côté d'où venait l'appel.

« Harold! Harold! dit Robert d'une voix brève et tremblante, c'est une alarme! Voilà d'abord deux coups légers, c'est pour moi, et à présent trois, c'est pour vous. Venez, dépêchons-nous; quelque chose de grave a dû arriver à Frank ou à Sam! »

Ils pressèrent le pas, et se mirent à courir lorsqu'ils furent sortis des buissons et des massifs d'églantiers; ils entendirent encore les deux coups d'alarme, suivis bientôt de ceux plus courts pour chacun d'eux.

Sérieusement inquiets, ils continuèrent du même train jusqu'à ce qu'ils se trouvassent en vue de la tente. Mary allait et venait d'un air tranquille, et Frank était assis à la porte, avec la conque à ses pieds. Ces signes de parfaite quiétude rassurèrent si bien les deux jeunes gens qu'ils prirent une allure moins rapide, ce qui n'empêcha pas qu'en arrivant ils étaient rouges de chaleur et presque hors d'haleine.

Tout d'abord ils supposèrent que les sons d'alarme avaient pu être lancés pour leur faire part de quelque bonne nouvelle, peut-être le passage d'un vaisseau en vue de la côte. Robert était tremblant d'émotion. Un long cri d'appel jeté par lui attira l'attention de Frank, qui, se levant vivement, accourut à la rencontre des deux jeunes gens.

« Qu'y a-t-il? » demanda Robert.

Mais Frank, sans répondre, les rejoignit, le sourire sur les lèvres.

« Ah! ah! dit-il gaiement, je savais bien que je vous ferais revenir! C'était assez haut et assez fort, n'est-ce pas?...

— Voyons! dit Robert, qu'est-ce que cela signifie? Est-ce toi qui as soufflé dans la conque?

— Certainement, dit-il, j'ai soufflé justement comme le cousin Harold l'a indiqué pour vous rappeler.

— Mais, Frank, lui représenta Harold, la conque a sonné l'alarme, dites-moi au moins de quoi il s'agissait.

— Oh! de pas grand'chose, répondit-il; seulement j'avais faim, et j'ai pensé qu'il était temps que vous revinssiez.

— N'est-ce rien que cela?

— Méchant petit garçon! dit Robert perdant patience à la pensée de leur course précipitée, tu nous as jetés dans une grande inquiétude. Comment se fait-il, ma sœur, que vous l'ayez laissé nous effrayer ainsi?

— Vraiment, je n'ai pu l'en empêcher, dit-elle. Lorsque je l'ai prié de venir avec moi à la source, il y a quelques instants, il a refusé en se disant fatigué; mais je n'étais pas plus tôt arrivée au bas de la colline que j'ai entendu l'appel de la conque. J'ai supposé tout d'abord que Sam, s'étant trouvé subitement plus incommodé, avait sonné lui-même pour demander de l'aide; je n'ai rempli mon seau qu'à moitié et suis accourue. Lorsque j'eus remonté le coteau, je vis Frank avec la conque à la main, et soufflant de toutes ses forces.

— Eh bien! est-ce que ça allait si mal? » dit l'étourdi en riant toujours.

Cela fut dit d'un air parfaitement innocent. Le garçon, en effet, n'y avait mis aucune méchanceté, et il paraissait si ravi de sa petite plaisanterie que les jeunes gens, malgré leur mécontentement, ne purent s'empêcher de joindre leurs rires au sien. Ils le réprimandèrent cependant et lui interdirent de jamais se mêler des signaux. Mais, comme il paraissait avoir une aptitude remarquable pour sonner de la conque, Harold lui promit de lui en laisser une, pourvu qu'il s'engageât à ne plus en user à leur détriment.

Frank fut enchanté de cette promesse, et, ramassant la conque, il exécuta toutes sortes de fanfares, montrant un savoir-faire qui étonna les jeunes gens. Frank était le plus habile trompette de toute la troupe. On lui demanda où il avait pu acquérir ce beau talent, et l'on apprit qu'au cours d'une visite faite avec sa mère à des parents, l'été précédent, lui et un jeune nègre avaient coutume, chaque soir, d'aider à rassembler le troupeau de vaches en soufflant dans des trompes de corne, ce qui les amusait beaucoup.

« Savez-vous bien, fit remarquer Mary au déjeuner du lendemain, que si personne ne va à la chasse aujourd'hui nous aurons bien vite vu la fin de nos provisions?

— Oh! oh! fit Harold, voilà qui serait fâcheux pour notre réputation d'aventuriers émérites. Qu'en dites-vous, Robert? Chasserons-nous aujourd'hui?

— C'est nécessaire, dit Robert assez languissamment, à moins que nous ne préférions pêcher.

— Oh! laissez-moi aller avec vous! supplia Frank. C'est si
ennuyeux d'être toujours retenu ici, sous ce chêne, sans autre
distraction que d'approvisionner Mary d'eau de source et
d'huîtres fraîches! Je désirerais bien chasser ou pêcher, moi
aussi.

— Peut-être pouvons-nous faire l'un et l'autre, dit Mary,
s'apercevant du peu de dispositions que montrait Robert à se
remuer; Frank accompagnerait cousin Harold en forêt, tandis
que mon frère et moi essayerions de prendre beaucoup de
poissons.

— Oh! oui! C'est cela! s'écria Frank en battant des mains
de plaisir; ainsi nous pourrons nous faire concurrence et voir
qui réussira le mieux. »

Les jeunes gens se séparèrent. Harold et Frank disparurent
sous bois; Robert et Mary allèrent au banc d'huîtres pour s'y
fournir d'amorces; puis, se plaçant sur le radeau, ils jetèrent
leurs lignes près d'un tronc d'arbre envasé et couvert de
barnacles et de jeunes huîtres. Leur pêche fut très fruc-
tueuse; ils eurent bientôt un panier de poisson et purent y
joindre une jolie récolte de crevettes.

Les chasseurs furent moins chanceux. Robert et Mary
étaient déjà occupés à apprêter les poissons lorsqu'ils entendirent un appel tout près d'eux. Sortant aussitôt, ils virent
Frank surgir du fourré, la carabine sur l'épaule, soutenant
son cousin qui boitait fortement; il leur fit signe d'approcher.

Robert et Mary, très effrayés, s'empressèrent d'aller à eux.
Harold s'assit sur un tronc d'arbre; il avait la figure pâle et
contractée. Une heure après avoir quitté la tente, il s'était
foulé le pied, et n'avait pu que très lentement et au prix de
grandes souffrances revenir au campement. Mary s'informa
avec anxiété de ce qu'elle pouvait faire pour le soulager.

« Prenez le fusil, ma sœur, dit Robert. Et vous, cousin,

appuyez-vous sur moi : je vous aiderai à marcher. Je connais
un excellent remède pour les foulures. »

Mary courut à la tente, posa le fusil à sa place, prépara la
couchette de Harold, et, à la demande de Robert, repartit tout
de suite à la source avec Frank pour en rapporter de l'eau.
Pendant ce temps, Robert retirait avec précaution le soulier
et le bas de son cousin. La cheville était très enflée et le sang
y avait afflué, formant des taches bleues.

« Maintenant, ma sœur, donnez-moi la cafetière et une cuvette. »

La cuvette fut mise sous le pied, et la cafetière employée à
verser un jet continu d'eau froide sur la partie malade. Ce
simple procédé, continué pendant une demi-heure, suffit à
atténuer notablement l'inflammation et la douleur. On répéta
l'opération plusieurs fois jusqu'au soir ; le bon effet en fut bientôt très appréciable.

Cet accident ne retint pas seulement toute la petite colonie
à la tente pour le reste de la journée, il eut encore une influence fâcheuse sur l'esprit de Robert. La charge de pourvoir
la famille de tout ce qui était nécessaire à l'existence retombait uniquement sur lui ; cette perspective était loin de lui
sourire. Quoiqu'il ne manquât point de bonne volonté, il
n'était pas robuste. Le travail lui était pénible ; quelquefois il
se trouvait tout à fait incapable de faire un effort physique.
Mais le plus grand empêchement à ce qu'il pût réussir complètement dans le cas présent, c'était son ignorance des connaissances indispensables à un chasseur.

« Harold, dit-il de l'air le plus consterné, le matin suivant,
après une longue causerie sur l'art de la chasse, à vous
dire vrai, j'ai peur de m'égarer dans ces bois si épais et si
sombres. C'est une chose toujours surprenante pour moi de
vous voir tourner les buissons, courir çà et là comme si chaque
point de la forêt vous était familier. À votre place, il me serait

absolument impossible de retrouver mon chemin, ma tête
s'embrouille, et, quand je crois m'être égaré, je la perds tout
à fait.

— Je vous comprends, répondit Harold; dans les premiers
temps, j'étais comme vous; mais il y a deux ou trois règles qui
m'ont beaucoup servi et dont je vais vous faire part.

« La première est de ne jamais vous avouer à vous-même
que vous êtes perdu; pensez que vous vous êtes trompé ou
que vous avez fait fausse route, ou quoi que ce soit, pourvu
que vous ne laissiez pas l'idée néfaste de perte vous dominer,
tant que vous pourrez l'éloigner.

« Quand, à la fin, vous vous êtes assuré d'avoir bien réellement perdu votre chemin, ce que vous avez à faire d'abord,
c'est de vous asseoir tranquillement et de chercher comment
vous y prendre pour le retrouver. Beaucoup d'individus, dans
un cas pareil, se surexcitent, courent de côté et d'autre comme
des fous et deviennent d'autant moins capables de s'orienter.
Commencez par reconnaître les points cardinaux et assurez-
vous d'une ligne de repère que vous soyez en mesure d'atteindre.

« Ainsi vous savez que, partant de cette partie de l'île, la
mer se trouve à l'ouest et la rivière au nord. Il vous est facile
d'arriver à l'une ou à l'autre, et, quand vous y toucherez, vous
ne serez pas longtemps incertain, quoique vous puissiez être
loin de chez vous.

— Mais comment reconnaîtrai-je les points cardinaux? demanda Robert.

— Rien n'est plus facile, lui répondit son cousin; mais,
avant de vous en indiquer les moyens, je vous dirai ma troisième règle, qui est : *Ne vous perdez jamais.* »

Robert se mit à rire :

« C'est justement celle dont j'ai le plus besoin; donnez-la
moi et gardez les autres.

— Donc, dit Harold, ayez pour constante habitude de bien

noter la direction dans laquelle vous marchez et l'heure à laquelle vous partez. Regardez le soleil ou plutôt les ombres des arbres, et aussi l'angle sous lequel vous les traversez. Dans la matinée, ces ombres sont très longues et se dirigent vers l'ouest; à neuf heures environ, elles sont à peu près aussi longues que les arbres qui les produisent et se dirigent vers le nord-ouest. A midi, elles sont très courtes et vont au nord. Pour un homme accoutumé à la vie des bois les ombres sont la montre et la boussole les plus sûres, et, en vous dirigeant d'après elles, vous pouvez facilement faire ce qu'un capitaine appellerait « son point ».

— Mais, dit Robert, comment faites-vous dans un jour comme celui-ci où il n'y a pas de soleil et, par conséquent, pas d'ombre?

— Il faut vous diriger alors par une autre règle que m'a donnée le vieux Torgah en me signalant trois indices pour reconnaître les points cardinaux : les branches, l'écorce et la mousse verte sur les troncs des arbres bien exposés au soleil. La mousse, comme vous le savez, aime l'ombre, tandis que l'écorce et les branches poussent beaucoup plus fortes du côté où leur vient le plus de lumière. Ainsi, règle générale, vous trouverez le midi ou le côté du soleil sur un arbre qui aura de fortes branches et une écorce épaisse, rude et sèche, et le côté du nord couvert plus ou moins de mousse verte[1]. Vous ai-je jamais raconté que ces signes m'ont aidé une fois à retrouver le chemin de la maison? »

---

1. Il n'y a pas longtemps, je parlais à ce sujet avec un vieux fermier, bon cultivateur, et à ces signes naturels il me dit d'ajouter le suivant :

« Remarquez, me dit-il, la direction dans laquelle penchent les arbres; — nous étions dans une forêt de pins; tous, presque sans exception, s'inclinaient à l'est. — Les vents qui soufflent le plus fréquemment dans la Caroline du Sud, la Géorgie et l'Alabama, jusqu'à déraciner nos arbres et renverser nos barrières, viennent de l'ouest. C'est aussi de ce point que nous arrivent invariablement les plus effrayants orages. »

Robert fit un signe négatif.

« Je me trouvais chez un oncle que je visitais pour la première fois; un petit ruisseau contournait toutes les plantations. En suivant le cours de ce ruisseau à la recherche de canards sauvages, j'avais fait plusieurs milles sans penser au retour. L'habitation de mon oncle faisait face à l'est, et, au lieu de reprendre le même chemin que j'avais suivi, je m'imaginai de suivre un sentier plus direct à travers les bois. Je n'avais pas marché longtemps quand un gros écureuil sauta sur un tronc d'arbre, à bonne distance; je le tirai; il tomba en poussant un petit cri. Aussitôt, comme si ce cri eût été un signal, plusieurs centaines d'écureuils se montrèrent sur les arbres voisins, s'agitant et piaillant comme une légion de sorcières. J'en abattis autant que je pus en porter, puis je me remis en route; j'avais complètement perdu mon chemin; ma chasse l'avait fait sortir de mon idée, et je n'aurais pas pu dire par où j'étais entré dans le bois, ni comment il me serait possible d'en sortir. Je savais bien que la maison de mon oncle était à l'est et le ruisseau au nord; mais où était l'est et où était le nord? Le soleil était caché; les arbres avaient crû si pressés que la mousse couvrait leurs troncs uniformément et que les branches et l'écorce, par la même raison, paraissaient partout semblables. Enfin, je découvris un petit arbre qui était assez bien exposé au soleil. Ses branches étaient évidemment plus grandes et son écorce plus sèche et plus épaisse d'un côté; il y avait aussi un gros paquet de mousse poussant près de la racine du côté opposé. Ces indications me suffirent; mais, afin d'en avoir une plus sûre encore, je fis dans l'arbre une entaille assez profonde pour m'assurer que c'était bien le côté rugueux. Cet arbre fut mon guide; je me dirigeai vers la maison, où j'arrivai sans difficulté. Ainsi, si vous vous guidez d'après ces remarques, vous ne vous perdrez jamais. Ici, d'ailleurs, vous ne pouvez jamais être éloigné du rivage à plus de trois à quatre milles.

— Merci, mon cousin, dit Robert, je vous suis très reconnaissant, vous avez délivré mon esprit du plus grand souci que j'aie jamais éprouvé à la pensée d'errer seul dans ces bois déserts. Vos indications me donnent confiance, et ces arbres, qui étaient la cause de mon embarras, seront dorénavant mes moniteurs. »

Il prit son fusil, appela ses chiens et jeta un regard sur Frank dans l'espoir qu'il viendrait aussi ; mais, à la suite de cette conversation, celui-ci avait pris la résolution de ne pas aller avec son frère. Il resta assis près de la cage aux sarigues et ne parut remarquer ni le fusil, ni les chiens, ni le regard de Robert.

« Allons, Frank, s'écria le chasseur aussi gaiement qu'il put, me voici prêt à partir ; venez voir avec moi si nous aurons à tirer quelque daim....

— Non, je vous remercie, répondit Frank très fermement ; je n'ai pas envie de me perdre, je ne trouve pas cela amusant ; j'aime mieux rester ici à verser de l'eau froide sur le pied de mon cousin.

— Restez donc, dit son frère d'un air contrarié, j'avais oublié que vous n'étiez qu'un petit garçon. »

Harold, qui savait très bien que Frank était un excellent marcheur et que Robert ne serait pas fâché d'avoir quelqu'un avec lui, dit tout bas à Frank :

« Il ne se perdra pas, et je suis convaincu qu'il nous aura un daim. Qui sait même s'il ne trouvera pas un autre faon pour tenir compagnie à Dora ? »

Il n'en fallut pas plus pour décider Frank. Il saisit sa casquette et, criant : « Mon frère ! mon frère ! je viens ! » il s'élança sur ses pas. Fidèle en fit autant. Il fallut revenir pour l'attacher et dire à Mary de ne pas s'inquiéter s'ils n'étaient pas de retour à l'heure du dîner, vu qu'ils ne voulaient pas rentrer sans gibier. Puis, prenant un peu de maïs rôti, en cas qu'ils

eussent faim, ils partirent, sans oublier la hachette et les allumettes.

Leur premier soin fut d'aller visiter les pièges aux dindons ;
au plus proche, le grain et les pois avaient disparu, et des traces
toutes fraîches montraient que les dindons étaient venus les
manger.

« Quel dommage que nous n'ayons pas pensé à apporter une
nouvelle provision de grain, car Harold prétend que, quand ils
ont une fois trouvé à manger quelque part, il est presque certain qu'ils y reviendront le lendemain en chercher encore. Il
faut que nous partagions avec eux notre provision de maïs
rôti. »

Ils renouvelèrent l'appât et partirent directement au sud,
ayant pour guide les nuages brillants indiquant que le soleil
se trouvait au sud-est. Frank désirait bien que Robert pût
tuer quelques-uns des nombreux écureuils qui se jouaient autour d'eux.

« Il se pourrait, dit-il, que, si vous en tuiez un, ils vinssent
ous crier autour de vous comme il est arrivé au cousin Harold ; alors nous ferions une superbe chasse. »

Mais Robert lui fit observer que ce serait là une dépense inutile de munitions, qu'il valait mieux les réserver pour de meilleur gibier. Il ajouta qu'ils trouveraient probablement des
daims dans le voisinage, et que, d'ailleurs, son fusil n'était pas
chargé pour d'aussi petit gibier.

A peine achevait-il cette réponse que Mum commença à
flairer et à grogner çà et là, montrant qu'il découvrait une
trace confuse. Ses mouvements devinrent bientôt plus pressés,
et il s'avança d'une vitesse qui força les chasseurs à courir
pour ne pas le perdre de vue. Aussi, craignant de se mettre
ttou à fait hors d'haleine et de ne plus être en état de bien
viser, Robert jugea-t-il préférable de rappeler son chien.

« Ici, Mum ! » cria-t-il.

ROBERT VISA LA PLUS GROSSE BÊTE A L'ÉPAULE ET FIT FEU.

L'animal, bien dressé, ralentit instantanément son allure, les précédant de quelques pas. Ils marchèrent de cette manière pendant un quart de mille environ. Tout à coup, Robert vit que le chien levait le nez et marchait sans bruit, les yeux ardemment dirigés devant lui. Il le fit encore tenir tranquille par un ordre à voix basse et le maintint presque à ses pieds. Bien lui en prit, car, l'instant d'après, il aperçut une paire d'andouillers dépassant un buisson assez éloigné, et les flancs bruns d'un daim se dessinèrent à travers les branches.

Aussitôt il ordonna à Mum, toujours à voix basse, de se tenir en arrière, et regardant de quel côté venait un petit vent qui soufflait, afin de ne pas le laisser porter au daim leurs émanations, il dit à son frère :

« Frank, cache-toi derrière ce grand peuplier, je vais essayer de me glisser jusqu'au buisson et de voir si je ne pourrai pas tirer. Tu n'auras pas peur?

— Non, répondit Frank, surtout si tu ne vas pas trop loin....

— Je n'irai pas hors de portée de la voix, dit Robert. Si tu as besoin de moi, siffle, mais n'appelle pas! ne quitte pas ton arbre, avant que tu m'entendes tirer; tu accourras alors. »

Il lui était aisé de se dissimuler derrière le feuillage épais d'un berceau de vigne et d'arriver tout à fait près du but.

Il s'arrêta pour écouter; il entendait distinctement le froissement des feuilles et le piétinement du daim. Un petit mouvement que le jeune chasseur fit avec précaution lui donna vue sur la clairière masquée par le buisson; il y avait trois daims paissant, à une bonne distance de tir.

Robert arma ses deux coups et essaya de se raffermir; mais, en dépit de cet effort, son cœur battait à briser sa poitrine, et sa main tremblait; il avait ce que les chasseurs appellent: *le mal de daim.*

Enfin, appuyant son arme contre une forte branche, il visa

la plus grosse bête à l'épaule et fit feu. L'animal tomba en faisant un saut en avant. Un autre daim, au lieu de s'enfuir,
comme Robert s'y attendait, se retourna avec une apparente
surprise pour regarder la fumée et le feu accompagnés d'un si
grand bruit, toutes choses qui lui étaient étrangères. Robert
visa cette fois d'une main assurée et fit feu à la tête du second
daim, au moment où celui-ci allait se sauver.

« Tu peux venir, Frank! » cria-t-il.

Frank n'avait pas attendu cet appel ; il avait pris sa course
au premier coup et arrivait à toutes jambes. Robert se rappe-
lait la recommandation de Harold et l'opération complémen-
taire par laquelle il était nécessaire d'achever son exploit. Ce
ne fut pas sans émotion et sans dégoût qu'il se vit obligé de
plonger son couteau de chasse dans cette chair délicate. Si
cette boucherie n'eût pas été indispensable, il aurait assurément préféré cent fois en être dispensé.

Qu'y avait-il à faire maintenant de ces deux gros daims
couchés sur le gazon? Fallait-il les écorcher, les curer sur
place et essayer de porter les parties séparées à la tente; ou
bien y transporter une des bêtes et revenir chercher l'autre?
Robert se décida pour ce dernier moyen.

Avant de se mettre en route pour la maison, il marqua avec
la hachette un certain nombre d'arbres pour reconnaître de
loin l'endroit où était son gibier, puis, choisissant d'autres
arbres de distance en distance sur son chemin, il fit la même
marque sur toute la route jusqu'à ce qu'il fût en vue de la
tente.

C'est ainsi qu'une demi-journée lui avait suffi pour apprendre à se guider dans une forêt épaisse, avec une sûreté de tact
et une confiance d'esprit dont il était surpris tout le premier.

CHAPITRE XIII

LES BÉQUILLES. — CURÉE DES DAIMS. — AUGE AUX DINDONS. — ATTENTE SOLITAIRE. — PUISSANCE DE L'IMAGINATION. — RENCONTRE EFFRAYANTE. — DIFFÉRENTES MÉTHODES POUR REPOUSSER LES BÊTES FÉROCES.

La foulure de Harold était toujours si douloureuse au moindre mouvement des jambes, que Sam engagea le courageux garçon à se fabriquer une paire de béquilles.

« *Vous les faire solides et bonnes, massa Harold,* lui dit-il avec un sourire de satisfaction, *car moi espoir vous les jeter bientôt et moi les ramasser.* »

Cette besogne occupa les deux invalides, l'un conseillant, l'autre exécutant, pendant que Robert et Frank continuaient leur chasse aux daims.

La venaison ayant été apportée sous la tente, Harold aida de ses avis à la préparer et il indiqua comment il fallait s'y prendre pour la fumer. On dressa, à même le sol, une petite hutte d'écorces d'arbre en forme de roche, ouverte par le haut et traversée de branches minces pour suspendre les morceaux à fumer. On creusa au milieu un trou pour le foyer; la terre qu'on en retira, rejetée sur les côtés du trou, devait empêcher la flamme et les étincelles d'atteindre les parois de la hutte.

Un peu avant le coucher du soleil, Robert visita les pièges à dindons; les oiseaux y étaient revenus et avaient mangé tout le grain rôti qu'on y avait jeté le second jour. Il renouvela la provision (emportée à la suggestion de Harold); mais, au lieu, comme il l'avait fait jusque-là, d'éparpiller le grain, il le mit en un seul tas au fond d'une étroite tranchée qu'il n'eut pas de peine à creuser. Cette tranchée rejoignait en droite ligne une place où l'on pouvait se cacher à une petite portée de fusil. Les dindons sont peu remuants; quand ils se mettent de chaque côté de la tranchée, leurs têtes se touchent presque, chacun cherchant à obtenir sa part du butin. Aussi un chasseur ayant son fusil chargé de petit plomb peut-il en abattre six ou huit d'un seul coup en tirant au milieu de leurs têtes entremêlées.

A la visite suivante, Robert se convainquit que les dindons ne venaient là que de grand matin, et il profita de leur absence pour arranger à sa guise l'endroit où il se cacherait. Les bords très peu élevés de la tranchée avaient été garnis de courts bambous, s'écartant l'un de l'autre de manière à former une espèce de *V* avec une petite porte à l'angle. Il ferma l'ouverture du *V* en y plantant un rideau de branchages garnis de leurs feuilles et très approchés par le bas. Comme il était probable qu'il serait forcé de rester là plusieurs heures à l'affût, il se fit un siège et ménagea à travers les feuilles un trou d'observation.

Le lendemain, debout avant le jour, après avoir bu une tasse de café que Mary lui avait préparée, il se mit en chemin. Il se dirigeait vers l'est, et regardait briller cette belle étoile, objet de tant d'admiration : *Vénus*, le diamant du matin, jetant son dernier éclat avant la naissance du jour.

Frank aurait voulu accompagner son frère, sa confiance en Robert comme chasseur s'étant beaucoup accrue depuis les récents succès de celui-ci. Mais Harold ne fut pas de cet avis; il dit qu'à la chasse aux dindons moins il y avait de monde, plus le succès était probable, que Robert devait se tenir aussi immobile qu'un chat guettant une souris, que même, il était plus prudent de ne pas emmener Mum quoiqu'il fût très bien élevé.

Robert était donc parti seul, ayant dans sa poche un petit volume de Shakespeare pour l'aider à passer les lentes heures de sa solitaire attente.

La première chose qu'il fit en arrivant fut de s'assurer de la présence des amorces : elles n'avaient pas été touchées. Il s'assit et se tint à l'affût, caché par les branches; son attention était si grande, qu'il aurait pu entendre son sang battre dans ses artères. Mais les minutes s'écoulant et rien ne troublant le silence autour de lui, pas même le pépiement d'un oiseau, ou le petit cri d'un écureuil, son attention tomba graduellement pour faire place à la fatigue. Il appuya son fusil contre un cep de vigne et ouvrit son livre. C'était le premier volume, contenant le magnifique drame *la Tempête*; il parcourut rapidement les scènes familières qui se déroulent dans les grottes du bord de la mer entre Ariel, cet esprit invisible et fantastique, Caliban, le fils hideux de la vieille sorcière, et Prospéro, avec sa charmante fille. Cette lecture l'absorba à tel point qu'il oublia où il était, jusqu'au moment où un léger bruit derrière un buisson d'églantiers, près de la tranchée, le rappela à la réalité. Quel que fût l'animal qui l'avait produit, son allure était des plus légères, et, évidemment, il se rapprochait. Posant son livre à terre, il saisit son fusil et observa aux alentours; rien n'apparaissait. Il vit bientôt tomber sur le sol des fragments de bois et quelques feuilles, tandis qu'un son sourd comme celui d'un grognement contenu et atténué parvenait à son oreille.

« Que diable cela peut-il être? se dit-il; un gros renard-écureuil à la recherche de glands? Mais non, il tombe trop d'écorces; ce doit être un écureuil dépouillant une branche pour trouver des vers.... Oui, c'est cela, bien sûr. »

Ce n'était pas un écureuil. Si Robert avait eu davantage l'habitude des bois, il ne se serait pas remis si tranquillement à sa lecture. Mais il était beaucoup plus intéressé par son livre

24

que désireux de constater l'identité de l'arracheur d'écorce, et
il était heureux de trouver une excuse qui lui permît de retourner à Prospéro et à l'équipage du navire naufragé. Il lut quelques pages de plus, puis s'arrêta afin de rappeler à son esprit
les divers incidents de l'action. Ses yeux rencontrèrent un objet
qui lui parut être la queue épaisse d'un très gros écureuil tapi
le long d'une branche surplombant la tranchée.

« Je savais bien, dit-il, que c'était un écureuil, mais c'est
un farceur, je ne me dérangerai pas pour lui! Comme sa queue
est grosse et comme il la remue de droite et de gauche! On
dirait celle d'un chat qui épie un oiseau ou une souris et qui
va s'élancer pour s'en emparer.... Je voudrais bien voir son
corps, mais il est caché par cet amas de feuilles. »

Son imagination était si complètement absorbée par la description des scènes de *la Tempête*, qu'il ne pouvait s'occuper
d'autre chose. L'idée présente à son esprit, en ce moment, était
la jolie scène où Stéfano ivre aperçoit les deux corps de Caliban
et de Trinculo couchés en sens inverse sous le même manteau,
et qui, dans son trouble, lui représentent un monstre ayant
des jambes à chaque extrémité.

Robert, ayant cependant encore une fois leve les yeux, se mit
presque à rire en se surprenant à imaginer qu'il voyait la tête
de Caliban reposant sur la même branche où il distinguait
cette queue d'écureuil, et le dévisageant avec ses deux grands
yeux.

En effet, il avait vu quelque chose, et il y avait là une vraie
tête et deux énormes yeux ronds dirigés vers lui; mais telle
était l'influence de sa lecture, qu'il ne put se persuader autre
chose, sinon que c'était la tête de Caliban.

Un examen plus attentif lui aurait probablement révélé la
vérité; il n'en eut pas le loisir. Le couit-couit si longtemps
attendu se fit enfin entendre et le rappela à son devoir de chasseur

Un grand dindon mâle et quatre femelles venaient d'arriver à la tranchée et piquaient le grain aussi vite qu'ils pouvaient.

Robert glissa doucement son fusil à travers son trou avec l'espoir secret de tuer les cinq pièces à la fois. Malheureusement, il eut un instant d'hésitation, son fusil fit contre les feuilles un léger bruit qui attira l'attention des dindes et mit les quatre poules en fuite.

Le conducteur de la bande resta courageusement sur la brèche; relevant son cou de toute sa longueur, il regarda de tous côtés, puis il vint avec précaution jusqu'au rideau de branchages pour s'assurer de ce qui en était.

Robert, grâce à l'expérience acquise dans la compagnie de Harold, ne broncha pas, s'efforçant de maintenir son fusil comme si c'était la branche sèche d'un arbre. L'oiseau ne découvrit sans doute rien d'anormal, car il retourna tranquillement à la tranchée et recommença à manger. Robert attendit quelques instants, comptant que d'autres arriveraient; mais, rien ne venant, il fit feu au moment où le coq ramassait les dernières graines. L'animal fut tué sur le coup.

En même temps qu'il pressait la détente de son fusil, il se produisit un violent froissement des feuilles au-dessus du dindon, et, le coup parti, quelque chose tomba lourdement sur le sol.

Sans prêter autrement attention à ces bruits insolites, Robert s'élança hors de sa cachette pour prendre l'oiseau; mais il s'arrêta aussitôt, saisi de terreur. Une bête énorme, de l'espèce des félins, enserrait déjà de ses griffes le dindon dont il dévorait la tête.

C'était une panthère. Robert avait l'explication de cette queue qu'il avait prise pour celle d'un écureuil, et de cette tête qu'il s'était imaginé être celle de Caliban. Pendant une demi-heure, elle l'avait surveillé, fixant sur lui ses deux grands yeux ronds. Évidemment au courant autant que Robert des habitudes matinales des dindons, elle était venue de son côté à l'affût sans éveiller l'attention du jeune chasseur plongé dans sa lecture. Le terrible carnassier avait deux proies pour une.

Si les dindons avaient tardé davantage à venir, Robert eût été certainement attaqué derrière son rideau de feuillage, qui ne le cachait pas contre un ennemi aérien; mais l'arrivée de ceux-ci l'avait momentanément sauvé d'un grand danger.

A l'apparition de Robert, la panthère avait rejeté de sa gueule la tête broyée du dindon; les poils de son dos et de sa queue se hérissèrent, et elle montra ses crocs menaçants en poussant un affreux miaulement. S'il eût battu en retraite, Robert aurait peut-être pu échapper au péril qui le menaçait, car la panthère, laissée à la paisible possession de sa proie, l'aurait probablement ramassée et emportée. Mais le saisissement du chasseur fut tel, que, pendant un moment, il se trouva paralysé et abaissa convulsivement son fusil qui n'avait plus qu'un seul canon chargé. Il était sur le point de faire feu sans presque viser, lorsqu'un nouveau miaulement de la panthère, prête à s'élancer, le rappela à lui-même; il la visa entre les deux yeux et fit feu.

Ce fut un coup désespéré, car la charge ne contenait que du petit plomb.

Le hurlement de rage et de douleur avec lequel la panthère blessée bondit vers lui, le grincement horrible de ses dents, glacèrent le sang de Robert. Il saisit son fusil par l'extrémité du canon, pour lui asséner un coup de crosse, quand, à sa grande surprise, au lieu de lui sauter à la gorge, la panthère courut à un buisson d'églantiers, à trois pieds de lui, et commença à le déchirer avec furie, à tort et à travers.

Par une chance inespérée, les deux yeux de l'animal avaient été crevés, et une humeur sanguinolente en découlait. Robert se retira sans quitter la bête du regard, craignant qu'elle n'essayât de le poursuivre, et s'arrêta derrière un arbre, pour re-

IL LA VISA ENTRE LES DEUX YEUX ET FIT FEU.

charger son fusil à balle ; puis, plus rassuré, il reprit la direction de la tente.

Il n'avait pas parcouru la moitié de la distance, que ses craintes étaient complètement apaisées. Si la panthère n'avait pas été mortellement blessée, elle était du moins aveugle, se dit-il ; pourquoi n'aurait-il pas assez de courage pour l'achever, et accomplir ainsi un exploit dont il aurait le droit d'être fier aussi longtemps qu'il vivrait ?

Il fut tiré de ses pensées par le bruit des pas d'un animal qui venait en courant de son côté.

Il abaissa son fusil, acceptant d'avance le combat avec ce nouvel ennemi. Mais quelle ne fut pas sa joie en constatant que c'était Mum, le bon et fidèle Mum. La brave bête avait dû rompre ses liens et suivre la trace de son jeune maître. C'était là un secours aussi opportun qu'inattendu !

« Attendez, Mum, lui dit-il en le caressant, je vais vous donner de l'ouvrage, et avec vous je ne crains aucune panthère, qu'elle ait ou non ses yeux ! »

Mum avait assez de sagacité pour comprendre que son maître était vivement ému, et il lui montra toute sa sympathie en allant et venant, se frottant contre lui et remuant affectueusement la queue.

Robert, précédé du chien, revint sur ses pas, jusqu'à la tranchée, tenant son fusil tout armé sous le bras. Mais la panthère avait disparu.

La première chose que fit Mum fut de se jeter sur le dindon, qu'il laissa bientôt, en voyant dans quel état il était. L'odeur de la trace de la panthère ne lui avait pas échappé ; ses poils se dressèrent, en même temps que toute sa physionomie exprimait une colère mêlée de frayeur. Il comprenait le danger, mais il se montrait tout disposé à l'affronter Mum, encouragé par son maître, courut plein d'entrain au buisson d'églantiers sur lequel la panthère s'était d'abord jetée, puis, dans une course en zigzag, il alla fouiller chaque buisson contre lequel la bête aveugle avait dû se heurter, jusqu'à ce qu'enfin il la découvrit dans son dernier refuge. A l'approche de ses ennemis, la panthère accroupie et pantelante, les oreilles droites, allongea le cou comme si elle voulait percer l'impénétrable nuit dont elle était entourée.

Ayant ordonné à son chien de s'arrêter et marchant avec le moins de bruit possible, Robert approcha à dix pas de l'animal écumant. Alors, sûr de son coup, il le déchargea entre les deux yeux de la panthère, qui retomba, bien morte cette fois.

Après avoir examiné et palpé le dangereux ennemi qu'il avait si heureusement vaincu, Robert essaya de le charger sur son épaule, mais c'était un fardeau au-dessus de ses forces. La panthère était aussi lourde qu'un gros daim.

Il marqua la place où il la laissait et regagna son arbre, pour y prendre son livre et son dindon décapité; puis, impatient de conter aux autres sa dramatique aventure, il hâta le pas pour les rejoindre.

Frank, qui était venu à sa rencontre, l'aperçut le premier.

« Quoi! cria-t-il d'un ton moqueur, rien qu'un dindon! Je croyais que vous rapporteriez de quoi emplir le garde-manger; vous êtes resté si longtemps et vous avez tiré si souvent! Cousin Harold ne savait ce que cela signifiait, il supposait que vous aviez tué beaucoup de dindons; aussi ai-je détaché Mum pour qu'il aille vous aider.

— Je suis heureux que vous ayez pris ce soin, dit Robert poussant un profond soupir, car jamais de ma vie je n'ai eu autant besoin de secours.

— Et vous n'avez tué que ce dindon-là?

— Hélas! oui, quoique j'en aie eu encore quatre à ma portée; mais un autre chasseur est venu me donner la chasse à moi-même. Où sont Harold et ma sœur?

— Dans la tente. »

Harold et Mary sourirent de plaisir en voyant le beau dindon sur son épaule ; mais ils ne s'expliquaient pas l'air sérieux que prenait Robert. En entendant les détails de la périlleuse aventure du jeune garçon, Mary pâlit, les yeux de Harold s'enflammèrent, et Sam montra ses dents blanches dans des rires d'admiration.

« Ah ! combien j'aurais été heureux d'être avec vous ! dit Harold, regardant tristement son pied foulé.

— Je n'aurais pas été fâché que vous y fussiez, croyez-le bien.

— Ç'aura été un moment terrible quand vous avez tiré votre second coup et que la panthère s'est élancée sur vous ; ne vous êtes-vous pas cru perdu ?

— Non, répliqua Robert, je me suis senti horriblement ému, mais je n'ai pas eu un instant l'idée d'abandonner la partie.

— C'est bien naturel, dit Harold ; à la chasse personne ne se retire, tant qu'il reste quelque chose à faire. Mais dites-moi quelles ont été vos pensées à ce moment. On pense si vite et avec tant de force quand on est réduit à une extrémité semblable, que je suis curieux de savoir tout ce qui vous a traversé l'esprit.

— J'ai en effet pensé à beaucoup de choses, mais à aucune que j'eusse le temps d'exécuter, sinon de décharger mon coup dans les yeux de l'animal et de retourner mon fusil pour l'assommer si je le pouvais. J'avais d'abord eu la tentation de me sauver, mais pas avant que la panthère n'eût eu le temps de·se jeter sur moi. Alors l'idée me vint d'essayer le pouvoir de mon regard, comme papa nous l'avait recommandé en parlant des chiens ; mais je dois avouer qu'il y avait plus de pouvoir dans les yeux de la panthère que dans les miens, car j'étais follement effrayé.... Mais parlons plutôt du corps de la bête. Qu'en faire ? L'abandonnerai-je ou l'apporterai-je à la tente ?...

— Oh ! apportez-le ! apportez-le ! répondit Harold. Mary et Frank iront bien volontiers vous aider, je n'en doute pas. »

Mary parut médiocrement satisfaite de participer à cette besogne; elle jeta un regard de reproche à son cousin, qui affecta de ne pas s'en apercevoir.

Néanmoins elle ne refusa pas, et, une heure plus tard, la panthère était déposée à la porte de la tente.

Le reste de l'après-midi fut employé à la dépouiller et à faire sécher sa peau en l'attachant par les pattes, la queue et les oreilles.

CHAPITRE XIV

UN PIÈGE A DINDONS. — VOYAGE D'EXPLORATION. — Mme MARTIN.
— UNE NUIT DANS LE BOIS. — LA PRAIRIE. — LA HUTTE
INDIENNE. — ARBRES A FRUIT. — SOURCE SINGULIÈRE.

Nous allons passer un intervalle de près de trois semaines,
depuis le samedi 6 novembre, où la rencontre de la panthère
eut lieu, jusqu'au mercredi 24 novembre alors que les affaires
de nos jeunes amis prirent une tournure nouvelle.

Le seul incident notable durant ce laps de temps fut la
construction d'un piège pour attraper des dindons vivants.
C'était un enclos couvert, de dix à douze pieds carrés, avec une
profonde tranchée communiquant du dehors au centre. Cette
tranchée fut creusée assez profondément pour permettre à un
dindon cherchant sa nourriture de passer sous une trappe et
de là dans une enceinte intérieure. La toiture de branches
avait pour but d'empêcher les oiseaux, une fois entrés, de
pouvoir regagner la tranchée et de trouver ainsi un chemin
pour sortir. Quant à la trappe, elle était construite d'après la
connaissance de ce fait qu'un dindon regarde toujours par terre
lorsqu'il cherche sa nourriture, mais n'y regarde jamais quand
il essaye de s'échapper. Cela est également vrai pour la perdrix
et probablement pour la plupart des gallinacés.

Au moyen de ce piège, les enfants prirent un si grand
nombre de dindons qu'ils en furent bientôt fatigués.

La foulure d'Harold était presque guérie, et, depuis une

semaine, il pouvait vaquer à toutes les occupations ordinaires.
Les os de Sam se soudaient rapidement et promettaient de
devenir ce que tout os fracturé devient après quelques semaines
de soins et de repos.

Personne n'était venu au secours des pauvres aventuriers.
Ils avaient souvent visité leur signal, interrogé l'horizon avec
leur lunette, mais nul sauveur ne s'était montré. Depuis le
jour où ils avaient été jetés sur leur île, Robert et Harold médi-
taient d'en faire une exploration aussi complète que possible;
ils en avaient été empêchés jusque-là surtout par la crainte
nerveuse que montrait Mary à l'idée d'être laissée seule, plus
particulièrement depuis la rencontre de Robert avec la panthère. Mais maintenant Mary disait qu'avec Fidèle et Sam pour
garde, elle donnerait son consentement à l'excursion.

Les provisions accumulées étaient plus que suffisantes :
vingt cuissots de daims étaient en train de boucaner; la petite
colonie avait vécu des autres parties de la venaison, des dindes
du piège, d'huîtres, de crabes et de poisson. Il y avait en
magasin cinquante poissons secs, deux dindons vivants et quatre
sarigues dans la cage, sans compter ce qui avait été apporté de
la maison. On pouvait donc se mettre en route sans inquiétude.

Avant de partir, les deux jeunes gens approvisionnèrent
Mary de bois, d'eau et de tout ce qu'ils purent prévoir lui être
utile, et chargèrent les fusils de réserve. Ils offrirent en outre
à la jeune fille de construire une palissade autour de la tente,
en coupant de fortes branches qu'on enfoncerait en terre et
joindrait ensemble par des liens de sarments; mais Mary
répondit à cette proposition qu'elle était honteuse d'être ainsi
considérée comme une poltronne.

Il faisait plein jour le matin du mercredi 24 novembre
lorsqu'ils quittèrent la tente. Robert avait pris le sac aux provisions, consistant en maïs rôti, venaison sèche et des espèces
de biscuits préparés par Mary. A sa ceinture il avait suspendu

une boîte à poudre plate, remplie d'eau, qu'il jugea devoir être la meilleure gourde. Harold portait en sautoir la couverture roulée, et avait passé dans sa ceinture la hachette de Frank. Désirant se rendre un compte exact du contour et des dimensions de l'île, et, aussi, des endroits où on pouvait l'accoster de la haute mer, ils avaient décidé de suivre la grève ferme et plate en escaladant de temps en temps la falaise pour observer le pays qui y confinait. Ils allaient sans se presser, sachant bien que, plus une journée de marche commence sans précipitation, plus elle s'achève avec facilité.

Après avoir fait six milles, ils découvrirent distinctement l'extrémité sud de l'île, indiquée par un haut banc de sable en avant d'un groupe de cèdres rabougris. Derrière la falaise, ils virent la rivière coulant à l'est de la mer et bordée, sur son autre rive, d'un épais rideau de mangliers; au bout d'un parcours de quelques milles elle se courbait subitement au nord. Ils redescendirent vers l'est, résolus à se frayer un chemin sur quelque point du rivage.

Le sol stérile de la grève et celui de la falaise qui la surplombait ne montraient guère, en fait de végétation, que des cèdres nains ou des cactus, et, de loin en loin, un bouquet de palmiers. La flore ne tarda pas à devenir plus luxuriante et plus variée, à mesure que les jeunes explorateurs s'éloignaient de la côte. Des arbrisseaux de toute espèce, des buissons chargés de fleurs, des bosquets de chênes, enfin de véritables forêts où mille variétés de lianes et de vignes s'enroulaient au tronc puissant d'arbres géants, donnaient au paysage un caractère d'abord riant et puis majestueux.

Le raisin mûr abondait, et présentait à la main des deux touristes ses grappes noires ou dorées. Au loin, quand s'ouvrait une vallée ou une large clairière, on distinguait une montagne en forme de champignon qui constituait sans doute le massif central de l'île.

On fit une halte d'une heure, agrémentée d'un copieux déjeuner de venaison et de raisin ; puis les jeunes gens avaient repris la route vers l'est, quand les allures de Mum attirèrent leur attention.

Jusqu'à ce moment, il avait trottiné à leurs côtés, de l'air philosophe et désintéressé d'un chien qui sait qu'on ne va pas à la chasse. Mais, depuis quelques minutes, il allait, venait, flairait à droite et à gauche, — en un mot semblait inquiet. Et pour finir, il vint se réfugier en grognant dans les jambes d'Harold.

« Je suis sûr qu'il a senti une panthère, dit Robert ; au moins Mum a-t-il agi exactement de même l'autre jour, quand je l'ai mis sur la piste de celle que j'ai tuée. Ne ferions-nous pas bien d'éviter celle-ci ?

— Pourquoi ? répliqua Harold, ayons-en le cœur net. Nous sommes en exploration, nous devons reconnaître les bêtes non moins que les arbres et le terrain. La panthère est un animal poltron, à moins qu'elle n'ait un grand avantage, et si vous avez pu vous défaire d'une avec une simple charge de petit plomb, quand vous étiez seul et surpris, nous pouvons certainement, à deux, venir à bout d'une autre.

— Oui, dit Robert, mais mon succès a été plutôt dû au hasard, et j'avoue que je n'aurais pas envie de recommencer. »

Ils caressèrent Mum et lui dirent quelques paroles d'encouragement. Le brave chien les regarda comme s'il avait envie de les prévenir contre une dangereuse attaque ; mais, voyant qu'ils persistaient, il s'élança sans hésitation sur une trace, ayant soin cependant de prendre beaucoup de précaution et de ne pas trop s'écarter de la portée des fusils.

Pendant près d'un quart d'heure les jeunes gens le suivirent se tenant sur leurs gardes, prêts à tirer ; tout à coup, Mum s'arrêta, les crocs découverts et montrant tous les signes de la peur et de la colère.

D'un massif à peine distant de dix pas, venait de partir un long grognement.

Harold, qui marchait le premier, vit alors une ourse de grande taille, accompagnée de ses deux petits, qui couraient derrière elle pendant qu'elle se retournait pour tenir tête aux chasseurs.

« Soyons prudents, Robert, dit Harold, il ne faut pas se jouer à une ourse qui a des petits, mais la laisser tranquille ou, si on veut la suivre, se tenir à distance respectueuse. Que ferons-nous? Probablement sa tanière est à proximité d'ici, et elle y va de ce pas.... »

Robert ne se souciait guère de faire connaissance plus ample avec un voisin si dangereux ; il était donc disposé à se ranger au sage conseil de son cousin.

Ils tentèrent de tourner la bête, et faisant en sorte de l'avoir toujours en vue, elle et ses petits, et de ne pas se montrer, ils arrivèrent ainsi à une trentaine de pas d'un tulipier de cinq à six pieds de diamètre, au pied duquel s'ouvrait un large trou.

« Ah! voici sans doute la maison de campagne de Mme Martin, dit tout bas Robert, s'arrêtant pour reconnaître les êtres ; frapperons-nous à sa porte pour lui demander des nouvelles de sa famille?

— Je ne pense pas, répondit Harold ; la vieille dame est quelquefois de mauvaise humeur, et je crois, d'après le son de sa voix, qu'elle n'est pas en bonne disposition à l'heure qu'il est. Attention, Robert, la voilà qui vient, montez dans ce petit arbre vite, vite!

— Maintenant laissez-la approcher si elle aime le plomb, » dit Harold installé entre deux branches à quelques pas de l'arbre de son cousin.

Un ours ne peut grimper sur un petit arbre, ses bras sont trop raides pour l'embrasser, il faut que le tronc soit assez gros pour donner prise à ses griffes. Mais Mme Martin était une vieille dame placide, peu disposée à inquiéter ceux qui ne troublaient pas son repos. Dans le moment actuel surtout, elle avait deux bébés dont l'existence était suspendue à la sienne ; aussi se contenta-t-elle d'aller et venir devant la porte de sa demeure ; comme pour avertir ses impertinents visiteurs de ne pas pousser plus loin. Cette requête fut exposée dans un langage qui, s'il était peu articulé et surtout peu poli, n'en était pas moins parfaitement intelligible.

« Je suppose que le mieux est de nous retirer, proposa Harold ; il ne serait pas civil à nous d'entrer dans la chambre à coucher de la bonne dame. Mais, quand Sam sera en état de nous accompagner, nous pourrons songer à faire du lard de sa chair et des rôtis de ses petits. »

Ils rappelèrent Mum, le caressèrent pour le remercier de sa bonne conduite, et battirent en retraite, ayant soin, toutefois, de marquer des arbres depuis le tulipier jusqu'à la rivière.

En quittant le cours d'eau qui, après un grand détour au sud-est, se rapprochait de la grève où ils s'étaient arrêtés, et qu'ils jugèrent propice pour un débarquement, ils entrèrent sous bois et se dirigèrent au nord, parallèlement à la rivière. Un peu avant la nuit, ils firent halte et prirent leurs dispositions pour camper.

Ils commencèrent par débarrasser le sol des broussailles qui le couvraient, dans un cercle de 7 à 8 mètres de diamètre, et allumèrent leur feu au centre de cette esplanade ; ils se firent ensuite une sorte de cabane en courbant un jeune arbuste et en attachant son faît au tronc d'un autre arbre, et les unissant ensuite entre eux à l'aide de hautes broussailles suffisamment souples. La mousse sèche d'un chêne voisin fournit un confortable matelas, et, pendant que Robert le préparait, Harold entassait de menues branches de pin destinées à entretenir le feu.

La nuit surprit les jeunes gens au milieu de ces travaux ;

« MAINTENANT LAISSEZ-LA APPROCHER, » DIT HAROLD.

ils s'assirent jouissant de leur repos, tout en écoutant le pétillement musical de leur feu et admirant la gaie teinte rouge qu'il projetait sur les arbres sombres d'alentour. Puis ils soupèrent, sans oublier de faire sa part à Mum, qui l'avait bien gagnée, et enfin ils se couchèrent, en se confiant aux soins de Celui qui les avait protégés jusque-là.

Quand ils s'éveillèrent le lendemain, il faisait déjà grand jour. Ils se mirent sur pied, et, avant que le soleil parût, ils étaient en route vers le nord, le long de la rivière.

Ils n'avançaient que très difficilement. De hautes herbes, des broussailles inextricables, des barrières de lianes s'opposaient à chaque instant à leur marche : s'ils se rapprochaient de la rivière, des chênes entourés de myrtes et de palmiers nains les forçaient bientôt à s'écarter. Ils pouvaient à peine faire un mille par heure.

Vers midi, ils débouchèrent dans un grand espace ouvert qui leur sembla être une véritable prairie; mais, comme ils y entraient, se réjouissant à l'idée de prendre un repos bien gagné après leur marche pénible, Harold saisit le bras de son cousin et le tira en hâte derrière un buisson.

« Arrière! arrière! lui dit-il, voyez là-bas!... »

Et, à l'abri du buisson, Harold montra à Robert une hutte indienne.

Les jeunes gens se regardèrent avec terreur, leurs cœurs battaient violemment et leur respiration s'arrêtait. Y aurait-il donc des Indiens sur cette île et si près d'eux? Ne pouvait-il être arrivé malheur à Frank pendant leur absence?

Toutefois, après une plus minutieuse inspection, ils s'aperçurent, de l'endroit où ils étaient cachés, qu'il y avait bien une hutte, mais qu'elle semblait abandonnée depuis longtemps. L'herbe poussait haute devant la porte, et le toit était en ruine.

Les jeunes gens respirèrent plus librement. Ils coururent à la hutte et y entrèrent. La pluie, passant à travers le toit, avait fait pousser une grande quantité d'herbes sur le sol et dans le plâtre des ruines. Au centre se trouvait un tombeau arrangé avec beaucoup de soin et protégé par un arceau de petites branches.

Auprès de la porte se voyait un mortier creusé, en forme d'entonnoir, dans un bloc de cyprès grossièrement équarri; au-dessus, était suspendu un pilon dont le manche portait les traces d'un fréquent usage. Sur un des côtés de la maison s'élevaient trois pêchers, dont le feuillage recouvrait presque entièrement le toit; derrière, et jusqu'à la limite de la prairie, une quantité de pruniers sauvages avaient poussé.

« Cette maison, dit Harold pensif, doit avoir appartenu à un vieux chef. Il est probable qu'il a continué d'y vivre après que tous les autres membres de sa tribu eurent quitté le pays, et que ses enfants l'ont enterré là et sont partis à leur tour....

— Paix à ses cendres, » ajouta Robert.

Les deux enfants subirent la pénible impression que nous produit toujours l'aspect d'un lieu où tout rappelle que des hommes ont succombé après une vie malheureuse.

On était au milieu du jour, et les appels de la faim commençaient à se faire sentir.

« Je suis certain, dit Harold, qu'il doit y avoir une source aux environs; un Indien n'établit jamais sa demeure sans avoir de l'eau sous la main. Cette source n'est peut-être pas tarie; cherchons-la. »

Au bout d'une demi-heure, ils étaient près de désespérer de réussir, lorsque Harold cria tout à coup :

« Je l'ai trouvée! Venez, Robert. »

Celui-ci se hâta d'accourir au ravin peu profond qui terminait la prairie à l'est. A deux pas à peine, au bas de la verte bordure, se trouvait une vraie curiosité dans son genre : un filet d'eau fraîche et limpide s'échappant du tronc d'un gros tulipier[1]. C'était une fantaisie de la nature, réunissant la beauté à l'utilité. Cette eau était aussi agréable au goût qu'elle était plaisante à l'œil.

Leur soif étanchée, ils ouvrirent leur sac aux provisions. La vue de Robert fut à ce moment attirée par l'éclat d'une riche couleur à une extrémité de la prairie. Ils se dirigèrent de ce côté, et trouvèrent différentes variétés d'orangers et de citronniers chargés de fruits mûrs. Ils dînèrent sous ces arbres, cueillirent plusieurs des belles oranges dont les branches étaient chargées et s'en firent un luxueux dessert. Ils remplirent leurs poches des différentes espèces et se remirent en route pour leur tente.

Il n'y avait guère qu'un mille de distance de ces orangers à ceux qu'ils avaient découverts pour la première fois, et par conséquent ils se trouvaient à peine à trois milles de leur quartier général. Ils y arrivèrent dans l'après-midi, et tout le monde fut heureux de les revoir. Frank, selon son habitude, ne manqua pas de s'égayer à leurs dépens, les plaisantant de ce que, à eux deux, après une excursion de quarante-huit heures, ils ne rapportaient que des oranges. Mary leur dit qu'ils lui avaient manqué, et qu'elle n'avait pu dormir la nuit, tant leur absence la préoccupait; mais que tout s'était bien passé et qu'elle n'avait pas vu de panthère.

---

1. Les tulipiers, comme tous les arbres qui poussent dans l'eau, ont généralement une base creuse et de fortes racines.

CHAPITRE XV

L'exercice fatigant des deux journées précédentes fut plus que n'en pouvait supporter la foulure de Harold à peine guérie. Pendant les quelques jours suivants, il fut obligé de se reposer et d'éviter tout travail. Il soigna donc son pied par de fréquentes ablutions d'eau froide.

Quant à Sam, ses membres blessés regagnant de la force, il insistait pour qu'on les mît à l'épreuve en lui donnant de l'ouvrage, mais Robert refusa positivement de se rendre à son désir.

« Nous ne devons rien risquer dans le cas présent, lui dit-il, il est trop important que nous vous ayons pour nous aider à construire notre radeau. Il vaut donc mieux que vous restiez allongé une semaine de plus que de vous lever un jour trop tôt. Votre bras doit se reposer pendant cinq semaines entières, et votre jambe pendant six ou sept.

Mary et Frank avaient écouté avec beaucoup d'intérêt les détails que leur avaient donnés les jeunes gens sur la hutte indienne et sa prairie, la forêt remplie de vignes, le terrain aux orangers et la charmante source; ils demandèrent instamment à les accompagner à la première visite qu'ils y feraient, ce à quoi ils consentirent. L'unique difficulté qui se présentait était celle de laisser Sam seul; mais, quand le brave nègre sut de quoi il s'agissait, ce fut lui qui leva toutes les objections.

« *Quoi faire mal à moi? dit-il. Vous charger fusil et mettre lui à ma côté; moi défendre moi sans personne.* »

La visite projetée n'avait pas pour but une simple partie de plaisir. Ils avaient attendu jusque-là en vain leur délivrance; aussi ils étaient convaincus maintenant qu'ils ne devaient plus compter que sur eux-mêmes. Depuis six semaines une persistante fatalité s'était toujours opposée à ce que tout ce qui avait été fait pour leur porter secours réussît. Il fallait se décider à s'aider soi-même.

L'exploration avait révélé l'existence dans l'île, à proximité de la rivière, d'arbres superbes très propres à la construction des bateaux. Nos jeunes aventuriers n'ignoraient pas qu'entreprendre de construire un bateau assez grand pour les transporter tous à Bellevue, avec des outils aussi peu appropriés que les leurs, serait un vrai travail d'Hercule; mais ils se trouvaient dans l'obligation de le faire ou de rester à jamais là où ils étaient.

Ayant consulté Sam dont le jugement en pareille matière devait être supérieur au leur, ils résolurent de construire, non pas un grand bateau, mais deux de dimensions modérées qui, en cas de nécessité, pourraient être attachés solidement ensemble. A cet effet, ils voulaient choisir, non loin de l'eau, deux cyprès de trois à quatre pieds de diamètre qui devraient être d'abord abattus. Dans leur nouvelle visite à la prairie ils s'occuperaient surtout de chercher deux arbres remplissant ces conditions.

Les quatre enfants partirent de bonne heure le mardi matin 30 novembre et parvinrent sans encombre à la hutte indienne. Malgré le triste aspect du tombeau solitaire, Mary et Frank furent captivés par la beauté sauvage du site. La fine verdure de la prairie, l'épaisse ramure de la forêt entourait cette plaine en miniature, les pêchers penchés sur la hutte, les oranges et les citrons suspendus au milieu de leur feuillage vert sombre, et la source s'échappant d'une manière si singulière, tout se combinait pour les enchanter. Le contraste était si frappant avec l'emplacement stérile de leur campement actuel, qu'ils demandèrent ensemble de venir s'y établir.

Cette idée s'était aussi présentée à l'esprit de Harold et de Robert; mais il y avait des objections sérieuses à son adoption : la première était qu'ils se trouveraient hors de la vue des vaisseaux, et l'autre — qu'ils gardèrent pour eux-mêmes — était qu'ici ils courraient plus de dangers de la part des bêtes féroces.

Ils répondirent qu'ils préféraient aussi le séjour de la prairie, mais qu'il ne fallait penser à aucun changement avant que Sam fût tout à fait en état de se déplacer.

La hutte indienne et ses riants alentours, bien et dûment passés en revue, Harold prit Frank avec lui, et tous deux suivis de Fidèle, partirent d'un côté, pendant que Robert et Mary, avec Mum, allèrent d'un autre à la recherche d'arbres propres par leur grosseur et leur forme, à la construction des bateaux.

Au bout d'une heure, ils revinrent ayant marqué, chacun de leur côté, plusieurs arbres et en même temps ayant ajouté à leurs connaissances des ressources que présentait l'île.

Harold avait découvert une grande quantité d'arrow-root dont on pouvait faire une très belle farine, et de plus une multitude de plantes avec des feuilles douces comme du velours, de trois pieds de diamètre et une large racine bulbeuse ressemblant au navet, que Robert déclara être le *taniah*, légume ressemblant pour le goût à la patate douce.

Les autres avaient longé la rivière, où Robert découvrit un vieux bateau dont un côté était recouvert entièrement d'huîtres; puis un trou profond dans lequel des truites et d'autres poissons se jouaient sous d'énormes racines de saule.

La découverte de Mary fut plus agréable qu'utile : ce fut un bouquet de roseaux odoriférants, elle en cueillit une poignée, qu'elle lava avec soin et rapporta pour les offrir à Sam.

Frank se sentait un peu humilié d'être le seul qui n'eût rien découvert de nouveau.

Après avoir passé une journée très agréable, ils retournèrent à la tente, où ils arrivèrent avant le coucher du soleil. Sam, heureux de les revoir, montra ses dents blanches lorsqu'ils approchèrent de la porte. La journée avait été pour lui bien solitaire, mais le retour des enfants lui fut une compensation.

A dater de ce jour, les deux jeunes gens n'eurent plus en tête que le travail à accomplir pour abattre les arbres et les convertir en bateaux; mais comment procéderaient-ils une fois occupés à ce travail? Ils pourraient partir tous les matins et revenir le soir : la distance était de huit milles environ, aller et retour; devaient-ils plutôt passer plusieurs nuits à la prairie et laisser Frank et Mary à la garde de Sam? ou enfin valait-il mieux transporter à la prairie tout ce qui serait nécessaire à leur travail?

De ces projets, le premier paraissait inquiétant : laisser les deux enfants pendant de longs jours dans un pays infesté d'animaux sauvages, sous la seule protection d'un pauvre nègre invalide, presque incapable de se défendre lui-même, ce n'était pas possible.

Il fut donc définitivement résolu qu'on remettrait l'exécution des travaux à la semaine suivante, avec l'espoir qu'il serait à ce moment possible de transporter, partie par eau, partie par terre, tout ce qu'il faudrait pour s'établir à demeure à la prairie.

Cette décision une fois arrêtée, on ne songea plus qu'à mettre de côté tout ce qui pourrait être d'une nécessité absolue et journalière quand les travaux seraient commencés. Les vêtements et plus spécialement les chaussures donnaient déjà de nombreux signes de délabrement : les souliers de Frank étaient percés au bout ; il devenait urgent de porter remède à ce triste état de choses.

Harold avait prévu le cas bien avant qu'il arrivât ; il avait mis de côté et fait tremper dans une espèce de chaux faite de coquilles d'huîtres brûlées, les parties les plus épaisses de la peau du cerf, et après en avoir gratté les poils, il avait adouci le cuir en le frottant de temps à autre avec de la graisse. Aussitôt qu'il fut décidé qu'on retarderait d'une semaine le départ pour la prairie, Harold alla chercher quelques morceaux de ce cuir.

« Venez ici, maître Frank, dit-il, je vais vous faire des mocassins ; je m'établis cordonnier et vais vous confectionner une paire de souliers indiens. J'en ai besoin moi-même....

— Et moi aussi, et moi aussi, dirent Robert et Mary.

— A ce compte-là, dit Harold, nous ferons bien de nous mettre à l'œuvre et de nous chausser à la mode indienne.... »

Harold posa le pied de Frank sur un morceau de cuir et en marqua la forme, puis le coupa suivant la mesure. Il tailla ensuite des morceaux plus doux pour retenir le pied au talon et au bout, et comme il n'y avait qu'une petite couture à faire, l'opération fut bientôt terminée.

Le second mocassin était à peine fini, qu'on entendit retentir du côté de la rivière plusieurs coups de fusil. Fidèle dressa les oreilles, et Harold se rappelant la scène de la panthère, lui cria : « Hallo ! » et saisissant sa carabine, il courut du côté du rivage.

Il ne tarda pas à apercevoir, à un détour de la falaise, Robert essayant de retirer quelque chose de l'eau. Il vit aussi que lorsque Fidèle arriva près de son cousin, celui-ci le caressa et lui montra quelque chose dans la rivière. Le chien plongea et apporta un objet noirâtre qu'il déposa aux pieds de son maître.

Ayant rejoint Robert, il aperçut, gisant sur le sol, six oiseaux de la taille des canards ou des oies, dont il ne connaissait pas l'espèce, mais que Robert lui assura être des oies sauvages.

« Le rivage en était couvert, dit le jeune chasseur, je me suis caché derrière cette butte et j'en ai tué quatre de mon premier coup et trois de mon second, mais il y en a un qui est allé tomber dans le marais et qui est perdu. Un peu plus haut se trouvait tout un troupeau de mallards, se nourrissant des glands du chêne. J'aurais pu en abattre quelques-uns, dit Robert, mais je préfère les oies.

— Je ne vous avais pas vu quitter la tente, et lorsque j'ai entendu vos coups de fusil, j'ai craint que vous n'ayez rencontré quelque panthère, je me suis hâté de vous dépêcher Fidèle, et je suis accouru.

— C'est justement de Fidèle que j'avais besoin, quoique ce ne fût pas un cas périlleux ! Mais voyez donc comme ces oiseaux sont gras ! »

Ils ramassèrent le gibier et retournèrent à la tente. Tout le monde fit bon accueil à ces nouvelles provisions, car on commençait à se lasser des anciennes. Les oies furent trouvées aussi bonnes que Robert l'avait prédit, et en alternant de temps à autre avec des canards sauvages, ce fut un important supplément au magasin de vivres.

Pendant deux jours, la petite colonie fut occupée de son nouveau métier de cordonnerie, et ils devinrent tous bientôt si habiles, que Harold déclara qu'il doutait que le vieux Torgah pût faire de meilleurs mocassins. Ils perfectionnèrent même la manière indienne en ajoutant à la semelle plusieurs épaisseurs prises dans les parties les plus résistantes de la peau, afin de se garantir contre les épines et les pierres pointues.

La semaine s'écoula ainsi, et le jour du départ arriva.

Le lundi matin, le vent était des plus favorables pour remonter la rivière, et avant l'heure de la marée, les jeunes demenageurs avaient chargé leur radeau, y avaient adapté une

voile grossière et une sorte de gouvernail ; ils étaient prêts à
partir. Le radeau construit dans le seul but de secourir Sam
était trop petit pour sa nouvelle destination ; en outre le bois
s'était tellement imprégné d'eau, que pour porter ce qu'ils se
proposaient d'y charger, ils furent obligés d'accroître ses
dimensions.

Mais cela leur demanda peu de temps, et après que tout fut
en place et les bagages convenablement amarrés, Sam, à l'aide
des béquilles de Harold, s'embarqua et vint s'asseoir au gouvernail improvisé. Harold prit les rames ; Robert, Mary et
Frank s'acheminèrent par la route de terre, le long du sentier
bien tracé pour rejoindre les mariniers au point de débarquement près des orangers.

Le voyage du radeau dura près de trois heures, et au moment où il abordait, Harold put voir à travers les étroites
ouvertures des arbrisseaux du rivage, que Robert avait déjà
abattu deux palmiers sur le bord du bras intérieur de la
rivière et s'occupait à les tailler.

« Est-il possible, Robert, dit-il en débarquant, que vous
ayez si bien deviné ma pensée ; vous est-elle arrivée par
les airs ? N'avez-vous pas entrepris de faire un second radeau ?

— Oui, dit Robert, et il m'a semblé que si nous pouvions
l'achever avant le retour de la marée, il nous serait possible
d'amener ici un chargement complet et que le vôtre pourrait
retourner au vieux campement pour y chercher une cargaison.
Ce serait une grande économie de peine et de temps. »

L'idée était si pratique que les jeunes gens prirent à peine
le loisir de manger et de se reposer avant que le travail fût
achevé. Ils se séparèrent alors : Mary, Robert et Sam allant à
la prairie où ils dressèrent la tente et allumèrent le feu, tandis
que Harold et Frank, portés sur le radeau par la marée descendante, arrivèrent bientôt à leur ancienne demeure. Rassem-

blant promptement Nanny, Dora, les chevreaux et les sarigues, ils rejoignirent par terre leurs amis.

Pendant plusieurs jours, ils furent ainsi occupés à transporter les bagages et à mettre en ordre toutes choses selon leurs besoins et leurs habitudes. La tente n'était plus dressée près du rivage où elle avait été plantée le premier jour, mais à l'entrée de la prairie, à un jet de pierre environ de la source.

Dans la troisième nuit après leur installation, ils éprouvèrent une perte qui non seulement leur fit beaucoup de peine, mais leur inspira de la prudence. Nanny et ses chevreaux n'ayant pas encore d'abri construit pour eux, se choisirent une retraite dans un chêne moussu dont ils se firent leur place de repos pendant le jour et leur chambre à coucher la nuit.

Les enfants venaient de se mettre au lit, quand ils entendirent un des chevreaux bêler douloureusement et ses cris suivis par le bruit de la fuite des autres accourant chercher un refuge sous la tente. Harold et Robert saisirent leurs fusils, prirent chacun un tison brûlant et coururent avec les chiens dans la direction d'où les cris de douleur et de crainte du chevreau se faisaient entendre de plus en plus faibles, jusqu'à ce qu'enfin ils s'évanouirent dans le lointain.

Le voleur était sans doute une panthère. Cette circonstance découragea beaucoup les enfants, car elle les avertissait que non seulement ils pourraient perdre toutes leurs bêtes favorites, mais qu'il n'y avait pas de sécurité pour eux-mêmes et particulièrement pour Frank s'il tombait malheureusement sur le chemin d'une panthère.

Ils amenèrent Nanny à un endroit près de la tente, ils l'attachèrent au moyen de la chaîne du chien, jetèrent un supplément de bois dans le feu, suffisant pour l'entretenir pendant plusieurs heures, et retournèrent se coucher, tristes et malheureux.

ROBERT, MARY ET FRANK S'ACHEMINÈRENT PAR LA ROUTE DE TERRE

En revenant de sa poursuite inutile, Harold secoua la tête d'une manière significative :

« Je réponds que notre voleur aura son affaire faite avant qu'il ait eu le temps de redevenir affamé! » dit-il entre ses dents.

On ne fut plus dérangé cette nuit-là. Frank dormait pendant que l'incident se passait; il n'en sut rien avant le matin, et lorsqu'il aperçut Nanny attachée près de la tente, il demanda pourquoi et où était l'autre chevreau.

« Pauvre Ninie! » s'écria-t-il en apprenant son sort. (Les chevreaux étant mâle et femelle avaient été nommés Paul et Virginie.) — « Pauvre Ninie, répéta-t-il, elle est perdue! »

Il alla à Nanny, la plus à plaindre, et caressant ses flancs soyeux, il lui dit d'un ton chagrin :

« Pauvre Nanny! n'êtes-vous pas bien malheureuse de la perte de votre fille ? »

Nanny le regarda tristement et répondit : « Bée ! » Mais cela signifiait-il : Je suis fâchée que mon petit soit mort. Ou bien : Je voudrais que vous détachiez ma chaîne et me laissiez brouter de ce bon gazon vert? Frank ne put le deviner.

Après le déjeuner, Harold dit à Robert :

« Il nous faut élever un enclos pour nos animaux; mais, comme j'ai des raisons pour avoir de la venaison fraîche avant la nuit, arrangeons-nous de manière à ce que nous partions, Frank et moi, assez tôt pour être sûrs de nous en procurer. »

Robert aurait volontiers proposé d'être de la partie et de sortir tout de suite, mais ne voulant pas montrer qu'il désirait se dispenser de travailler, il se décida à rester et à aider les autres dans la partie fatigante de l'ouvrage à faire. La palissade fut formée de fortes branches de huit à dix pieds de long, épointées par un bout et plantées dans une étroite tranchée qui en marquait les dimensions. Harold aida à couper et transporter le nombre voulu de ces pieux, puis, un peu

après midi, il prit Frank avec lui et laissa Robert finir l'ouvrage. Il n'y avait pas une heure et demie qu'ils étaient partis,
lorsqu'on entendit le coup éloigné d'une arme à feu fortement
chargée, du côté où on avait chassé les oies et les canards sauvages.

« *Oh! oh!* dit Sam, *massa Harold chargé fusil assez fort
pour carabine.*

— Oui, dit Robert, et il a choisi une pauvre arme pour tuer
des canards. »

Une demi-heure après, deux autres coups beaucoup plus clairs
se firent entendre, plus rapprochés, comme s'ils venaient du voisinage des Oranges sur la langue de terre. Robert regarda tout
attentivement et fut sur le point de remarquer que les coups de
fusil ne devaient pas venir de Harold, car cela n'avait pas le son
de sa carabine ; mais ce doute ne dura qu'un instant et s'évanouit
promptement. Longtemps après, le son familier de la carabine
de Harold se fit entendre à l'ouest, et un peu avant le coucher
du soleil, Frank et lui rentrèrent apportant un jeune cerf entre
eux deux.

« Ceci n'est pas mal, mais vous n'avez pas été heureux, lui
dit Robert qui, ayant fini la palissade, y avait introduit Nanny,
son chevreau et le faon, s'essuyait le front et s'asseyait pour se
reposer.

— Pourquoi cela?

— De n'avoir pas tué davantage. »

Harold parut surpris, mais prenant la remarque pour un
compliment à son adresse ordinaire :

« Oh! cela peut arriver quelquefois. Mais venez, Robert, si
vous n'êtes pas trop fatigué, j'aurais besoin de votre aide pour
faire quelque chose avant la nuit. J'ai envie de mettre ici une
affiche pour que les voleurs soient prévenus de se tenir sur
leurs gardes. »

Par leurs efforts réunis, ils parvinrent à construire un piège très simple, mais très dangereux, qui, déclara Harold, leur donnerait probablement une panthère tuée avant le matin.

Sur deux bâtons fourchus, à un pied à peu près au-dessus du sol, il attacha solidement la carabine de Riley, de manière que la moindre pression exercée sur la détente, fit partir le coup. Il fixa ensuite le bout d'une assez longue corde à la détente, porta cette corde en arrière de l'arme jusqu'à un pieu planté en terre et qu'il lui fit contourner pour la ramener ensuite parallèlement à la carabine jusqu'à la distance de deux mètres environ en avant du canon.

Là se trouvait un second pieu autour duquel la corde faisait un nouvel angle droit, pour finir en se rattachant par son extrémité libre à une grosse pièce de venaison posée à terre.

Toute traction sur ce morceau de viande devait donc se transmettre à la détente et la mettre en jeu.

Afin d'être doublement sûr que le coup partirait, Harold planta autour de son amorce une quantité de petites baguettes, de telle sorte qu'il ne fût possible d'arriver à la viande que dans la direction même du canon.

« Maintenant, dit-il après avoir essayé l'effet du fusil en le chargeant seulement à poudre et tirant la ficelle comme il supposait qu'une bête sauvage tirerait l'amorce, puis chargeant l'arme avec une balle et l'apprêtant pour l'usage meurtrier auquel elle était destinée, — maintenant s'il y a dans le bois une panthère qui soit fatiguée de la vie, je l'engage à venir visiter ceci cette nuit ! »

Les chiens furent attachés et l'ouvrage se trouva complet. Aussi longtemps que les jeunes gens s'étaient employés à construire leur piège, leurs esprits avaient été tout absorbés dans le travail et ils n'avaient pas parlé d'autre chose. Mais lorsque ce fut fini, Harold rappela à Robert sa remarque sur sa chasse et dit :

« J'ai été malheureux, c'est vrai, mais c'est parce que je

suis allé au mauvais endroit, car j'ai tué ce que j'ai tiré. Mais vous, quel succès avez-vous eu, car j'ai aussi entendu votre fusil ?

— Mon fusil, répondit son cousin, non assurément ! J'ai entendu deux coups de feu du côté de la rivière et j'ai pensé que vous exerciez votre habileté à tirer des canards. »

Harold s'arrêta et le regardant presque effaré :

« Pas votre fusil, avez-vous dit ? Sam est-il donc sorti ?

— Non, il a travaillé avec moi jusqu'au moment où vous êtes arrivé. »

Les jeunes gens échangèrent un regard inquiet et plein d'émotion.

« Avez-vous entendu des coups de feu répondant au mien ? »

Robert répondit que non.

« Alors, dit Harold d'une voix tremblante et saccadée, j'ai peur que notre plus grand malheur ne soit pas encore arrivé, car, ou il y a des Indiens dans l'île, ou nos amis sont venus nous y chercher, et nous n'avons laissé aucun avis sur notre mât de signal pour leur indiquer où nous étions. »

Robert se frappa le front de désespoir.

« Oh ! quel avertissement nous avait été inspiré d'abord quand nous avions décidé d'user de tous les signaux imaginables. Je vais faire feu de mon fusil, il n'est peut-être pas trop tard.

Il courut à la tente, rapporta son fusil, mais hésitant :

« Si les coups que nous avons entendus avaient été tirés par des ennemis au lieu de l'être par nos amis !

— Dans ce cas, répondit son cousin, il faut en courir la chance. Si ceux que nous avons entendus sont des Indiens, ce serait en vain que nous chercherions à nous cacher, ils connaissent déjà notre présence, et s'ils veulent nous faire du mal, nous le sentirons bientôt. Donnons le signal. »

Ils tirèrent coup sur coup leurs fusils, les chargeant seulement à poudre et entendant les échos seuls les répéter bien loin dans la forêt ; mais nul autre son que celui des échos ne répondit. Ou la personne qui avait tiré ces mystérieux coups de fusil avait déjà quitté l'île, ou elle n'était pas disposée à indiquer de nouveau sa présence.

Tristes furent les pensées qu'échangèrent les jeunes gens à ce sujet ; ils s'entre-regardaient et disaient, dans des signes intelligibles pour eux seuls, qu'il y avait maintenant moins à espérer qu'à craindre. Ils soupèrent en silence, et Mary et Frank allèrent se coucher, pleins de chagrin. Robert, Harold et Sam veillèrent longtemps après que les lumières furent éteintes, se taisant pour chercher à surprendre l'approche silencieuse des Indiens ou causant entre eux à voix basse des moyens de les repousser en cas d'attaque.

Enfin ils se retirèrent aussi, se promettant de veiller tour à tour pendant la nuit. Tout resta tranquille jusque vers le matin, quand au milieu de la garde de Sam, tout le monde fut éveillé en sursaut par le bruit très rapproché d'un fort coup de carabine.

En un instant les jeunes gens effrayés se trouvèrent debout auprès de leur sentinelle, les fusils en main, prêts à repousser ce qu'ils supposaient être une attaque d'Indiens. Mais Sam leur cria :

« *Non Indiens! non Indiens! mais piège à vous seulement! Écoutez comme lui miauler ; lui certainement mort!...* »

Les jeunes gens se dépêchèrent d'allumer une torche, lâchèrent les chiens, coururent au piège et trouvèrent non pas une panthère, mais un gros chat sauvage, se roulant et criant dans une mortelle agonie. Les chiens sautèrent dessus avec courage, et en moins de deux minutes, il était silencieux et sans mouvement, les yeux fermés et ses membres nerveux maintenant raidis par la mort.

Ils l'emportèrent. Il était presque de la taille de Mum,

quoique pas si lourd. Avant qu'ils eussent fini leur examen,
les grises vapeurs qui annoncent le jour parurent au-dessus
des bois à l'est, et au lieu de retourner se reposer encore,
quoique leur fatigue les y invitât, ils se préparèrent aux devoirs
du jour qui commençait.

Ces devoirs paraissaient si multiples qu'ils savaient à peine
par où commencer. Il était indispensable qu'un ou plusieurs
d'entre eux allassent sans délai à la côte pour s'assurer si leurs
amis y étaient ou étaient venus. Mais qui irait ou qui resterait?
S'il y avait des Indiens, il serait dangereux de diviser leurs
petites forces, et cependant tout le monde ne pouvait s'absenter
à cause de l'état de Sam. Harold offrit de partir seul, mais les
autres, tremblant de l'espoir que leur père fût encore sur l'île
ou en vue, insistaient pour l'accompagner. Aussi Sam aida
promptement à résoudre la question en disant :

« *Allez, massa Robert et petite demoiselle et massa Frank,
allez tous, vous avoir pas peur! Indiens venir jamais troubler
pauvre nègre....* »

Cette remarque était fondée sur un fait bien connu, c'est
que rarement les Indiens s'attaquent aux nègres. Ainsi encou-
ragés à le laisser seul une seconde fois, les enfants résolurent
de se rendre à la côte en un petit corps, arrêtant avec Sam
qu'en cas de quelque danger, il leur donnerait en temps utile
un signal en mettant le feu à un pin renversé.

Portant toutes les armes qu'ils purent réunir et plaçant leurs
chiens de chaque côté comme des sentinelles, ils marchèrent
d'un pas alerte le long de leur sentier si souvent parcouru vers
le rivage de la mer.

Nul accident n'arriva, pas un signe de danger ne se montra,
tout était comme à l'ordinaire sur leur chemin et à la place de
l'ancien campement. Mais à peine avaient-ils atteint le chêne,
que Harold, montrant le sol amolli par la pluie deux jours
avant, s'écria :

« Voyez, Robert, les pas de deux personnes chaussées de souliers! »

L'œil peu exercé de Robert n'aurait jamais été capable de remarquer ce que Harold, avec son éducation presque indienne, avait découvert du premier coup. Il put à peine, après une minutieuse attention, voir autre chose que la profonde marque d'un talon de botte; mais c'était assez pour prouver la présence d'un homme blanc, chaussé de bottes, ce qui les soulagea de cette pensée que les visiteurs étaient des Indiens.... Aussitôt ils firent feu de toutes leurs armes pour attirer, s'il était possible, l'attention des étrangers, tirant volée après volée successivement et de chaque côté de la côte dans toutes les directions, mais ce fût sans résultat. Les visiteurs étaient partis. Les chiens étaient allés, pendant ce temps, à un endroit près de la falaise où on avait allumé du feu, et étaient occupés à manger ce que les enfants reconnurent être un reste de jambon et des miettes de pain éparses. En descendant la falaise où l'empreinte des pas dans le sable fin était plus nette, Frank s'écria :

« Voici le pas de William, je le reconnais, je suis sûr que c'est le sien! »

Les autres examinèrent l'empreinte et lui demandèrent comment il savait que c'était le pas de William.

« J'en suis sûr, dit-il, par ce W. Quand papa lui a donné une paire de fortes bottes pour le mauvais temps, William a enfoncé beaucoup de petits clous dans les semelles. Je lui en demandai la raison, et il me répondit que c'était pour les faire durer plus longtemps et aussi pour les bien reconnaître si on les lui volait, parce que c'était son nom qu'il y mettait. Au milieu d'une des semelles, il enfonça des clous en H, parce que son nom, disait-il, était William Harper. Oui, regardez ici : voilà l'H, aussi!... »

Il n'y avait donc plus maintenant l'ombre d'un doute; les empreintes si ingénieusement définies par Frank étaient bien celles des pas de William. Alors, quelles étaient les autres, laissées par la semelle d'une chaussure légère et de forme élégante? Chaque cœur répondit. Les aînés y jetèrent les yeux avec des figures attristées. Mary fondit en larmes, et Frank se jetant avec transport sur ces traces de pas, les baisa.

Mais il était parti maintenant, ce père bien-aimé, après avoir été si près de ses enfants, parti sans un mot ou un signe pour dire s'il reviendrait.... Parti!... Non, peut-être! Un feu pourrait le rappeler, si les coups de feu ne l'avaient pas fait. Harold monta silencieusement la falaise et avec des allumettes de Frank enflamma les broussailles placées sous l'amas de bois près du mât à signal. La flamme s'éleva et attira l'attention des autres; ils entendirent bientôt Harold les appeler du point où il se trouvait.

« Venez tous; il y a encore quelque chose! »

Ils coururent ensemble, Robert et Mary tenant Frank par la main. Quand ils approchèrent du signal ils virent un papier piqué sur l'écorce du mât avec un morceau de bois pointu, et sur le papier, écrit en gros caractères :

« CENT MILLE FRANCS DE RÉCOMPENSE *seront donnés avec plaisir* à quiconque ramènera sains et saufs quatre enfants perdus dans un bateau de la baie de Tampa, le 19 octobre dernier. Ils furent emportés en mer par un poisson-diable et ont été aperçus en dernier lieu près de cette île. Ces enfants sont : mon neveu Harold Mac-Intosh, âgé de quinze ans, ayant les cheveux et les yeux noirs; mon fils Robert Gordon, âgé de quatorze ans; ma fille Mary Gordon, âgée de onze ans, et mon petit garçon Frank Gordon, âgé de sept ans, tous les trois ayant les cheveux blonds et les yeux bleus.

« La récompense promise sera payée pour les quatre enfants; 25 000 francs seront payés pour l'un d'eux : 10 000 fr., pour telle information qui pourra faire connaître ce qu'ils sont devenus.

« Les renseignements devront être envoyés soit à la baie de Tampa, aux soins du major officier commandant le fort, soit à MM. Hobson et Cⁱᵉ, à Charlestown, Caroline du Sud, soit à George Hint, esquire, à Savannah, — Georgie. Le 9 décembre 1880. — Signé : Charles Gordon, M. D. »

Au-dessous était écrit au crayon :

« *P. S.* Les quatre enfants dont il s'agit étaient encore sur la présente île il y a dix jours ; j'ai parcouru la côte et la campagne presque dans toutes les directions ; sans doute ils sont partis, et j'espère que c'est pour la maison. Si quelque fatalité les atteignait pendant leur voyage, on en entendrait probablement parler d'ici à la baie de Tampa. C. G. »

Les enfants étaient désespérés.

« Pauvre père ! dit Mary d'une voix brisée, quelle déception il éprouvera quand il arrivera à la maison et verra que nous n'y sommes pas ! Et ma pauvre mère ! si elle est là, elle peut en mourir !

— Mais papa reviendra ! je suis sûr qu'il reviendra ! murmura Frank à travers ses larmes.

— Oui, si maman n'est pas trop malade pour qu'il puisse la laisser ! répondit Mary.

— Venez, enfants, dit Robert d'un ton soudainement résolu, il est inutile de rester ici sans rien faire ; retournons à la prairie et construisons nos bateaux !

— Oui, mais pas avant que nous n'ayons laissé sur le mât du signal quelques mots pour faire savoir où l'on nous trouvera », dit Harold.

Un sourire amer vint se jouer sur les coins de la bouche de Robert. Il dit à mi-voix :

« Cela s'appelle fermer la porte de l'écurie quand le cheval a été volé !... »

Mais il n'en tira pas moins son crayon de sa poche et écrivit en grosses lettres :

« Les enfants perdus avec Sam, un charpentier nègre, se trouvent dans la prairie à trois ou quatre milles sud-est d'ici. Nous n'avons plus notre bateau et nous en construisons un autre.

« 10 décembre 1880. — Robert Gordon. »

CHAPITRE XVI

LE MEILLEUR PRÉSERVATIF CONTRE LE CHAGRIN. — COMBAT DE MARY CONTRE UN OURS. — DÉFENSE IMPROVISÉE. — PROTECTION A LA TENTE.

Il était compréhensible que la petite colonie fût un peu abattue par son infortune, mais l'expérience acquise lui avait appris que le malheur n'est jamais allégé par le découragement.

« Ne négligeons pas notre trappe à dindons, parce que la malechance nous poursuit, dit Harold ; il y a trois jours que nous n'y sommes allés, et s'il y a des prisonniers, ils doivent être sur le point de mourir de faim. »

Ils tournèrent en conséquence de ce côté et trouvèrent une jeune poule dans un état de dépérissement presque complet. Elle fit à peine attention à eux jusqu'à ce qu'ils fussent arrivés à quelques pas ; alors elle se mit à courir, pépiant tristement, sans avoir la force de voler. Robert proposa de lui donner la liberté, disant qu'il était inutile de porter à la maison un oiseau prêt à trépasser. Mais à ceci Mary répondit :

Nous ferons mieux de l'emporter et de lui construire un poulailler qui sera le commencement d'une basse-cour ; nous pouvons avoir quelques canards, je n'en doute pas, et ce sera si gentil !... »

Elle n'était pas loin de penser avec Harold qu'ils étaient destinés à rester longtemps sur l'île.

L'idée parut si amusante qu'ils convinrent aussitôt de la mettre à exécution. Ils construiraient non seulement un simple poulailler, mais une petite maison avec une cour fermée, pour les canards, les oies et les dindons qu'on pouvait prendre.

Mary et Frank leur donneraient à manger tous les matins des glands et de la viande hachée; la seule difficulté était que les dindons sauvages ne s'apprivoisent pas. Il y a dans leur sang un tel amour de liberté que ceux-là même qui ont été couvés et élevés par des poules privées, oublient promptement le poulailler pour la forêt.

Ces petits plans occupèrent agréablement leurs esprits et bientôt leurs bras, car dès le retour à la tente ils se mirent à bâtir le poulailler de Mary, et ils fixèrent aussi les limites de la cour qui devait y être jointe. Cela leur prit les deux jours restants de la semaine et ce ne fut pas avant le lundi suivant qu'ils purent penser à la construction du bateau.

Dans le milieu de cette semaine, survint cependant un autre incident qui, s'il n'eut pas des conséquences bien graves, causa du moins une nouvelle interruption du travail.

Robert, Harold et Sam étaient à l'œuvre près des arbres abattus; Mary préparait le dîner, et Frank, ayant trouvé un grillon, s'occupait à planter en terre de petites baguettes pour lui en faire une sorte de cage, « une maison pour son dindon à lui », disait-il. Son appétit s'éveillait, et comme l'odeur de la venaison qu'on grillait venait le solliciter, il eut subitement grand' faim. Laissant son grillon à moitié enfermé, il courut à sa sœur pour lui demander une bouchée ou deux avant le dîner, quand, derrière la tente, il vit une épaisse forme noire s'approcher de l'endroit où se tenait Mary.

Il regarda un moment, incertain de ce que ce pouvait être, puis il jeta un cri :

« Courez, ma sœur ! courez ! dit-il. Venez ici…. Regardez ! Regardez !… »

De l'endroit où elle se trouvait Mary ne pouvait rien voir, la tente s'y opposait. Tout en criant : « courez! » Frank montra l'exemple; il s'approcha d'un petit arbre de six pouces à peu près de diamètre, et y grimpa avec l'agilité d'un écureuil.

« Venez ici! venez ici!... » répétait-il.

Remarquant cependant qu'il grimpait sur un arbre en l'appelant toujours, Mary allait le suivre, sans avoir pu se rendre compte du danger qui les menaçait, quand l'instant d'après il fut trop tard.

Un ours, attiré sans doute par l'odeur de la viande, venait de faire le tour de la tente et lui coupait la retraite. A la vue de la jeune fille, il se dressa sur ses pattes de derrière, évidemment surpris de rencontrer une créature humaine, et poussa un sourd grognement.

Si quelqu'un avait été là pour lui porter secours, Mary aurait probablement poussé des cris et se serait évanouie; mais, laissée à ses propres ressources, son premier mouvement fut de saisir un tison enflammé.

Une autre idée très heureuse lui vint à l'esprit; le chaudron plein d'eau bouillante se trouvait sur le feu; au lieu de tirer le tison, elle prit la cuiller à pot et l'emplit de cette eau qu'elle jeta sur la poitrine et les pattes de devant de la terrible bête.

Cet expédient lui sauva la vie. L'ours se baissa instantanément sur ses quatre pattes et commença à lécher d'une manière piteuse ses pauvres pieds échaudés. Mary emplit la cuiller une seconde fois et lui en lança le contenu sur la face. Elle replongea la cuiller dans l'eau bouillante, mais l'ours poussa un violent cri de douleur et, faisant volte-face, n'attendit pas d'être aspergé une troisième fois et s'éloigna au galop.

Pendant que tout cela se passait, Frank ne cessait de crier de son arbre :

« Venez ici, ma sœur, il ne pourra pas vous attraper. Venez, venez donc!...

A peine l'ours avait-il fui et était-il hors de vue que Mary se sentit sur le point de perdre connaissance; appelant Frank, elle alla vers la tente, dans l'intention de tirer un coup de fusil pour donner aux jeunes gens le signal de revenir.

A l'entrée, sa vue se troubla, la tête lui tourna; elle tomba sans force sur le sol.

Frank regarda tout autour de lui et, voyant que l'ours était décidément parti, il se laissa glisser au bas de son arbre et se précipita au secours de sa sœur. Il l'avait vue déjà une fois perdre connaissance, et, se rappelant que Robert lui avait jeté de l'eau à la figure et ensuite, frotté les tempes et frappé dans la paume de ses mains, il lui jeta une cuillerée à pot pleine d'eau froide sur la tête; puis, prenant la conque, il sonna l'alarme jusqu'à ce que les bois eussent répercuté le son.

Cela amena promptement les deux cousins. Harold s'était précipité le premier dans la tente, il avait aussitôt soulevé la jeune fille, et lui frottait les mains et les poignets pendant que Frank l'éventait et racontait les péripéties du combat avec l'ours.

Les jeunes gens étaient très émus; Harold regardait continuellement du côté de la forêt; il appela Mum et le caressa d'une main, pendant que de l'autre il aidait à secourir sa cousine.

« Laissez-moi la soigner maintenant, lui dit Robert, je vois dans vos regards que vous avez envie de partir; mais si vous voulez attendre seulement quelques minutes, je pense que ma sœur sera assez bien pour que je vous accompagne!

— Je me trouve assez bien maintenant, dit-elle d'une voix faible, ne restez pas à cause de moi. Tuez-le, il ne doit pas être bien loin... Oh! l'horrible bête!... »

Et elle se couvrit les yeux de ses deux mains en tremblant.

« Mais n'avez-vous pas peur que nous vous laissions seule?

ELLE PRIT LA CUILLER A POT.

— Non, non ! si vous voulez nous délivrer de cet affreux animal.... Allez, avant qu'il ne soit trop loin ! »

Sam venait de rentrer à son tour, et les deux jeunes gens, n'eurent plus rien qui les retint. Frank leur montra la direction qu'avait prise l'ours. Ils partirent vite à sa poursuite.

Mum avait déjà flairé tout autour de la trace en donnant des signes non équivoques de colère. Sur un geste d'Harold, il s'élança en avant.

Ses maîtres le suivirent jusqu'à un endroit couvert d'une mousse humide où l'ours s'était probablement roulé pour calmer par la fraîcheur du gazon mouillé la douleur qu'il ressentait de ses brûlures, puis une autre place piétinée indiquant que l'animal ne devait pas être loin.

En effet, d'instant en instant ils entendaient des plaintes et des grognements sourds prouvant que l'ours souffrait beaucoup et qu'il se rendait compte de leur approche. Toutefois il ne resta pas longtemps où il était ; on eût dit qu'il avait conscience d'avoir encouru de légitimes représailles pour son audacieuse attaque contre la tente.

Il sortit du couvert où il s'abritait, courut à un gros chêne sur la lisière du monticule voisin, et, quand les deux cousins arrivèrent ; ils le virent se hissant péniblement sur l'arbre à quelques pieds du sol, ses pattes de devant serrant convulsivement le tronc et faisant des efforts désespérés pour monter plus haut, comme s'il comprenait que c'était son seul lieu de refuge et qu'il était prêt à lui manquer au moment où il en avait le plus besoin.

Les chasseurs se disposaient à le tirer, mais Harold arrêta Robert.

« Laissez-moi essayer de lui mettre une balle de carabine dans l'oreille, pendant que vous tiendrez vos deux coups prêts en cas qu'il ne soit pas abattu !...

Il avança résolument à dix pas, appuya son fusil contre un arbre et visa avec soin.

Il y eut un éclair, un coup sec, et la lourde créature tomba sur le sol comme un paquet de sable ; un flot de sang, s'échappant des oreilles et du nez, prouvait que ses souffrances et ses méfaits étaient en même temps finis.

« Il nous donnera beaucoup de lard, le monstre ! dit Harold, essayant de calmer ses émotions en parlant ménage et faisant en conséquence diverses remarques singulières. Quelles pattes et quelles dents ! Je ne suis pas étonné que Mary se soit trouvée mal ; c'est une fille fièrement courageuse, en tout cas !...

— Oui, c'est sûr, dit Robert ; il n'y en a pas une sur mille qui aurait affronté le danger avec cette vigueur. Mais quelle idée étonnante de se défendre avec de l'eau bouillante ! Il faut que je lui demande où elle l'a prise : c'est merveilleux ! Voyez un peu, Harold, comme les pattes de cet animal ont été cuites ; c'est ce qui le faisait geindre si curieusement ! »

L'eau chaude de Mary avait, en effet, agi d'une façon très efficace. L'ours était affreusement brûlé aux pattes, à la face, au dos et à la tête. Les jeunes gens le saignèrent comme ils avaient fait de leur autre gibier, en coupant la veine jugulaire et l'artère carotide. Mais, désirant rassurer Mary le plus vite possible ils retournèrent pour lui dire que son ennemi n'existait plus.

« Et je vous prie, ma sœur, faites-moi savoir, dit Robert gaiement, après lui avoir raconté la scène finale, de qui avez-vous appris cette nouvelle manière de mettre les ours à la raison ?

— De mon cousin Harold.

— De moi, ma cousine ? répéta Harold. Je n'ai jamais entendu parler de pareille chose dans ma vie, comment donc aurais-je pu vous l'enseigner ?

— Vous avez dit un jour que les animaux sauvages avaient

peur du feu et qu'ils ne pouvaient pas endurer la douleur
d'une brûlure. Aussi, quand j'ai pris un tison ardent pour me
défendre selon votre méthode, je me suis rappelée que l'eau
bouillante brûlait autant et présentait l'avantage que je pouvais
la lancer. Si vous n'aviez pas parlé de brûlure, je n'aurais
jamais pensé à l'eau.

— Vous méritez un brevet d'invention, lui dit son cousin en
caressant sa joue pâlie, vous nous avez surpassés tous, sans
en excepter Robert quand il a accompli son exploit de tirer sur
une panthère avec du plomb à perdrix. Vous, vous avez triom-
phé d'un ours avec une cuiller à pot ! C'est encore plus fort,
et, si nous rentrons dans un pays civilisé, je vous proclamerai
une héroïne.... »

Elle sourit à ces compliments, mais répliqua qu'elle ne se
sentait pas assez héroïne pour supporter une autre attaque
semblable, parce qu'après tout elle n'était qu'une poltronne....

« Et vous, maître Frank, dit Robert que l'heureuse termi-
naison de l'incident portait à taquiner un peu, vous avez
grimpé sur un arbre?...

— Mais oui, répondit-il, et aussi promptement que je l'ai
pu. J'ai essayé d'y faire venir Mary; elle a préféré battre
l'ours avec son eau bouillante. Pourquoi n'êtes-vous pas venue,
ma sœur?...

— Je ne savais pas pourquoi vous m'appeliez, je ne voyais
rien et je ne savais de quel côté courir.

— Je crois, ma cousine, que si vous aviez couru quand
Frank vous a appelée, vous auriez évité la bataille. L'ours en
voulait à votre dîner et non pas à vous; si vous lui aviez offert
de lui abandonner ce dîner que vous avez défendu avec tant
d'énergie, il l'aurait probablement mangé et vous eût laissée
tranquille. »

Mary se trouvait déjà si bien remise, qu'elle se joignit aux
autres pour dîner, et accepta les morceaux de choix que ses

frères et son cousin lui présentaient. L'après-midi fut employé
à préparer la chair de l'ours; ils la traitèrent exactement
comme si c'eût été du porc, excepté que l'animal fut écorché,
et ils trouvèrent que cette chair était d'une saveur agréable.
Les abats et les autres parties grasses furent abandonnés à Sam,
qui en tira une graisse saine et qui fut fort utile. La peau fut
étendue au soleil pour sécher, après quoi elle fut trempée dans
l'eau, bien nettoyée, frottée partout de salpêtre, dont William
avait eu la précaution d'embarquer une certaine quantité, et
finalement enduite de la graisse même de l'ours. Après qu'elle
eut été préparée ainsi, Harold en fit présent à Mary, qui s'en
servit comme d'un matelas tout le temps qu'ils restèrent sur
l'île.

Avertis d'une manière si pressante de protéger leur habitation contre l'attaque des bêtes sauvages, les enfants employèrent les jours suivants à entourer leur tente d'une clôture
solide formée d'un double rang de pieux où la cuisine se
trouva comprise. Les interstices furent remplis de menues
branches et de bâtons courts. Bien entendu, dans cette enceinte
on ménagea une porte rustique, arrangée de façon que, vue
d'une petite distance, elle semblait une continuation de la
palissade. Au moyen de cette défense, Mary et Frank se trouvaient désormais en sûreté.

CHAPITRE XVII

RUDE TRAVAIL. — DÉCOUVERTE DU MOMENT DE L'ANNÉE OU L'ON SE
TROUVE. — PROJETS D'AMUSEMENT. — LA MARÉE SUR LES
CÔTES DE LA FLORIDE.

Pendant quinze jours les jeunes aventuriers travaillèrent
courageusement du matin au soir, et cependant la besogne
faisait peu de progrès. Ils avaient consacré cinq jours aux
travaux de défense; les dix autres avaient été employés à
façonner avec les haches un arbre énorme. Le tronc mesurait
3 pieds de diamètre; il avait été dégrossi dans la forme d'un
bateau, de 18 pieds de long; mais, n'ayant pas d'outils convenables pour le creuser, et recevant de Sam peu de secours
autrement que par des conseils, ils commençaient à se décou-
rager en voyant le mince résultat de leurs efforts dans un
métier auquel ils n'étaient pas habitués.

Ils cherchèrent alors à faire naître dans leur esprit quelque
procédé grâce auquel leur ouvrage se fît plus facilement, et ils
furent enchantés quand l'art indien leur eût suggéré d'agir
à l'aide du feu. Ils entassèrent donc des morceaux de braise
tout le long de la partie qui devait être creusée, en ayant soin
de préserver les bords par un enduit de terre humide pour
empêcher que le feu ne s'étendît au delà des limites prescrites,
et ils eurent, le lendemain matin, la satisfaction de voir que
l'ouvrage accompli par ce nouvel agent pendant la nuit était

presque aussi important que celui qu'ils avaient pu exécuter pendant le jour.

Ils continuèrent ainsi les jours suivants, stimulés par leur nouvelle découverte, quand Robert, s'arrêtant au milieu de la besogne, dit :

« Harold, avez-vous quelque idée de la date et du mois où nous nous trouvons?

— Non, répondit Harold ; je sais que c'est aujourd'hui vendredi, et que nous sommes à peu de jours près au milieu de décembre. Mais pourquoi cette question?

— Parce que, si je ne me trompe, demain est le jour de Noël et aujourd'hui le 24 décembre. »

Cette annonce fit bondir Sam ; il considéra Robert comme transporté d'une joie intense. Le nom de Noël avait fait rayonner son regard :

« *Noël! massa Robert, vous croyé? Moi avoir oublié Noël!... Jamais nègre oublié Noël avant; mais moi jamais pensé Noël depuis moi venu dans l'île. Oh! Noël! demain Noël!* [1] »

Et il témoigna par une gambade son allégresse.

Robert aurait pu prédire l'effet que sa découverte devait produire sur Sam. Mais comment le brave nègre avait-il pu perdre de vue une date si intéressante pour tous ses congénères d'Amérique? Le calcul ayant été vérifié, et ayant démontré qu'en réalité le jour suivant était bien le 25 décembre, on décida qu'on ne travaillerait pas ce jour-là, et qu'il serait employé tout entier en amusements.

Sam frappa dans ses mains : volontiers il se serait livré à quelques danses extraordinaires; mais sa jambe boiteuse l'avertit à temps de se tenir tranquille, il se contenta de jeter son chapeau en l'air et de s'écrier :

---

1. En Angleterre, en Amérique, en Allemagne, etc., etc., Noël est fêté comme le jour de l'An de France.

ILS FAÇONNÈRENT AVEC LES HACHES UN ARBRE ÉNORME.

« *Bons souhaits à tout monde ici, à Bellevue et à la maison !* »

— A présent ! voici une autre question, dit Robert : comment passerons-nous notre demain ? Nous n'avons pas de voisin à visiter, pas d'arbre de Noël à décorer, et Frank mettrait en vain ses souliers près du foyer, car je doute qu'il ait jamais été question de Noël sur cette île.

— *Oh ! si, massa Robert,* interrompit Sam avec la même gaieté. *Ici être voisin à moi. Moi avoir besoin voir lui pour longtemps. Moi entendre dire avoir camarade vivre là-bas dans tronc d'arbre ; li nègre, mais li avoir quatre jambes et vilain figure.*

— Que veut-il dire ? demanda Harold très sérieusement.

— Oh ! répondit Robert en riant, c'est seulement une manière de nous engager à faire une visite à l'ourse et à ses petits. Qu'en pensez-vous ?

— Nous avons promis de rendre une visite à Mme Martin, dit Harold, en entrant dans la plaisanterie, il lui serait peut-être désagréable que nous ne tinssions pas notre parole. »

Au même moment le bruit de la conque se fit entendre pour les rappeler à la tente.

« Mais voyons ce que Mary et Frank nous veulent ; je prévois toujours des difficultés autour de nous. »

Quand la question fut pesée et discutée en assemblée générale, Mary parut y prendre peu de part. Elle n'était pas encore complètement revenue de son effroi. Elle ne voulut pas cependant mettre obstacle au plaisir que les autres semblaient se promettre de leur expédition, laquelle, d'ailleurs, lui parut n'offrir aucun danger, et elle répondit qu'elle y consentait à deux conditions : la première, qu'on y allât sur le radeau pour éviter la longue course ; la seconde, qu'on la placerait, elle et Frank, dans quelque endroit sûr, pendant qu'on attaquerait l'ourse, — à moins qu'on ne lui donnât toute une provision d'eau bouillante....

« L'idée du radeau est excellente, dit Robert, la marée le portera à souhait aller et retour, en descendant le matin, en remontant l'après-midi. Je crois que nous pouvons donner à ma sœur tout ce qu'elle demande et même sa provision d'eau bouillante, si elle y tient. »

Quelques mots au sujet des marées sur les côtes ouest de la Floride. Depuis le cap *Romano* ou *Punta largo*, au nord de Tampa et au delà, il n'y a qu'une marée par jour, et elle ne s'élève jamais que de 5 pieds ; mais, au sud du cap Romano et particulièrement dans le voisinage de la baie de Chatam, il y en a deux, comme dans les autres parties du monde, excepté qu'elles sont d'inégale durée : l'une mettant six heures et l'autre dix-huit heures à monter et descendre. Le peuple les appelle la marée et la demi-marée. Le projet des enfants était de descendre par le flot de la marée de neuf heures et de revenir par celle de trois.

Les idées de Sam sur l'observance de la veille de Noël répondaient exactement aux besoins des jeunes travailleurs ; leurs mains étaient endolories par leur rude besogne, ils étaient heureux d'avoir une excuse pour l'abandonner une heure ou deux avant le coucher du soleil. En vue de l'absence décidée pour le lendemain et du dimanche qui suivrait, Frank, dans l'après-midi, cueillit des glands pour les volailles de la basse-cour, et de l'herbe pour le faon et les chèvres qui devaient rester enfermés, tandis que les autres ramassaient une provision de bois à brûler.

Mary hacha quelques morceaux de venaison, et, avec la graisse d'ours, elle fit des puddings de Noël qu'elle emballa dans un panier ainsi que des oranges, des citrons et une bouteille d'eau miellée. Avant la nuit les préparatifs de l'expédition étaient terminés, et tout ce qu'on devait emporter, placé sur le radeau.

CHAPITRE XVIII

LE MATIN DE NOEL. — VOYAGE. — DÉCOUVERTE IMPORTANTE. —
UNE INVASION. — ON BAT EN RETRAITE. — BATAILLE. — UNE
DISPUTE EXIGE DEUX INTERLOCUTEURS.

On a souvent vu des jours de Noël plus bruyants, mais
rarement de plus gais que celui qui se leva sur nos jeunes
aventuriers. Il ne se passa pas, bien entendu, sans un peu
de tapage traditionnel.

C'est toujours une grande affaire, en pays de langue anglaise,
d'être le premier à saluer les autres, le matin de Noël. On
avait pu remarquer, entre Frank et Sam, de fréquents conci-
liabules et de longs chuchotements. Frank avait demandé un
bout de ficelle, avec promesse de le rendre, mais sans dire
l'usage qu'il comptait en faire. Pensant bien qu'il s'agissait
d'une espièglerie inoffensive, sa sœur n'avait pas hésité à
satisfaire son désir, en attendant qu'il lui plût d'en donner
l'explication.

Le soir, en se mettant au lit, elle remarqua que le garçonnet
était très occupé de ses pieds et poussait la distraction jusqu'à
se parler à lui-même. Il était évidemment de fort bonne
humeur, et il fallait excuser ses éclats de rire, bien qu'on
n'en discernât pas le motif. Vers la fin de la nuit, à ce qu'il
lui sembla, Mary fut éveillée en l'entendant remuer fréquemment et porter la main à son pied. — Il disait :

« Qu'y a-t-il donc à mon pied?

— Y ressentez-vous quelque douleur? lui demanda-t-elle.

— Oh! rien du tout; je rêvais qu'un rat grignotait un de mes doigts, et ce n'est qu'une ficelle que j'y ai attachée moi-même. »

Il se retourna et feignit de dormir, puis, quand il entendit la respiration calme de sa sœur, il se glissa légèrement hors du lit, s'habilla et sortit à pas de loup de la tente.

Sam avait promis de l'éveiller afin qu'ils pussent ensemble, selon la coutume de Noël en Amérique, prévenir les autres en leur donnant les premiers le bonjour : c'est ce qui leur avait suggéré l'expédient de la ficelle attachée au pied de Frank.

Pendant quelques minutes ils chuchotèrent gaiement, et Sam lui dit enfin :

« *Allons, y sommes-nous, massa Frank?* »

Une, deux, trois.... »

On entendit alors le bruit de deux coups de feu et le son de la conque, ce qui éveilla promptement les dormeurs.

« Bonjour, paresseux! dit Frank, s'élançant sous la tente. Un joyeux jour de Noël à vous tous!

— *Joyeux Noël à vous, massa Robert*, répéta Sam du dehors. *Joyeux Noël, massa Harold. Joyeux Noël, petite demoiselle !*

— Bien joué, dit Robert, nous sommes battus. Et pour la peine, je pense que nous devons vous chercher quelque cadeau. »

Les enfants achevèrent de s'habiller et se réunirent sous l'abri qui leur servait de cuisine. L'étoile du matin brillait de tout son éclat et l'approche du jour se montrait par une ceinture de lumière s'étendant à l'horizon vers l'est. Ils allumèrent leur feu et préparèrent le déjeuner.

A peine le soleil jetait sur l'île les premiers pâles rayons, que Harold, revenant du bord de la rivière, s'écriait :

« Venez tous, la marée descend depuis longtemps, le courant est très rapide. »

Ils furent bientôt tous installés sur le radeau, Sam au gou-

vernail, Robert et Harold ramant tour à tour. Aidés par le
flot, ils ne furent pas deux heures à arriver où ils voulaient
débarquer.

La rivière faisait mille détours, et ses bords étaient, jusqu'à
cet endroit, si encombrés de mangliers touffus, qu'il ne leur
eût pas été possible d'aborder à une autre place. Au cours de
leur trajet ils virent un troupeau de cerfs les observant d'un air
étonné, puis se remettant tranquillement à paître. Les scènes
qui se succédaient devant leurs yeux, étaient aussi intéres-
santes qu'animées : ici un héron élevant son long cou bleu et
agitant ses larges ailes en fuyant l'approche des voyageurs, ou
un martin-pêcheur avançant sa grosse tête pour les examiner;
là, des compagnies de cigognes, serrées les unes contre les
autres, perchées sur des arbres morts; plus loin, des courlis
gris et jaunes ou des poules de marais qui, en caquetant,
annonçaient la descente prochaine de la marée, s'il faut en
croire les récits populaires; ou encore des nuées de canards
sauvages s'élevant par troupes des marécages voisins.

En passant près d'une crique où s'épanchait l'eau d'un
marais, ils firent une découverte qui devait être pour eux de
la plus haute importance. Harold regardait du côté de la crique
avec cette attention soutenue qui le caractérisait et était devenue
chez lui comme une seconde nature, quand il leva subitement
sa rame en s'écriant :

« Qu'est-ce que cela? »

Le radeau filait si rapidement que Sam, seul, eut le temps
de voir et s'écria :

« Poupe de vaisseau! »

— Poupe d'un vaisseau, avez-vous dit? demanda Robert. —
Harold, arrêtons, allons droit dessus, il faut en avoir le cœur
net. »

Ils essayèrent d'amener le radeau près du rivage en profitant
d'un remous, quoiqu'il fût fort difficile de manœuvrer une

masse aussi lourde contre la marée; ils y parvinrent cependant et découvrirent non pas seulement l'arrière d'un navire, mais un petit brick naufragé, renversé la quille en l'air en travers de la crique, et profondément enterré dans la vase.

« C'est en effet un précieux cadeau de Noël et digne d'être reçu! » dit Robert.

Ils firent le tour du vaisseau et cherchèrent à s'y introduire, mais n'ayant pas d'outils pour se frayer un passage sur un des flancs, ni de chandelles pour s'éclairer lorsqu'ils seraient à l'intérieur, ils se décidèrent à poursuivre leur voyage et à remettre leur visite au surlendemain.

Ils sortirent de la crique, et parvenus bientôt à l'endroit où ils se proposaient de débarquer, ils amarrèrent leur radeau à une forte racine et débarquèrent sur une plage assez résistante, quoique formée de vase et de sable. Une quantité de petits crabes qui semblaient à distance de larges araignées, se sauvaient dans toutes les directions, levant leurs pinces menaçantes pour se mettre en état de défense jusqu'à ce qu'ils se fussent fourrés chacun dans son trou, narguant de là ces visiteurs importuns.

Un chat sauvage, assis sur un arbre, non loin de là, observait leurs mouvements avec autant de calme et de dignité que si c'eût été un matou favori dans le salon de sa maîtresse. Frank fut le premier à le découvrir et à le signaler. Il était à une petite portée de fusil.

« Restez tranquilles un moment, dit Harold, si vous êtes curieux de voir à quelle distance un chat sauvage peut sauter! »

Puis, épaulant sa carabine, et prenant son temps pour bien viser, il lui envoya une balle, qui l'atteignit au défaut de l'épaule. Le chat sauvage fit un bond prodigieux, et tomba mort. Frank courut s'en saisir en disant qu'il voulait le dépouiller et se faire de sa peau une coiffure.

Ils suivirent alors le chemin marqué par les entailles qu'ils avaient faites aux arbres lors de leur première excursion, et il ne se passa pas beaucoup de temps avant qu'ils eussent reconnu de loin le tulipier où l'ourse avait établi sa tanière et où elle vivait avec ses oursons.

Jusque-là Mum n'avait encore donné aucun signe d'alarme; néanmoins, en approchant de la tanière, les jeunes gens jugèrent prudent de hisser Franck et Mary sur l'arbre qu'ils leur avaient choisi pour refuge, un chêne aux branches horizontales, juste en vue du champ de bataille. Cette précaution prise, ils marchèrent vers la demeure de l'ourse.

A leur grand regret, elle n'y était pas. Le soleil dardait ses rayons dans le trou, éclairait en plein les deux petits, tout seuls, gentiment roulés sur leur litière et dormant profondément.

Il était à présumer que la mère reviendrait avant l'heure du départ, aussi Harold se disposa à s'emparer des oursons. Il plaça Robert et Sam en vedettes à peu de distance, et il chargea Mary et Frank de veiller attentivement de leur position élevée, pendant que Mum et Fidèle étaient envoyés battre les buissons environnants. En dépit de toutes ces précautions, il dut bientôt s'avouer que la prise de possession des jeunes ours offrirait plus de difficultés qu'il ne l'avait pensé. La cavité était beaucoup trop profonde pour permettre de les atteindre avec la main, craignant de s'introduire lui-même dans la tanière où la mère pouvait le surprendre, il se contenta de jeter sur leurs têtes ou sur leurs pattes un nœud coulant; mais, tout jeunes qu'ils étaient, ils se montrèrent très experts à éviter le lacet.

Harold désespérait de réussir, lorsqu'il lui vint à l'esprit d'essayer de se servir d'une baguette recourbée arrachée au tulipier même; il en tira un d'abord, puis l'autre, jusqu'à l'entrée du trou, où, après quelques morsures et égratignures, il les saisit par leurs pattes de derrière et leur passa autour du

cou une corde qu'il assura au moyen d'un nœud. Cela fait, il
les attacha à un arbre. Là ils ne cessèrent de geindre et de
grogner fortement pour appeler du secours. Les chasseurs
s'attendaient à chaque instant à entendre s'agiter les buissons
et à voir la mère accourir et se jeter sur eux. Mais elle était
trop loin sans doute et n'avait probablement aucune idée du
vol audacieux commis dans son domicile.

Il y avait plus d'une heure que les oursons avaient été
capturés : Mary et Frank commençaient à se fatiguer de leur
position peu confortable, ils demandèrent à leurs compagnons
de laisser leur chasse et de retourner au radeau. Mais ici
s'éleva une difficulté : la distance pour y arriver était très
grande et le chemin si plein de broussailles qu'ils avaient mis
beaucoup de temps à venir. Comment feraient-ils maintenant,
embarrassés de deux captifs peu faciles à conduire et constamment exposés aux attaques d'une des bêtes les plus dangereuses
de la forêt, une ourse à laquelle on avait volé ses petits?

Il aurait été assez facile de décider la question s'ils avaient
consenti à donner la liberté aux petits et à retourner comme
ils étaient venus; mais aucun, excepté Mary et Frank, n'y
pensa un instant; ils auraient été honteux d'abandonner par
peur ce qu'ils avaient entrepris de leur propre volonté.

Le plan adopté — quoiqu'il parût d'abord assigner le poste
le plus dangereux aux plus jeunes — était cependant le plus
pratique : ce fut que Mary et Frank conduiraient chacun un
petit. On leur recommanda de lâcher la corde à la moindre
apparence de danger et de se sauver en lieu sûr. Sam marchait en avant, Harold se tint à l'arrière-garde, Mary et Frank
au milieu; Robert éclairait et protégeait un flanc pendant que
les chiens devaient être, autant que possible, maintenus sur
l'autre.

Les enfants commençaient à s'apercevoir qu'ils s'étaient
follement exposés à un danger presque certain; mais c'était

chose faite, et ils n'avaient désormais d'autre choix que d'aller
en avant ou d'abandonner les oursons. Formés en colonne de
retraite, comme nous l'avons dit, et prêts à accepter le combat,
ils se dirigèrent du côté de la rivière, d'une allure aussi rapide
qu'ils le purent.

Ils n'avaient pas marché longtemps, quand Harold se retourna vivement, prêt à faire feu et les avertit de prendre
garde. Il avait entendu quelque chose remuer dans un buisson derrière lui et s'imaginait que c'était l'ourse qui les poursuivait; mais il reconnut bientôt que c'était une branche
recourbée qui s'était redressée et remise dans sa position
naturelle.

Peu après, Robert suscita une nouvelle alarme : il dirigea
son fusil vers une masse noire que l'on apercevait vaguement
et qui agitait les buissons. Mary et Frank jetèrent les cordes,
Frank grimpa dans un petit arbre voisin, Mary, très pâle, alla
d'abord à Sam; mais, entendant le bruit se rapprocher de ce
côté, elle courut se mettre sous la protection de Harold; sa
première émotion passée, elle vit Sam relever son fusil et
appeler :

« *Vous ici, Mum, vilaine bête; vous manqué faire tirer sur
vous; vous vilain coureur!* »

C'était Mum qui avait occasionné cette panique en allant
courir dans les fourrés d'alentour.

Les ours étaient presque habitués maintenant à obéir à la
corde, et probablement fatigués de la marche et, par suite,
résignés à leur sort, n'avaient pas bougé de la place où on les
avait abandonnés.

Frank se laissa glisser doucement au bas de son arbre,
espérant que personne ne l'avait vu; mais Robert surprit sa
manœuvre et lui fit une petite remontrance à laquelle Frank
répondit résolument:

« Ça m'est égal; je suppose que vous auriez aussi pro-

fité de l'abri d'un arbre, si vous en aviez eu un à votre
portée.

— Peut-être, Frank; mais il me semble que vous êtes le
seul entre nous qui ayez toujours un arbre sous la main
quand il s'agit d'un ours. »

Ils arrivèrent enfin au radeau et n'eurent plus qu'une dernière alerte. Les buissons devant eux remuèrent fortement,
Fidèle se jeta en avant et la terre trembla sous les sauts pesants
d'un gros animal. C'était du côté de Sam, mais comme il
abaissait son fusil, Harold lui cria :

« Ne tirez pas! C'est un cerf! »

Et l'on fut tranquille encore une fois.

Quelques pas de plus les amenèrent à leur point d'embarquement, où ils essuyèrent leurs fronts humides de sueur et
se reposèrent, heureux d'avoir achevé leur route périlleuse
sans accident. Ils n'étaient pas pourtant au bout de leurs
peines.

La marée était basse, le radeau reposait sur le sable, il
n'était pas possible de songer à partir avant quelques heures,
et pendant ce temps la mère affolée pouvait suivre la trace de
ses petits et venir attaquer leurs ravisseurs qu'elle décou-
vrirait promptement.

En vue de cette éventualité, ils attachèrent les jeunes ours à
quelque distance du rivage, mais pas loin de la place où ils se
reposaient, pensant que si la mère arrivait, elle prodiguerait
d'abord ses soins à ses petits et voudrait briser leurs liens.
En ce cas, ils pouvaient profiter de ce moment pour l'abattre.

Ces dispositions prises, ils s'assirent pour faire leur dîner
de Noël. Sam resta en sentinelle pendant qu'ils mangeaient,
puis Robert et Harold, l'un après l'autre, prirent sa place
pour lui permettre de se restaurer à son tour. L'appréhension
d'un danger avait beaucoup ajouté au plaisir de tous, si ce
n'est de Mary, qui aurait de beaucoup préféré se trouver à

l'abri dans leur maison de la prairie, si paisible et si sûre maintenant.

La marée vint enfin faire flotter le radeau, et ils s'embarquèrent. Les oursons une fois attachés de manière à ne pouvoir ni s'échapper ni gêner, l'amarre fut déliée et la rame de Harold poussa le radeau au large.

Le cri de Robert : « En route pour la maison », était à peine jeté, qu'on entendit un fort bruit dans un buisson, près du rivage, et une minute après, on vit l'ourse arrêtée, indécise, à l'endroit qu'ils venaient de quitter, grognant avec affection à ses petits, qui poussaient de petits gémissements pour lui répondre en essayant de rompre leurs liens. Voyant leurs efforts inutiles et le radeau s'éloignant, elle lança un rugissement qui fit tressaillir tous les cœurs. Puis, avec un regard féroce jeté aux navigateurs, elle plongea dans l'eau.

Le radeau n'était pas à plus de six yards du rivage et se balançait doucement dans le cours d'eau.

Harold épaula aussitôt sa carabine. Une seconde, et le sang s'échappa de la gueule et du nez de la terrible bête au moment où sa tête apparaissait hors de l'eau.

Mais le coup n'était pas mortel. L'ourse plongea encore et se mit à nager.

« Maintenant à vous, Robert ! cria Harold. Faites attention, visez-la entre les yeux ! »

Robert fit feu de son premier coup et ensuite de l'autre ; l'ourse coula sous le choc, mais pour reparaît bientôt, rugissant et battant l'eau désespérément de ses quatre pieds.

Le fusil de Sam était la seule chance qui restât. Il s'en servit avec beaucoup de sang-froid ; attendant que l'ourse fût prête à s'accrocher au radeau, et, en mettant la bouche du canon de son fusil à quelques pouces de son oreille, lui fit sauter la cervelle. L'animal eut une dernière secousse convulsive et tomba sur le côté, raide mort.

« Quel atroce combat! dit Robert poussant un long soupir.

— Eh bien! répondit son cousin. Il faut vraiment que nous soyons fous pour employer ainsi notre poudre et notre temps, un jour de Noël! »

Robert ne sembla pas content de la remarque.

« Parlez pour vous-même, dit-il; si c'est stupide, vous y avez aidé, en tous cas.

— Je le sais, dit Harold avec douceur, et c'est pourquoi je me permets d'exprimer aussi franchement mon opinion.

— Alors, mon cher, ne blâmez personne, répliqua Robert, car tout le monde a fait son devoir bravement.

— Je n'ai mis le courage de personne en question ni cherché de querelle à qui que ce soit, excepté à moi-même, dit Harold.

— Pardonnez-moi, insista Robert, vous nous avez tous traités de fous pour avoir fait cette expédition le jour de Noël.

— Oh! mon frère, s'écria Mary, voulant les apaiser, il a dit seulement que nous aurions pu mieux employer notre temps, et je crois que papa aurait dit de même. Bien certainement, si j'avais pu prévoir ce qui arriverait je n'aurais pas donné mon consentement.

— *Si plaît, massa*, dit Sam, regardant de l'un à l'autre. *aucun n'a été un fou, personne fou que moi! Moi dis vous venir voir camarade à moi dans arbre creux, et vous venir.... Maintenant si plaît, massa, vous pas laisser perdre camarade à moi! Vous pas laisser lui flotter au loin pour alligator! Si plaît, laisser moi prendre lui, moi besoin son graisse à frire ma dîner.* »

Sam termina d'un air si comiquement suppliant cette éloquente requête que la figure de Robert ne put conserver son expression d'ennui et de colère. Au dernier mot de Sam, il tendit la main à Harold et se mit à rire.

« Allons, dit-il, sauvons-lui sa graisse, on voit que l'eau lui en vient à la bouche.... »

XVIII

ROBERT FIT FEU.

La querelle finit ainsi, et vraiment, elle ne pouvait se prolonger, vu que les mauvais mots venaient tous d'un seul côté, et personne ne peut se disputer tout seul. Ils ressaisirent le corps flottant de l'ourse et l'amarrèrent derrière le radeau; puis, se mettant dans le courant, ils revinrent rapidement du côté de la maison et se trouvèrent à la prairie vers le milieu de l'après-midi.

Ils avaient assez d'occupation pour le reste du jour, et ils ne se retirèrent que le soir assez tard. Les jeunes ours furent attachés dans le même abri que le daim et les chèvres; mais Harold eut à peine le temps de les en retirer pour sauver leur vie. Nanny, en effet, après s'être reculée autant que possible au bout de l'abri, se leva sur ses pattes de derrière, et revint donner un si furieux coup de tête à celui des oursons qui était le plus près, qu'elle le jeta sans mouvement sur le sol; puis elle s'apprêta à infliger le même traitement à l'autre.

Que faire d'eux, alors? Harold n'en avait aucune idée. Il n'osait pas les mettre dans le poulailler et ne se souciait pas de les garder dans la tente ni de les laisser en dehors de la palissade. Aussi, jusqu'à ce qu'un autre arrangement pût être adopté, prit-il le parti de les attacher à un pieu en dedans de l'enclos qui protégeait la tente, et en ayant soin de mettre à leur portée de l'eau, du miel et un peu de viande.

L'aventure n'était cependant pas tout à fait à bout. Assez tard dans la nuit, Sam fut éveillé en sentant quelque chose remuer sur son lit et un nez froid s'appuyer sur sa figure. Très surpris, il cria : « Qui va là? » Pas de réponse. Sortant alors ses mains de sa couverture, il les promena, à son grand déplaisir, sur la tête rude et le poil doux d'un ours.

Sam croyait fermement aux revenants, soit hommes, soit animaux; aussi ce fut d'une voix gémissante qu'il cria : « Oh! massa Robert! »

Sautant de son lit avec précipitation, il chercha en tremblant quelque arme de défense. Et il continuait de crier :

« *Massa Robert, au secours! Vieille ourse ou son esprit venir après nous!...* »

Une lumière fut apportée de la chambre de Mary, on put se rendre compte de la cause de tant d'émoi : un des oursons, dans le besoin qu'il éprouvait d'être protégé contre le froid de la nuit, avait réussi à se défaire de sa corde et était venu chercher un refuge dans la tente.

« C'est le bébé de votre camarade, lui dit Robert après que la rumeur fut calmée; vous lui avez ôté sa mère, pauvre petit orphelin! Il vient vous demander de lui en tenir lieu. »

Le lendemain, de bonne heure, Robert et Harold se mirent en route pour aller visiter le vaisseau naufragé, laissant à Sam la garde des enfants et le soin d'ajouter un enclos supplémentaire pour les oursons. Nous devons dire ici que les nouveaux commensaux n'avaient que peu ou point mangé depuis qu'on les avait pris. Pendant plusieurs jours Sam fut obligé de leur introduire lui-même de la bouillie dans la gueule. Quand ils eurent enfin appris à se nourrir seuls, leur entretien incomba à Frank, qui en eut le plus grand soin et se montra infatigable à prévenir leurs besoins et parachever leur éducation.

— Il leur apprit à se tenir debout, à s'asseoir et à « faire le beau ». Il eut bien un peu de peine à les rendre dociles, mais, avec de la persévérance, il en vint à bout. Robert les avait nommés Castor et Pollux.

Sur les conseils de Sam, les jeunes gens avaient emporté une hache, la hachette, une tarière, une scie à main, quelques chandelles et des cordes. Ils arrivèrent au vaisseau naufragé vers neuf heures.

Ayant amarré leur radeau à un anneau de fer du vaisseau, ils atteignirent, non sans beaucoup de peines, une fenêtre de l'arrière d'où la marée descendante faisait sortir l'eau imprégnée d'une odeur désagréable comme celle de matières animales en putréfaction. Ils essayèrent de regarder à l'intérieur de la chambre, mais, atteints par un courant d'air chargé de cette odeur méphitique, ils se rejetèrent vivement en dehors avec dégoût.

« Je ne puis entrer dans ce trou, dit Harold, c'est horrible. Pratiquons une ouverture sur le côté ou dans le bas ! »

Grimpant alors le long du bord en s'aidant du gouvernail, ils choisirent sur le flanc du navire un endroit qui leur parut favorable et se mirent à la besogne. Mais le doublage en cuivre était si épais et si solidement chevillé qu'ils eurent une peine infinie à le détacher et que leurs outils étaient presque hors de service quand ils parvinrent au bois. Ils percèrent alors avec la tarière un trou pour passer la scie, et ils eurent bientôt découpé une entrée assez large pour leur livrer passage.

Harold s'introduisit le premier, et posant ses pieds sur un tonneau qui se trouvait en haut d'une pile en désordre, il alluma une chandelle, puis il aida Robert à le rejoindre.

Ils étaient dans le magasin du navire où tous les objets encombrants étaient déposés. Quelques-uns des tonneaux en vue paraissaient contenir du sucre, de la mélasse ou du rhum. En partant de là, ils entrèrent dans l'arrière, où ils virent d'abord une douzaine de caisses de différentes grandeurs dont une était pleine de citrons, et une autre, qui était brisée contenait des noix de coco. Passant de là dans l'autre partie du magasin, ils découvrirent une grande quantité de farine, de biscuits de mer, de jambons et de bœuf fumé rangés de la manière accoutumée. Le vaisseau avait été évidemment approvisionné pour un long voyage.

Satisfaits de cet examen partiel, ils allèrent au centre du vaisseau et cherchèrent le passage par lequel ils pourraient atteindre la partie habitable du bâtiment. Ils le trouvèrent encombré d'une telle quantité de coffres, de caisses et de sacs qu'ils eurent beaucoup de peine à s'y introduire et plus encore à le débarrasser. Descendant au moyen de leurs cordes, ils parvinrent dans l'entrepont. A ce moment, l'eau s'était retirée, sauf une petite flaque dans un coin, et le plancher ou plutôt ce qui avait dû être le plafond, était tout trempé et rendu glissant par les dépôts bourbeux de la rivière.

Quand ils vinrent à la cabine, un spectacle affreux se présenta à leurs yeux. Là reposaient quatre cadavres ou plutôt quatre squelettes!

Cette vue fut plus que Harold ne pouvait supporter; il appela Robert et courut aussi vite qu'il put en plein air.

« Oh! horrible! affreux! dit-il, pâle comme un linge, je ne pense pas que je puisse jamais retourner à cette cabine, je m'en suis presque trouvé mal....

— C'est horrible, en vérité, répondit Robert, mais il faut pourtant que nous poursuivions notre investigation.

— J'ai le désir de visiter le vaisseau en entier, répliqua Harold, mais je n'irai pas dans cette cabine d'ici quelque temps.

— Pauvres gens! dit Robert en soupirant, c'étaient sans doute des passagers. Quelle triste fin ils ont eue là!

— Il vaut mieux n'en pas parler, dit Harold, la seule pensée m'en fait frémir.... »

Robert, voyant à quel point son cousin était affecté par cette funèbre découverte, s'appliqua alors à détourner la conversation; une diversion était le remède qu'il fallait à Harold, et, au bout de quelques instants il demanda lui-même à continuer les recherches.

Descendant dans le faux pont, ils y trouvèrent, contrairement à l'habitude, la chambre du cuisinier. Elle contenait un fourneau avec tous ses accessoires. C'était un vrai trésor pour eux. Que de peines cette trouvaille allait épargner à Mary, dont la patience et la bonne volonté avaient souvent été mises à l'épreuve par le manque d'ustensiles convenables!

La chambre du maître d'hôtel était à côté; il y avait là des pots, des vases de toutes sortes, pour la plupart en assez mauvais état, des couteaux, des fourchettes, des cuillers et des flambeaux dont ils firent peu de cas, en ayant apporté beaucoup avec eux ; deux bocaux d'olives, une boîte d'anchois bien conservés, et une collection de petites burettes en partie détériorées, contenant de la moutarde, du poivre, du sel, du vinaigre.

Sur la planche supérieure (qui avait dû être la plus basse), ils virent deux gros verrous qu'ils ouvrirent avec difficulté, la porte étant gonflée et presque scellée ; et il s'en répandit une quantité de farine humide provenant d'un baril défoncé. Il y avait de plus différentes espèces de biscuits durs, mais entièrement moisis.

De ces deux chambres, ils passèrent non sans beaucoup de peine, dans l'avant du vaisseau, ayant à se frayer un chemin à travers une épaisse cloison.

Un coup d'œil rapide autour de cette pièce suffit à convaincre Harold et Robert que ce vaisseau était un petit corsaire. Un grand nombre de fusils, pistolets, coutelas et piques se voyaient sur le plancher, où ils étaient tombés de leurs râteliers fixés aux parois. Les jeunes gens, devant cet appareil guerrier, échangèrent un regard et se dirent :

« Un négrier ou un pirate !...

— Je ne sais pas si c'était un négrier, dit Robert, mais tout semble indiquer un vaisseau suspect... Nous pouvons nous en assurer en allant à la chambre du capitaine. »

Ils retournèrent à l'arrière, et, en pénétrant dans une cabine qui semblait avoir été celle du capitaine, ils la trouvèrent abondamment pourvue d'armes de toute espèce et d'un travail exquis, quoiqu'elles fussent presque toutes détériorées par l'eau de mer. Quant aux papiers, ils n'en découvrirent pas, à moins qu'ils ne fussent dans une lourde caisse en fer, fermée hermétiquement et dont les clefs ne se trouvèrent nulle part. Dans la chambre du maître, l'évidence de la nature du vaisseau était encore plus frappante et plus décisive. Il y avait des pavillons de toutes les nations, et, dans le nombre, un tout noir au milieu duquel on avait cousu en blanc l'image d'une tête de mort avec des os en sautoir. De la poche de côté d'un habit qui se trouvait sur le lit, ils retirèrent un portefeuille contenant des lettres en espagnol et un papier signé par quarante-deux hommes, dont la plupart n'avaient pu que tracer une croix.

Tous ces détails confirmèrent les jeunes gens dans leur idée que ce vaisseau était un corsaire, et, plus tard, il ne leur resta aucun doute à ce sujet par ce qu'ils découvrirent encore. Il était présumable que le bâtiment avait été assailli et détruit par la même tempête que celle qui avait été si fatale au pauvre Sam.

Ayant les premiers découvert l'épave, ils la considérèrent comme leur appartenant, provisions, armes, outils et tout.

« Il doit y avoir quelque part une chambre du charpentier, dit Harold, ou s'il n'y en a pas, il y a au moins un endroit où sont les outils, qui nous seront d'une grande utilité. Cherchons-les donc. »

Dans la pensée de Harold, les outils étaient ce qu'il y avait de plus précieux pour eux, à moins qu'ils ne trouvassent un bateau tout fait. Mais, avant de continuer leur exploration, ils prirent dans la chambre du capitaine une paire de pistolets que leurs étuis imperméables avaient défendus contre l'humidité, ils les chargèrent et les mirent à leur ceinture, pensant avec raison qu'ils seraient beaucoup plus tranquilles et plus maîtres d'eux-mêmes s'ils avaient en main des moyens de défense.

On trouva dans la chambre du charpentier une caisse d'outils que la rouille commençait à attaquer, et une meule à repasser.

La visite terminée, les jeunes gens songèrent à retourner à la maison. Ils prirent dans la chambre du maître d'hôtel le bocal d'olives et la boîte d'anchois, puis, défonçant un baril de biscuits de mer, ils en emplirent leurs poches et retournèrent en plein air avec chacun un citron et une noix de coco pour leur tenir lieu de boisson et de dessert.

Il était temps de charger le radeau. Ils prirent quelques petits sacs dont ils trouvèrent un bon nombre, et les emplirent de sucre, de café, de riz et de farine.

Ils sortirent encore six jambons, puis, ouvrant un baril, en retirèrent six morceaux de bœuf fumé. En cherchant un peu plus loin, ils virent sur un tonneau de maquereaux salés, un grand pot de bon beurre et une caisse de fromage de Chester. Ils prirent de l'un et l'autre une bonne provision et placèrent le tout sur la partie la moins penchée du fond du vaisseau, prêt à être embarqué sur le radeau. La caisse de biscuits était trop large pour passer par leur trou ; ils la vidèrent par petites quantités dans un grand sac tenu en dehors.

Ils n'avaient rien dit ni pensé à l'égard de l'argent, leurs idées se portant surtout vers les choses nécessaires ou utiles pour leur établissement. Le fait de s'enrichir aux dépens des morts, même si c'étaient des pirates, leur aurait semblé une sorte de vol, et le sens délicat des jeunes explorateurs s'en offensait.

« Cependant, cherchons toujours ce que nous pourrons en trouver, dit Harold, après avoir échangé quelques impressions à ce sujet avec son cousin ; plus tard, nous demanderons à votre père quel usage il conviendra d'en faire. »

Ni leurs consciences, ni leurs poches ne furent toutefois trop chargées par ce nouveau fardeau, car il se composa seulement de quelques centaines de dollars en or, presque tout en monnaies étrangères, plus quelques bijoux qui furent destinés à Mary et à Frank.

Indépendamment des provisions mentionnées plus haut comme faisant partie de la charge à mettre sur le radeau, les jeunes gens eurent soin d'emporter les outils qui leur parurent le plus nécessaires pour leur ouvrage, consistant en : tarières, herminettes, ciseaux, vrilles, rabots, scies, compas, une pierre à aiguiser, etc.

Ils prirent aussi une boîte de bougies et une de savon, trois coutelas, une rapière, quatre piques, quatre paires de pistolets, trois carabines, deux mousquets, des poires à poudre et des sacs à plomb. Quant à de la poudre, ils n'en trouvèrent pas, excepté celle qui était dans les poires. Ils savaient bien qu'il devait y en avoir beaucoup dans la soute voisine de la chambre des officiers, mais ils n'avaient pas le temps de la visiter.

Une courte mais laborieuse traversée contre la marée les amena de la crique dans la rivière, sur laquelle ils flottèrent doucement jusqu'à la maison. Lorsqu'ils furent à un demi-mille environ du débarcadère, ils tirèrent un coup de fusil pour annoncer leur approche, et bientôt ils virent Mary et Frank accourir à leur rencontre, précédés de Mum et Fidèle ; Sam, boitant, les rejoignit assez longtemps après.

« Frank, voici votre présent de Noël, dit Robert quand le radeau toucha terre, et aussi le vôtre, Sam, pour le temps que nous resterons sur cette île!... »

Il jeta à l'un une noix de coco et remit à l'autre un mousquet et un coutelas.

Les cadeaux de Harold étaient plus présentables : il donna à Frank un joli couteau de poche, un peu rouillé, il est vrai, et à Sam un gros morceau de tabac roulé.

Les yeux de Frank brillèrent à la vue du couteau, mais l'expression de la physionomie de Sam était particulièrement amusante : c'était un grand chiqueur et fumeur de tabac. La vue de ce gros paquet noir, après une longue privation, amena

des larmes de joie dans ses yeux. Il fit un salut grotesque,
accompagné d'un rire d'enfant :

« *Merci, massa Robert, merci, massa Harold, pour sabre,
fusil, tabac! Moi pouvoir maintenant tuer panthère et ours
dan.. bois tout seul!* »

Comme le déchargement du radeau et le transport des objets à la tente ne prit pas plus de deux heures, ils eurent le
temps, avant la nuit, de construire un autre radeau plus large.
Il y avait un peuplier tombé et sec tout auprès du bord de
l'eau; ils le débitèrent en tronçons de longueur convenable,
et, en travers des longues pièces établirent un plancher de
morceaux plus petits, de manière qu'ils ne doutèrent pas que
le jour suivant, ils pourraient emporter du vaisseau naufragé
tout ce dont ils avaient besoin.

CHAPITRE XIX

SECOND VOYAGE AU VAISSEAU NAUFRAGÉ. — ENCORE DES FUMIGA-
TIONS. — RETOUR. — ACCIDENT. — DANGER P SECOURIR UNE
PERSONNE QUI SE NOIE. — COMMENT RAPPELER A LA VIE UNE
PERSONNE ASPHYXIÉE ?

Les jeunes voyageurs avaient l'intention d'aller, le lendemain
matin, d'aussi bonne heure que la veille, au vaisseau naufragé.
Mais l'embarras de plusieurs personnes en sus qui avaient des
préparatifs à faire, et le surcroît de travail pour la mise à l'eau
du second radeau, furent cause qu'ils arrivèrent à l'épave une
heure plus tard. Ayant amarré les deux radeaux à côté du
vaisseau, Robert et Harold montèrent au sabord qu'ils avaient
ouvert, et, au moyen d'une corde qu'ils y attachèrent, ils
hissèrent Sam, Frank et Mary.

Les nouveaux venus étaient si pressés de visiter le navire,
qu'ils purent à peine attendre qu'on eût allumé une chandelle,
et ils se glissèrent tout de suite dans la cale, où ils purent à
peine se diriger, tant le jour qui venait du sabord était faible.

L'examen du vaisseau ayant été complet la veille, il y avait
peu d'espoir de faire ce jour-là des découvertes importantes.
Les nouveaux venus n'en étaient pas moins impatients de visiter
les cabines ; ils demandèrent à y être conduits. En y entrant,
Mary et Frank furent d'abord repoussés par l'odeur désagréable
qui y régnait ; mais cette fois, grâce aux courants d'air établis,
elle ne différait guère de celle que répand tout amas de vase.

34

Robert s'empressa de la mettre sur le compte du limon de la rivière et des mangliers, afin d'empêcher Mary de se douter de la cause réelle de ces émanations.

« Nous avons bien aéré hier, dit-il, mais la marée y a pénétré, et il faut essayer autre chose : j'ai entendu dire à mon père que du café brûlé était le meilleur désinfectant qu'on pût employer.

Il apporta un peu de café, l'enveloppa de papier et essaya de le brûler, mais ce n'était pas facile. Mary, dans son impatience, prit du sucre et y mit le feu pendant que son frère tâchait vainement d'embraser son café humide. Après quoi on procéda, sans plus tarder, à l'examen de la chambre.

La première chose qu'ils remarquèrent en entrant fut un magnifique sofa et plusieurs belles chaises, puis, suspendue au-dessus de leurs têtes à ce qui avait été le plancher et solidement vissée, une très belle table à coulisses assez grande pour une douzaine de convives, au besoin. A cette vue Mary ne put retenir cette exclamation :

« Oh ! maintenant nous pourrons nous asseoir et manger comme des gens civilisés ! »

A leur droite existait une petite cabine dont la porte était ouverte. Ils y entrèrent et trouvèrent une casquette de jeune garçon et une paire de souliers dont Frank s'empara et qu'il essaya avec des gestes comiques que les autres feignirent de ne pas apercevoir, car les deux jeunes gens pensèrent tout de suite à leur premier propriétaire.

Il y avait aussi une malle renversée sur ce qui avait été le dessous du lit ; elle contenait la garde-robe du jeune garçon ; tout auprès, la malle et le sac de nuit d'une jeune fille. Elles étaient fermées ; on en avait forcé les serrures, et Mary y put inventorier beaucoup d'objets dans un état parfait de conservation ; seul le linge était légèrement avarié. Elle vit tout de suite qu'une robe de soie et divers autres articles de toilette étaient à sa taille; mais, quoiqu'elle eût besoin de vêtements, elle montra plus de chagrin que de plaisir à l'aspect de cette garde-robe; sa pensée se reportait irrésistiblement vers celle pour qui tout cela avait été fait.

« Pauvre enfant! dit-elle avec des larmes dans la voix, en retournant tous ces objets, elle se nommait aussi Mary; voyez: Maria de Rosas, c'est écrit sur ce mouchoir blanc! Quel joli nom!... J'aurais bien voulu la connaître.... »

Une glace était clouée sur un panneau et à côté une belle brosse à cheveux attachée avec un ruban bleu à un petit anneau en cuivre. Mais l'eau avait fait fondre la colle, et le dessus, en bois de rose, s'était détaché de la brosse. Sur le plancher se trouvaient deux peignes d'ivoire et les fragments d'un pot à eau et de sa cuvette mêlés avec les serviettes. Dans le lit il y avait deux matelas; quoique tout mouillés ils pouvaient encore servir. Il y avait aussi une paire de draps et deux couvertures aussi bonnes que si elles eussent été neuves.

Une autre pièce faisait suite, mais la porte de communication était tellement gonflée par l'humidité qu'il fut difficile de l'ouvrir; on la força. Il y avait là deux malles et deux sacs de nuit, contenant divers habillements d'homme et de femme; un chapeau d'homme, une paire de bottes, un chapeau de femme et un très beau châle; des souliers du jeune garçon et son chapeau neuf; l'ombrelle de la jeune fille et son manteau. Tous ces effets fournirent à Harold et à Robert une nouvelle preuve que les quatre squelettes provenaient d'une même famille. Ils trouvèrent aussi différents livres en langue espagnole, tous si mouillés et si avariés qu'il leur eût été impossible d'en faire usage, eussent-ils été écrits dans leur propre langue.

Ces Rosas étaient évidemment une famille riche et distinguée.

Les autres chambres étaient garnies principalement des objets à l'usage des hommes de guerre. Il y avait peu d'indices

de plus qui pussent faire savoir ce qu'ils étaient ou avaient été
Leurs papiers et leur argent étaient vraisemblablement enfer
més dans le coffre de fer ou avaient été déposés dans quelqu
endroit secret.

En sortant de la cabine, l'attention des jeunes explorateur
fut attirée par une petite armoire sous le passage des homme
d'équipage ; Harold monta sur un tabouret et l'examina : il
avait des tasses en argent de différentes formes, un panier d
vin de Champagne et plusieurs bouteilles ou carafes ou plutô
des débris de flacons qui paraissaient avoir contenu de la
liqueur.

« Allons ! dit Harold, liqueur dans la cabine, liqueur dan
les armoires ! les liqueurs ne manquaient pas plus ici que le
armes !

— Cela va ensemble, dit Robert ; les pauvres diable
devaient avoir besoin de réconfortants pour les mettre en éta
d'exercer leur vilain métier !... »

De la cabine ils passèrent dans la chambre du charpentie
où Sam décida à l'instant qu'il lui fallait la meule à repasse
et le reste des outils qui étaient trop bons pour les laisse
perdre. Il regarda aussi d'un air de désir l'établi avec l'éta
qui en faisait partie et dit :

« Je pense qu'on pourrait le traîner dehors et le laisse
flotter derrière les radeaux. »

Mais les enfants ne partagèrent pas son opinion quant a
reste des outils et décidèrent que ce n'était pas aussi importan
que beaucoup d'autres objets.

Ils furent contraints de forcer l'entrée de la chambre suivant
à coups de hache ; c'était celle du maître-canonnier. Elle ren
fermait des quantités de cartouches, des boulets ramés, de
boîtes de mitraille, une profusion de boulets de canon d
différentes grosseurs et deux fusils-canons en bronze avec de
boulets de calibre. Il y avait aussi de grandes caisses pleine

ILS PLACÈRENT SUR UN DES RADEAUX....

de poudre, mais évidemment hors de service, ayant été atteintes par l'eau.

Quand le moment fut venu de se préparer à charger les radeaux, les jeunes gens, aidés de Sam, commencèrent par élargir le sabord qu'ils avaient ouvert. Ils placèrent sur un des radeaux un petit tonneau de riz, un autre de farine, le grand pot de beurre, deux fromages, six pains de sucre, la meule à repasser, la boîte aux outils, un paquet de tabac pour Sam et force jambons et bœuf fumé. Sur l'autre, ils installèrent la table à coulisses et les rallonges, les six chaises, le sofa, les malles, cinq matelas avec draps et couvertures, etc., etc.

Le voyage de retour s'accomplit en toute sécurité jusqu'à l'endroit du débarquement. Mais il advint là un de ces événements comme il s'en produit quand on s'y attend le moins. Sam, à l'arrière du radeau, était occupé à regarder si son cher tabac était en sûreté; s'étant baissé pour cela juste à l'instant où l'avant de l'embarcation frappait la terre en s'arrêtant, il perdit l'équilibre et tomba la tête la première dans la rivière. Personne ne s'aperçut d'abord de l'accident, jusqu'à ce qu'un grand remuement de l'eau les eût avertis. Ils regardèrent autour d'eux et virent Sam soufflant comme un cachalot en rendant de l'eau par le nez et la bouche avec l'expression la plus curieuse de surprise et de peur.

Ils coururent à son secours; mais le sachant très bon nageur, ils n'auguraient aucune conséquence sérieuse et étaient plutôt disposés à rire qu'à s'alarmer. Cependant Sam qui étranglait depuis un quart de minute, sans pouvoir prononcer un mot, élevait ses mains en l'air d'une façon suppliante et ouvrait la bouche comme à moitié asphyxié.

« Il se noie! cria Harold. Venez à mon aide, Robert! »

Il courut chercher quelque objet qui pût surnager, et auquel Sam aurait la facilité de s'accrocher.

Quand il revint, apportant une paire de rames, Sam avait disparu. Mais Robert, n'écoutant que son courage, s'était déjà jeté à l'eau et nageait au-dessus de l'endroit où Sam venait de couler bas.

« Robert! Robert! revenez! cria Harold d'une voix impérative. Il est trop fort pour vous et vous entraînera!... »

Robert se retourna à cet appel et commença à nager pour revenir; mais il était trop tard : Sam se releva à portée de la main, le saisit par le bras, l'attira à lui en le tenant très fort et enfonça de nouveau.

Mary et Frank poussèrent des cris de terreur en voyant leur frère disparaître. Harold resta immobile une seconde, les mains en l'air et disant avec angoisse :

« Mon Dieu! que faire? »

Soudain une idée lui arriva. Appelant Mary, il lui dit :

« Apportez-moi le chapeau! »

C'était celui de Rosas, un imperméable. Il jeta son habit et son gilet et étendant son mouchoir sur l'ouverture du chapeau, de manière à pouvoir en saisir les bords, il plongea dans l'eau, nageant d'une main et tenant de l'autre le chapeau comme une bouée préservatrice.

Comme il s'y attendait, il vit Robert revenir à la surface.

Harold ne dit rien d'abord, mais retint fortement le chapeau pour ne pas couler; dans ce court intervalle, Robert reprit assez de connaissance pour comprendre ce dont il s'agissait.

« Je remercie Dieu pour vous, dit Harold, je craignais que vous fussiez perdu. Prenez ce chapeau et nagez au radeau, pendant que je vais plonger pour Sam. A-t-il cessé de se débattre?

— Oui », répondit Robert.

Élevant ses mains au-dessus de sa tête et sortant de l'eau autant qu'il put, il plongea perpendiculairement, les jambes rapprochées l'une de l'autre. Il réussit à atteindre le corps du noyé, mais pas assez tôt pour le saisir avant d'être obligé de remonter afin de reprendre sa respiration.

Il revint donc à la surface, se reposa qnelques secondes et replongea.

Il remonta bientôt, tirant le corps du pauvre Sam. Robert lui tendit un des avirons, le traîna au radeau et de là sur le rivage.

Qu'y avait-il à faire maintenant? Robert savait bien que, lorsqu'une personne est restée pendant quatre minutes ou plus sous l'eau, il est très difficile de la rappeler à la vie et que quiconque veut l'essayer n'a pas de temps à perdre. Les préparatifs furent simples et peu nombreux.

Ils demandèrent à Mary d'allumer du feu aussi vite que possible et de faire chauffer une couverture. Robert étendit le corps avec la tête un peu basse pour faciliter la sortie de l'eau par la bouche et les narines, pendant qu'il le débarrassait vivement de ses habits. Puis, le replaçant avec la tête plus élevée comme pendant le sommeil, Harold et son cousin frottèrent la peau de toutes leurs forces dans l'intention de sécher l'humidité et de ramener la chaleur.

Cette friction fut continuée pendant plusieurs minutes, après lesquelles Robert demanda à Harold de s'arrêter pour essayer d'un autre moyen. Il enfonça un morceau de jonc dans l'une des narines de Sam et il appuya fortement autour; puis, fermant l'autre narine et la bouche du nègre pour empêcher la sortie de l'air, il souffla dans la narine jusqu'à ce qu'il sentît la poitrine du patient se soulever, et par une douce pression, il fit alors échapper l'air comme dans une respiration naturelle.

Pendant ce temps, Mary et Frank avaient fait chauffer une des couvertures apportées du vaisseau; elle fut roulée autour de son corps, et, tandis qu'ils s'occupaient à en faire chauffer une seconde, Robert augmenta beaucoup l'efficacité de ses frictions en en déchirant une troisième par bandes qu'il employait à frotter les membres du pauvre noyé.

Après une heure d'énergiques frictions ils eurent l'inexpri-

mable joie de constater des signes de retour à la vie. Le cœur
de Sam commença à battre doucement, et peu après le brave
nègre poussa un soupir.

Les enfants étaient presque à bout de forces; ils n'interrom-
pirent pourtant pas leur travail, et ils firent bien, car il arrive
très souvent que des noyés périssent parce qu'on a négligé de
leur continuer les soins, après que la vie semble avoir reparu.

Quand le malade fut suffisamment revenu à lui pour être
capable d'avaler, Robert lui versa dans la bouche un peu d'eau
chaude sucrée, regrettant de n'avoir pas apporté du vaisseau
du vin et de l'eau-de-vie dont il y avait une telle abondance.

« Il y en a dans la boîte à tabac, dit Frank, j'ai vu Sam y
mettre un carafon, et, quand je lui ai demandé pourquoi, il
m'a dit que c'était du rhum pour frotter sa jambe malade.... »

Robert et Harold échangèrent un sourire significatif, car ils
savaient que Sam aimait autant le rhum que le tabac. Il fut
heureux toutefois qu'il se trouvât une liqueur spiritueuse sous
la main; c'était le meilleur stimulant qu'ils pussent lui administrer.

Sam ouvrit bientôt les yeux et commença à parler; ses premiers mots, après avoir regardé autour de lui, furent :

Merci, bon Dieu! Pauvre Sam ici encore.

Le laissant alors se remettre en paix, les jeunes gens appor-
tèrent chacun une chaise et s'assirent pour se reposer.

« En vérité, Robert, dit Harold, vous m'avez l'air de connaître à fond l'art de rappeler un noyé à la vie!

— Et pourquoi non? Il n'y a rien de mystérieux là-dedans.

— Il paraît; aussi désiré-je que vous me fassiez part de
vos connaissances.

— C'est bien simple, dit Robert, et je n'ai qu'à vous
répéter les propres paroles de mon père : Tout ce que vous
avez à faire est de rappeler la chaleur et d'exciter la respiration.

— C'est en effet très simple.

— Papa dit toujours, continua Robert, qu'il ne voit pas pourquoi les enfants ne seraient pas instruits de ce qu'ils ont à faire pour s'aider entre eux dans les occasions semblables.

— Envoyez chercher un médecin, m'a-t-il dit souvent, mais ne l'attendez pas; commencez à opérer tout de suite avant que la vie soit éteinte. Si vous ne pouvez pas faire plus, ôtez les vêtements, frictionnez! frictionnez toujours et soufflez doucement dans les poumons. Rappelez la respiration, et vous ferez circuler le sang; ou faites circuler le sang et vous ramènerez la respiration, car l'un vient avec l'autre. Appliquez la chaleur intérieurement et à l'extérieur, par les frictions, les couvertures, des bouteilles chaudes ou du sable chauffé, enfin n'importe quels moyens, et continuez pendant des heures; c'est la règle.

— Elle est excellente, dit Harold, mais c'est dommage que votre père ne vous ait pas aussi enseigné la manière de vous tenir hors de la portée des gens qui se noient, afin que vous puissiez mettre vos connaissances à leur service, au lieu de vous noyer avec eux!...

— Il l'a fait, dit Robert en riant; seulement j'ai oublié cet excellent conseil. Et mal m'en a pris d'avoir assez peu de mémoire ou plutôt peu de présence d'esprit pour m'être laissé aller à agir comme je l'ai fait! Par bonheur je n'ai pas perdu la tête : quand Sam m'a saisi le bras, je n'ai pas opposé la moindre résistance; je me suis borné à prendre une longue aspiration et j'ai fermé la bouche. Pendant que nous descendions, je me rappelais exactement où et comment il m'avait saisi, et avant que nous n'arrivassions au fond, j'avais relevé mes genoux et mis mes mains au creux de son estomac. Cela fait, je me savais sauvé, j'étais sûr que mes jambes seraient plus fortes que ses bras, et que je pourrais, d'un bon coup de pied, me dégager de son étreinte. Mais quelle était donc votre intention quand vous m'avez appelé?

— Je n'avais pas d'idée bien nette, dit Harold, si ce n'est de vous détourner de ce que vous vouliez faire, et alors de jeter à la portée de Sam quelque chose dont il pût s'aider. J'avais vu déjà des personnes se noyer; je savais très bien que, si vous n'aviez rien pour vous empêcher de couler à fond, ou si vous n'étiez pas assez fort pour tenir la personne que vous alliez secourir à la longueur du bras, vous ne manque-riez pas de vous noyer vous-même. »

Cet accident retarda beaucoup le déménagement des radeaux. Ce ne furent que les choses les plus légères qu'on transporta à la tente. Sam se remit peu à peu, et, avant la nuit, soutenu par les jeunes gens, il put se traîner au logis.

CHAPITRE XX

ARRANGEMENTS DE MÉNAGE. — TROISIÈME VISITE AU VAISSEAU. —
MARY EN GRAND DANGER. — MANIÈRE D'ÉTEINDRE LE FEU AUX
VÊTEMENTS. — COMMENT ON PANSE UNE BRULURE.

On ne retourna pas au vaisseau les jours suivants; le soin
de transporter les objets lourds et de leur trouver des places
convenables, prit toute la journée. Cet arrangement n'était pas
aisé; ce qu'ils possédaient maintenant était beaucoup trop
important pour l'emplacement restreint dont ils disposaient.
Ils se virent donc contraints de faire une nouvelle chambre
pour Sam et ses outils au moyen de quelques voiles apportées
du vaisseau, et cela leur inspira l'idée d'ajouter une aile de
plus à la tente pour y faire un dépôt de provisions.

Le jeudi, le retour de la marée avait lieu à une heure si
avancée que les jeunes gens se sentirent peu en train d'exécuter
leur troisième visite au navire naufragé. Mais, comme il restait
encore plusieurs objets importants dont ils avaient besoin, ils
finirent par se décider à partir vers le milieu du jour.

En entrant dans le vaisseau, leur premier soin fut de prendre
le fourneau qui était presque neuf et nouvellement monté; ils
n'eurent pas beaucoup de peine à en séparer les différentes
pièces et à les placer sur le radeau avec les ustensiles qui en
dépendaient. Ils détachèrent aussi, mais plus difficilement,
l'établi qui était fixé dans le bordage du navire.

Ils enlevèrent ensuite de la chambre du charpentier, un

certain nombre de voiles, deux paquets de petites cordes et un gros écheveau de ficelle. Ils ne se soucièrent pas d'entrer dans le magasin. La plus grande partie de la poudre qui se trouvait dans la chambre du maître-canonnier était mouillée; mais deux grands barils dont le dehors était tout abimé et le milieu encore bon, et aussi une boîte de cinq livres de poudre de chasse soudée si hermétiquement qu'elle n'avait pu être atteinte par l'humidité, furent jugés propres à être emportés.

Ils dégagèrent un des petits canons, et après un rude travail ils le hissèrent ainsi que son affût et le redescendirent sur le radeau, où ils déposèrent aussi quelques douzaines de boulets et autant de boîtes de mitraille de calibre.

Tout cela avec les malles et les habits des officiers, une vis en fer, un petit baril de maquereaux et la caisse de noix de coco, compléta le chargement. Le voyage de retour s'effectua sans encombre.

En abordant, ils s'occupèrent d'abord de mettre leur poudre à l'abri, car le ciel se chargeait de nuages avec de longues bordures bleues, ce qui annonçait de la pluie pour la nuit déjà toute proche. Ne voulant pas par prudence garder une telle quantité de poudre dans leur tente, ils la divisèrent en paquets et la cachèrent dans des arbres creux qu'ils fermèrent avec de la terre, et qu'ils marquèrent pour les retrouver aisément.

L'affût du canon, employé en guise de brouette, fut très utile pour le transport des malles, des différentes parties du fourneau et des autres objets pesants jusqu'à la tente; mais malgré ce secours, ils ne parvinrent pas à terminer leur besogne avant la nuit.

Le jour suivant, il plut, et il plut presque sans arrêt; les enfants continuèrent à travailler chez eux. Ils examinèrent avec attention le contenu des malles et se partagèrent ce qui pouvait leur servir. Ces occupations et le montage du fourneau remplirent cette journée et une partie de la suivante.

Ce fut pendant ces jours de réclusion forcée, que les enfants
s'entendirent sur une espèce de concurrence entre eux qui eut
les meilleurs résultats.

« C'est demain le jour de l'an, fit remarquer Harold; voici
deux mois et demi que nous sommes sur cette île; notre premier bateau n'est pas encore fini; ainsi, Robert, il se passera
au moins six mois avant que nous soyons en mesure, par notre
propre travail, de nous remettre en route, et alors votre père
aura quitté Bellevue?...

— Mais vous oubliez combien de fois nous avons été inter-
rompus, répondit Robert : d'abord l'accident de Sam, suivi du
vôtre; puis notre déménagement pour la prairie, nos agrandis-
sements, nos travaux de défense; enfin la découverte du vaisseau naufragé qui nous a fourni des vivres et des outils pour
continuer notre ouvrage sans interruption. Je suis convaincu,
pour mon compte, que la fin de janvier peut nous voir à Bellevue ou en route pour y aller. — Qu'en pensez-vous, Sam?
pouvons-nous terminer nos deux bateaux en un mois?

— *Peut-être oui, massa, si nous travaillé bien fort, bien
fort, mais c'être beaucoup chose à faire!...*

— Je doute que deux mois nous suffisent en ne perdant pas
une heure », dit Harold.

Robert ne fut pas satisfait de cette assertion décourageante,
quoique la prudence habituelle de Harold lui en fit sentir le
poids.

« Eh bien, cousin, dit-il, je veux soumettre cette opinion à
une épreuve; comme nous autres garçons avons l'habitude de
le dire : je me propose de faire une gageure avec vous. Nous
allons tous nous mettre au second bateau jusqu'à ce qu'il soit
aussi avancé que le premier; alors nous en prendrons chacun
un pour y travailler séparément; Sam partagera son temps
entre vous et moi, et si, au bout d'un mois, nous ne sommes
pas prêts à partir, je m'avouerai vaincu!... »

D'après cet engagement, les deux jeunes gens allèrent au radeau et en rapportèrent les différentes parties de l'établi qu'ils aidèrent Sam à monter; la meule à repasser fut aussi mise en état, rassemblant les outils divers qui avaient besoin d'être affûtés, ils persistèrent à se tenir tour à tour à la meule jusqu'à ce qu'ils eussent repassé deux haches, deux herminettes, trois ciseaux et une besaiguë qu'ils placèrent soigneusement sous l'abri de Sam.

La journée ne se termina pas cependant sans un accident d'une nature très sérieuse dont Mary fut l'auteur involontaire. Sans son esprit elle n'en serait sans doute pas sortie vivante. Et de quelle douloureuse et terrible mort elle se vit menacée!

A dix heures environ, elle s'était retirée dans son compartiment, s'était déshabillée et apprêtait quelques objets de toilette qui lui étaient nécessaires pour le lendemain matin quand, dans un mouvement, elle approcha de son jupon la flamme de la chandelle, qu'à défaut de table elle avait posée à terre. Elle éteignit sa chandelle et était prête à se mettre au lit quand son attention fut attirée par une petite lueur reluisant derrière elle et un petit crépitement comme la flamme montant vers son dos. Elle poussa un cri de terreur et elle était sur le point de se précipiter dans un autre compartiment pour demander du secours, quand elle se rappela les avis fréquents de son père : elle se jeta à plat sur la couverture du lit, et s'en enveloppant très étroitement tout le corps elle se roula de côté et par terre[1].

La flamme avait été presque instantanément éteinte, comme elle l'aurait été probablement sans le secours de la couverture, si Mary s'était seulement roulée à plat sur le sol. Mais, les

---

1. Tout le monde a pu remarquer combien se consume plus promptement une feuille de papier tenue droite au-dessus de la flamme, que lorsqu'elle est à plat sur une table. Il en est de même d'une robe si l'on se tient debout; la flamme a bientôt gagné en haut.

bords de son linge restaient carbonisés et ils continuèrent à
brûler lentement; ils vinrent ainsi en contact avec sa peau, ce
qui lui fit pousser des plaintes déchirantes. La douleur était
si forte que la pauvre enfant fut tentée de jeter de côté la couverture et de se précipiter dehors; mais elle se rappela, heureusement à temps, que ce mouvement attiserait le feu et rani-
merait peut-être la flamme. Elle se serra donc plus fort dans la
couverture et se roula de nouveau en appelant Robert qui, à
ce moment, arrivait à son secours.

« Jetez de l'eau, jetez de l'eau, de l'eau », disait-elle.

Robert fit de son mieux, il chercha partout la cruche, et
lorsqu'il l'eut trouvée il la remplit. Quand l'eau arriva enfin,
Mary se sentit sauvée et ôta la couverture. Il suffit d'une ser-
viette mouillée pour éteindre ce qu'il y avait encore de feu.

Le temps que dura cette scène terrifiante fut à peine d'une
minute et demie et cependant le linge de nuit de Mary était
consumé presque jusqu'aux épaules, et ses jambes étaient
légèrement atteintes; le feu est un agent si rapide !

Les brûlures étaient légères relativement à ce qu'elles auraient
pu être. La peau était rougie sur une longueur d'un pied à peu
près à chaque jambe, mais il n'y avait de véritablement douloureux que deux endroits de la dimension du doigt environ.
La cuisson cependant était insupportable; Mary ne pouvait
s'empêcher de pleurer et de se plaindre. Robert appliqua de
l'eau pendant quelques minutes, et il aurait continué plus
longtemps; mais sa sœur finit par lui dire :

« Apportez-moi une tasse de farine, j'en ai essayé une fois
sur mon doigt brûlé et vous ne sauriez croire combien c'est
rafraîchissant. »

La farine apportée fut appliquée à sec sur les parties brûlées.
Son effet était de former une espèce de croûte aux points où la
peau avait été entamée, et la sensation qu'elle produisit sur les
parties légèrement atteintes fut très bienfaisante. Cependant

Mary paraissait toujours souffrir, au point que Robert finit par lui donner un calmant comme il avait fait pour Sam, et bientôt elle s'endormit paisiblement.

« Quelle enfant active et brave! dit Harold après que son cousin lui eût décrit la scène; beaucoup de jeunes filles n'auraient pas manqué de courir en plein air et y auraient trouvé la mort!...

— Oui elle a montré beaucoup de sang-froid, dit Robert.

— Mieux que cela, dit Harold, elle a fait preuve d'une véritable résolution. J'ai connu une charmante jeune fille qui dans un cas tout pareil eut aussi la présence d'esprit de se rouler dans le tapis du foyer; mais elle ne put supporter la douleur des brûlures, jeta le tapis de côté, courut dehors en criant au secours et fut brûlée en moins de deux minutes. »

Quand Mary vint dans la chambre commune le lendemain matin, ses yeux étaient abattus par suite du saisissement qu'elle avait éprouvé; elle n'avait pas d'appétit et elle ne prit qu'une tasse de café. On la reçut d'une manière plus affectueuse peut-être que de coutume; son accident avait appris à tous combien ils l'aimaient; son courage dans le danger et son calme dans la souffrance leur inspiraient un plus grand respect pour son caractère. Sam promu cuisinier depuis sa guérison, se montrait à la hauteur de ses fonctions. Son pain de maïs était délicieux, personne d'ailleurs ne le réussit aussi bien qu'un nègre.

Le lundi trouva les jeunes gens de bonne heure à l'ouvrage.

Les outils étaient en très bon état; à la suggestion de Harold, tous convinrent de travailler posément ce jour-là et le suivant, comme moyen certain d'aller beaucoup plus vite ensuite.

« Mon père, dit-il, était un excellent cavalier et parcourait quelquefois à cheval des distances considérables; son habitude était toujours de faire très lentement les premières étapes; il disait : « Si vous forcez un cheval au début, il marchera lour« dement les jours d'après; si, au contraire, vous le menez

« d'abord doucement, il s'entraînera graduellement et acquerra
« une allure plus vive et plus soutenue à la fin qu'au commen-
« cement du voyage. » Imaginez-vous que nous sommes des
chevaux et que nous allons travailler très modérément aujour-
d'hui et demain, pour nous accoutumer au travail et aller plus
rapidement ensuite. »

La comparaison plut à Robert; en dépit de son beau pari, il
tremblait un peu à l'idée de ses mains écorchées et de ses
membres fatigués, mais la proposition de Harold lui donna de
nouvelles idées sur la manière de travailler méthodiquement et
progressivement.

Au bout de quatre jours le second arbre était coupé et creusé
exactement au même point que le premier. Ils tirèrent au sort
alors à qui choisirait, se séparèrent et travaillèrent chacun de
leur côté à leur propre bateau, chacun à portée d'entendre
mutuellement la hache et le maillet de son voisin.

Un des procédés qui contribuèrent le plus à accroître la rapidité du travail fut de ne pas s'arrêter un instant et de se reposer
seulement en passant à un autre ouvrage. Par exemple, quand
ils étaient fatigués de l'herminette, ils prenaient le maillet et le
ciseau, la tarière, la hache ou le rabot, et c'était en réalité un
délassement, car de nouveaux muscles étaient en jeu pendant
que ceux qui avaient peiné prenaient du relâche.

Le vendredi, cependant, ils commencèrent à ressentir les
effets de la fatigue; et Harold proposa que le labeur fût interrompu d'un commun accord ce jour-là, et qu'on employât le
congé à chercher du bois convenable pour les mâts, les avirons et les vergues, ce qui ne pouvait s'appeler du temps perdu.

En conséquence, ils prirent leurs fusils et leurs haches et se
rendirent d'abord au débarcadère des orangers où ils trouvèrent
leur vieux radeau exactement comme ils l'avaient laissé un mois
plus tôt.

Passant ensuite à l'endroit qu'ils avaient nommé : la *Pointe des Canards*, ils suivirent le rivage jusqu'à leur ancien campement et de là à la maison. Telle fut leur route, mais elle fut marquée par une telle variété d'incidents que nous devons nous arrêter à les retracer.

Pendant que Robert était occupé à chercher des arbres d'une belle venue, Harold vit un aigle-pêcheur plonger dans l'eau et en ressortir avec une truite si grosse qu'il pouvait à peine l'emporter en volant vers le rivage. Harold avait faim; à déjeuner il ne s'était pas trouvé en appétit et n'avait presque pas mangé; il se sentait l'estomac creux; la vue de ce beau poisson éveilla sa convoitise; il courut vers l'aigle en lui criant :

« Partageons s'il vous plaît, mon vieux camarade : c'est trop pour un! »

L'aigle ne paraissait pas disposé à admettre la requête, et fit un effort pour porter sa proie dans un chêne voisin; mais craignant d'être pris lui-même avant d'avoir pu voler jusque-là, il se décida à lâcher le poisson et se réfugia au sommet d'un arbre où il attendit patiemment la part que son voleur voudrait bien encore lui abandonner....

Un poisson se fait cuire aisément si on a du feu, or, dans le cas présent il n'y en avait pas, et ce qui était pire, nul moyen de s'en procurer; car les jeunes gens n'avaient pas apporté leurs allumettes, et les bassinets de leurs fusils n'étaient pas bons pour allumer du bois à l'aide de la poudre.

« Prêtez-moi votre montre un instant, dit Robert mis au courant du désir de son cousin, il est possible que je puisse en obtenir ce que vous désirez. »

Si Robert avait parlé de combinaisons chimiques pour se procurer du feu en mélangeant du sable avec de l'eau de mer, Harold aurait à peine été plus surpris qu'en entendant la proposition de se servir d'une montre à cet effet.

Il la tendit toutefois à son cousin avec cette simple remarque :

L'AIGLE NE PARAISSAIT PAS DISPOSÉ A ADMETTRE LA REQUÊTE.

« Ne la brisez pas, je vous en prie. »

Et il regarda avec curiosité.

Robert examina la surface convexe du verre qui, étant de vieille fabrique, formait presque une section d'une sphère et dit :

« Je pense que cela fera l'affaire. »

Puis, ramassant quelques bribes de bois pourri et bien sec, il emplit d'eau la partie creuse du verre, et, le mettant sur un support afin que l'eau fût parfaitement tranquille, il montra à Harold que les rayons du soleil passant à travers cette lentille improvisée, étaient concentrés comme par une loupe. Les brindilles de bois fumèrent et parurent sur le point de s'embraser ; mais les rayons du soleil n'étaient pas assez vifs à l'heure où l'on se trouvait ; de plus, le ciel était voilé d'un léger brouillard.

« C'est manqué, dit Harold, mais il y a encore un autre moyen que j'ai vu employer : c'est d'obtenir du feu par la pression de l'air en le comprimant subitement comme dans une seringue ; si nous avions un roseau sec de la dimension du canon de mon fusil, on pourrait essayer ».

Mais Robert n'avait pas le temps de se livrer à cette expérience et il craignit qu'elle échouât aussi, comme il serait sans doute arrivé à cause de l'imperfection des outils. La voix de Harold se fit tout à coup entendre du haut d'un monticule voisin :

« J'ai ce qu'il nous faut ! » criait-il.

Robert en s'approchant, vit dans la main de son cousin une petite pierre blanche qui était la pointe d'une flèche antique ; avec ce vieux morceau de relique indienne, il tira une quantité d'étincelles d'un bois sec et dur, jusqu'à ce qu'on vît s'élever une fumée annonçant qu'enfin le feu avait pris.

Pendant tout le temps que durèrent ces expériences et la cuisson de la truite, le brouillard qui flottait dans le ciel avait été remplacé par de gros nuages noirs promettant une averse toute prochaine. La promesse se réalisa alors que les jeunes gens étaient à peine en marche.

Comme on n'apercevait pas d'éclairs, ils s'abritèrent sous un arbre, et pendant quelques instants ils furent si bien protégés par le feuillage épais qu'ils se réjouirent de leur bonne fortune. Cette satisfaction ne dura pas longtemps ; la pluie qui tombait à torrents pesa lourdement sur les feuilles et finit par arriver en grosses gouttes sur leurs chapeaux et leurs épaules.

« Ceci ne peut pas durer ! cria Harold ; venez avec moi et je vais nous procurer un abri sur lequel nous pourrons compter ».

Mettant sur leurs têtes une raisonnable épaisseur de mousse qui retombait comme un manteau jusqu'à leurs coudes, ils coururent à un pin renversé et détachèrent différents morceaux de son écorce aussi longs et aussi larges qu'ils purent les prendre, puis ils les placèrent par-dessus la mousse, retournèrent à leur gros arbre et eurent le plaisir de voir que l'eau coulait de leurs parapluies improvisés comme du toit d'une maison. Robert, très content de ce résultat, fit cette demande :

« Est-ce que c'est encore là un des enseignements de votre vieux Torgah ?

— Oh ! non, j'ai vu ce procédé fréquemment employé par des nègres dans les champs et par des chasseurs dans les bois. Mais il y a une autre chose du même genre que je veux vous laisser deviner. J'allais une fois à cheval avec un paysan à travers une de nos prairies de l'Alabama, quand nous fûmes surpris par un orage de grêle qui nous incommodait beaucoup. Comment pensez-vous qu'il se garantit de la chute des grêlons ?

— Probablement en se mettant sous son cheval, dit Robert, j'ai vu une fois une bonne femme se mettre à couvert sous sa charrette.

— Non, il retira la selle de dessus son cheval et la mit sur sa tête. Quant à moi, j'aimai mieux recevoir la grêle que d'endurer l'odeur de la selle.... »

La pluie cessa enfin; ils purent poursuivre leur route et atteindre leur ancien campement qu'ils inspectèrent avec soin pour s'assurer s'il n'était pas venu d'autres visiteurs. Il était dans le même état où ils l'avaient laissé, excepté qu'il avait maintenant un air de désolation et d'abandon. Le drapeau flottait toujours, et le papier, quoique mouillé, était encore collé au mât. En mer, le temps paraissait mauvais, et les vagues déferlaient avec fracas.

Après s'être un peu reposés sur les racines du chêne qui avait abrité leur tente, ils allèrent boire à la source, et enfin ils reprirent le chemin de la prairie.

Quiconque aura voyagé à travers des forêts de pins aura vu de grands espaces variant d'un quart d'arpent à quelques centaines, minés par les vers. Le sentier longeait un de ces cantons désolés dans lequel les arbres avaient été attaqués quelques années auparavant. Nombre de ces arbres étaient presque morts et les autres renversés sous le heurt des vents. Au moment où les jeunes voyageurs atteignaient le milieu de ce terrain dangereux, une bourrasque soudaine soufflant du large, s'abattit sur la forêt avec une violence extrême. Ils l'entendirent de loin et ils virent à distance les branches se courber, se briser et s'entremêler, tandis que tout autour d'eux s'écroulait une masse de débris dont ils eurent beaucoup de peine à se garantir.

Leur situation était des plus critiques, une catastrophe semblait inévitable; mais, juste comme les craquements redoublaient parmi les pins, une excellente idée vint à l'esprit de Robert.

« Ici, Harold, cria-t-il, courez, courez! »

Et donnant l'exemple, il s'allongea à terre contre un grand

arbre renversé en travers du chemin d'où venait le tourbillon, et il s'aplatit le plus possible dans sa courbure, peut-être de trop près comme il le reconnut plus tard.

Harold avait à peine eu le temps de l'imiter qu'un arbre énorme vint tomber avec un fracas épouvantable juste au-dessus d'eux. Sous le choc, le tronc qui les abritait s'était enfoncé de plusieurs pouces dans la terre, et, quand Robert essaya de se mouvoir, il s'aperçut que son habit avait été accroché et en partie enterré par un nœud en saillie; l'arbre s'était brisé en quatre tronçons : deux s'appuyaient sur le tronc, les autres étaient à terre à dix ou douze pieds plus loin. Pendant cinq minutes le vent continua à mugir faisant craquer les arbres autour d'eux; puis le tourbillon cessa aussi vite qu'il était venu.

« C'était terrible! dit Robert, se relevant et considérant l'arbre à la chute duquel ils avaient si miraculeusement échappé.

— En effet, dit Harold, et nous devons notre vie, après Dieu, à l'heureuse idée que vous avez eue. Qui vous l'a suggérée?

— Lui! »

Et Robert montrait un petit arbre couché en travers du tronc qui les avait sauvés.

« J'ai aperçu cela, dit-il, précisément quand les arbres ont commencé à gémir sous les efforts du vent, et j'ai pensé que si nous nous couchions ainsi que nous l'avons fait, nous serions à l'abri de tout danger, excepté de la part des petites branches ou des éclats séparés.

— Réellement, dit Harold, vous êtes plus avancé que moi dans mes propres connaissances forestières; je n'aurais jamais songé à cet expédient !

— J'ai eu une aventure à peu près semblable l'année dernière, mais pas à beaucoup près si terrible, dit Robert. Nous pêchions, Frank et moi dans un petit cours d'eau, quand une trombe presque aussi violente que celle-ci vint nous surprendre. Craignant que nous ne fussions pris et lancés, soit dans l'eau, soit contre quelque obstacle et blessés sérieusement, je criai à Frank de se jeter contre un arbre et de s'y attacher solidement par les bras et par les jambes, pendant que j'entourais son corps de mes bras et le serrais de toute ma force.

« Je tremblais de tous mes membres au bruit que faisait l'approche de la trombe, mais rien au monde n'aurait pu m'empêcher de rire de l'idée qui s'empara de Frank. Nous n'avions pris que quelques petits poissons, et comme il y en avait deux à son actif, les premiers qu'il eût jamais pêchés, il en était très fier; quand le vent arriva sur nous, je lui criai :

« Tenez-vous bien, Frank! »

« Mais je le vis pencher la tête d'un côté, regarder d'abord les branches qui se brisaient et ensuite les poissons enfilés à une baguette par les ouïes, et que le vent avait déjà fait changer de place; subitement, il m'échappa pour sauter sur ses poissons et les serrer d'un air qui voulait dire, autant qu'un geste puisse le faire :

« Si vous les emportez, vous m'emporterez aussi. »

CHAPITRE XXI

LANCEMENT DES BATEAUX. — DE L'OUVRAGE ET TOUJOURS DE L'OU-
VRAGE. — ÉCLIPSE DU 12 FÉVRIER 1881. — GUÉRISON PAR UN
MOYEN SIMPLE. — JOUR DE NAISSANCE DE FRANK. — PRÉPA-
RATIFS DE VOYAGE.

Le grand ouvrage marchait bien ; à la fin de la seconde semaine de travail, non seulement les canots avaient été creusés,
mais encore l'intérieur avançait. Ils avaient deux pieds et demi
de large, vingt pouces de profondeur et dix-huit pieds de long.

A ce moment, Robert aurait volontiers pensé que l'œuvre
était presque achevée, mais Sam secoua la tête en disant :
« Pas à moitié. »

Le plus pénible de la besogne était achevé, mais il en restait
tellement à faire pour parer les embarcations et les mettre en
état de servir, qu'il fallait bien compter au moins quinze jours
encore avant qu'on pût songer à les lancer.

Les deux bateaux furent terminés le même jour, et, quoique
Robert eût déclaré qu'il avait fini quelques heures plus tôt que
Harold, il fut reconnu que Sam ayant travaillé une demi-
journée de plus avec Robert, le pari devait être annulé. Le
lancement demanda quatre jours. Les canots étaient éloignés
de l'eau, l'un de cent pas et l'autre de cent cinquante. Il y avait
un espace boisé à traverser ; il fut donc indispensable de tracer
une route, on dut ensuite aplanir les bords de la rivière.

Le canot de Robert fut lancé le 1er février et celui de Harold le 3. A chaque mise à l'eau il y eut une petite fête, et chacun des exilés, sans excepter Mary et Frank, tira une salve de coups de fusil.

Mais, quand les embarcations furent sur l'eau elles ne flottèrent pas au gré des jeunes charpentiers; l'une enfonçait trop à l'avant, et l'autre penchait d'un côté. Quelques jours durent être employés à corriger ces irrégularités et complétèrent les cinq semaines de travail.

Une autre semaine fut nécessaire pour fabriquer deux paires de rames, établir les gouvernails, et les mettre en place, ainsi que les sièges et les mâts. On fut obligé de retourner au vaisseau naufragé pour se procurer des planches, des vis et autres matériaux. Ce trajet fut accompli dans les canots, et les jeunes navigateurs eurent la satisfaction de voir que leurs embarcations se comportaient admirablement, obéissaient au gouvernail et aux rames aussi bien que si elles étaient sorties du meilleur chantier.

Il se produisit sur ces entrefaites deux incidents d'une certaine importance. Le premier fut la découverte due à Frank d'un phénomène astronomique intéressant. Un peu avant midi il était allé au baquet d'eau, devant la porte, pour se désaltérer, quand Mary s'entendit appeler tout à coup :

« Venez donc, ma sœur, le soleil est devenu comme une lune!... »

Il avait regardé dans l'eau et y avait vu l'image du soleil reflétée; l'astre du jour présentait l'aspect d'une demi-lune. Tout étonné, Frank avait porté son regard en haut et s'était assuré non sans s'être à moitié aveuglé par le rayonnement, que le soleil y présentait bien la même apparence.

Mary, qui avait déjà été témoin d'un phénomène pareil, comprit tout de suite qu'il s'agissait d'une éclipse; elle apporta donc une grande terrine pleine d'eau et courut avec Frank où étaient les jeunes gens pour les avertir du fait.

XXI

LE CANOT DE ROBERT FUT LANCÉ.

« Regardez dans l'eau, mon frère, dit Frank dont les yeux étaient encore tout troublés; si vous voulez le regarder en face comme moi, vous pleurerez. »

Durant quelques minutes l'ouvrage resta suspendu; ils étaient tous occupés à regarder le phénomène.

C'était la grande éclipse annulaire du 12 février 1881, pendant laquelle le soleil apparut dans beaucoup d'endroits comme un anneau de lumière autour de la masse noire de la lune. Nos jeunes gens ne purent voir un anneau, se trouvant dans l'hémisphère austral; le soleil leur parut semblable à la lune deux jours après son entrée dans son premier quartier, et le ciel et la terre étaient très sombres.

L'autre incident aurait pu avoir des conséquences graves : Mary était occupée à un de ses fréquents devoirs de cuisine, quand malheureusement sa main tourna et le couteau dont elle se servait, lui coupa assez profondément un doigt. Le morceau n'était pas emporté, mais il y avait une large plaie d'où il s'échappait beaucoup de sang. Elle commença par mettre sa main dans l'eau froide jusqu'à ce que le sang eût cessé de couler; ensuite elle rapprocha les bords de la plaie et les fixa par un petit bandage et un petit doigtier de gant qu'elle attacha à l'aide d'un peu de fil. Le matin suivant les bords étaient presque recollés, et au bout de trois jours la plaie était guérie, tant les chairs d'une personne bien portante se rejoignent facilement dans une coupure ordinaire lorsque les bords en sont rapprochés promptement et bien maintenus l'un contre l'autre.

La semaine suivante, on mit en ordre les voiles et on prépara les canots de manière à ce qu'en cas de mauvais temps on pût les attacher fortement l'un à l'autre.

Le travail était enfin complet; les jeunes gens s'y étaient appliqués sans répit pendant un mois et demi, et, le vendredi soir, ils étaient prêts à emballer. Mais ils résolurent d'attendre encore deux jours.

Ils avaient besoin de repos, tant leurs membres et leurs muscles étaient fatigués ; de plus, le lendemain était l'anniversaire de la naissance de Frank ; ils préférèrent donc consacrer ce jour-là à se refaire et à s'amuser, en partie en l'honneur de Frank, et plus spécialement dans une sorte d'actions de grâces pour l'heureux succès de leur travail. Le voyage projeté pouvait être long et périlleux, ils décidèrent aussi qu'ils passeraient le lundi à essayer leurs bateaux en faisant, par mer, le tour de l'île.

Frank étant couché, on discuta pour savoir comment on lui rendrait le jour suivant amusant et agréable.

« Moi, dit Mary, je lui offrirai un gâteau.

— Moi, dit Robert, je lui apprendrai à tuer un oiseau.

— Moi, dit Harold, je lui montrerai à nager.

— *Moi lui jouer un air sur conque* », dit Sam.

Cinq minutes après tout le monde était au lit.

Il est étonnant combien l'habitude nous fait vite oublier les dangers. Quelques mois plus tôt, si ces enfants s'étaient tout à coup trouvés jetés dans une prairie sauvage, entourée d'une forêt pleine d'ours et de panthères, loin de leurs amis et sans autre protection que celle qu'ils pouvaient se donner eux-mêmes, ils se seraient crus perdus.

Et pourtant ils s'endormirent, ce soir-là, non seulement sans aucune crainte, mais heureux, oui, positivement heureux ! Quoiqu'ils sussent que leurs plus proches voisins étaient des bêtes féroces dont ils n'avaient évité plus d'une fois la dent meurtrière que par la bénédiction de Dieu ! Et d'où venait un tel état d'esprit ? De l'habitude du travail, des dangers ordinairement dévolus aux hommes, qui leur avaient donné un courage et une fermeté au-dessus de leur âge. Dieu avait béni ces enfants !

Mary et Frank furent les premiers éveillés le lendemain matin ; les autres, fatigués de leurs longs travaux et déchargés de toute responsabilité, s'abandonnèrent à un repos aussi doux que nécessaire. Mary mit affectueusement les bras autour du cou de Frank et lui dit :

« Bonjour, monsieur le grand garçon de huit ans ; je vous souhaite beaucoup d'anniversaires de naissance!... »

Frank l'embrassa et la remercia. Ils furent vite habillés l'un et l'autre et ils se glissèrent sans bruit hors de la tente.

Mary alla d'abord au poulailler qu'elle ouvrit ; les canards crièrent de plaisir à son approche ; elle les regarda comme ils sortaient à travers le petit trou ouvert pour leur passage et courant en longues files, remuant leurs queues, leurs ailes et piétinant dans le chemin tracé à leur intention.

Elle ouvrit aussi la porte des chèvres et du faon ; Nanny bêla, sans doute pour dire : *bonjour ;* mais le chevreau et le faon coururent au large, ne pensant qu'à leur ration d'herbes et de feuilles.

Pendant que Mary s'occupait de ces soins, Frank alla visiter ses favoris particuliers ; elle l'entendit bientôt derrière la loge des chèvres, où étaient les oursons, crier :

« Venez ici, monsieur!... »

Et il riait de bon cœur. Mais un moment après il disait d'une voix impatiente :

« Tenez-vous tranquille, Pollux. A bas, monsieur.... »

Et d'un ton ennuyé il appela :

« Ma sœur, venez donc m'aider. »

Mary courut à lui, et elle put à peine se retenir de rire au tableau qui s'offrait à sa vue : Frank avait détaché la corde qui retenait les jeunes ours, et les conduisait dehors pour jouer avec eux, quand Pollux, qui était le plus gai, et savait aussi bien que son jeune maître de quoi il s'agissait, se leva sur ses pattes de derrière avec un gentil grognement et marcha après lui en l'entourant de ses pattes de devant pour tâcher de le jeter par terre. Frank s'amusa d'abord de ce qu'il considé-

rait dans ses idées d'écolier comme un bon tour ; mais il trouva
bientôt que ce n'était pas drôle d'être secoué de cette façon par
un ours. Quand Mary arriva, l'animal l'avait jeté par terre,
la figure et le nez dans la boue.

Frank se releva très mortifié et presque en colère.

« Ah ! vilaine bête ! dit-il à l'ours qui semblait disposé à
recommencer. Sauvez-vous, monsieur, j'ai grande envie de
vous battre !

— Frank, dit Mary, ne vous fâchez pas contre votre camarade ; rappelez-vous que vous lui avez appris vous-même à
jouer, et n'oubliez pas que c'est votre anniversaire de naissance.... »

La colère de l'enfant s'éteignit à l'instant, et faisant mettre
Pollux sur les quatre pattes, il reconduisit les deux ours dans
leur petite cour, où il les attacha. Il revint alors se laver la
figure et effacer toute trace de sa défaite.

Pendant ce temps, Sam était sorti de sa chambre et allu-
mait le feu pour le déjeuner. Robert et Harold, réveillés par
les cris de Frank, se levèrent et vinrent retrouver les autres.
Chacun souhaita à Frank un heureux anniversaire et lui
désira d'en voir l'heureux retour un nombre illimité de
fois.

« Maintenant, maître Frank, lui dit Harold, lorsqu'ils furent
réunis pour le déjeuner, que désirez-vous que nous fassions en
votre honneur aujourd'hui ? Nous sommes vos serviteurs et
disposés à entreprendre tout ce qui pourra vous être agréable.

— En ce cas, répondit Frank, je demande que vous me
reconduisiez tout de suite à la maison, près de papa et maman.

— Je voudrais que ce fût en notre pouvoir, mon bon petit
ami, vous seriez satisfait aujourd'hui même, mais, la chose
n'étant pas possible, il faut en choisir une autre. »

Frank ne sut rien demander ; ce que voyant, son frère vint
à son aide et lui dit :

« Si je vous enseignais à vous servir d'un fusil et à tirer des oiseaux?

— Oh! mais je sais déjà tirer des coups de fusil; ma sœur et moi nous y sommes exercés bien souvent depuis que nous sommes ici.

— Mais j'entends vous enseigner à vous servir convenablement de cette arme, de sorte que vous puissiez tirer ce que vous voudrez quand l'occasion s'en présentera.

— Oh! oui, dit Frank, j'aimerais beaucoup cela, car, qui sait, quelque ours ou quelque panthère pourrait venir encore après ma sœur ou moi avant que nous parvinssions à nous mettre à l'abri!...

— Oh! quant aux ours, dit Robert avec malice, je crois que vous n'aurez jamais besoin d'un fusil; vous savez trop bien trouver à point un petit arbre pour y grimper. »

Frank rougit à cette allusion et répondit vivement :

« Je ne m'en soucie pas, mais mon cousin Harold sait bien que j'ai agi comme je le devais. N'est-ce pas, cousin?

— Pardonnez-moi, Frank, c'était seulement une innocente plaisanterie; je ne pensais pas que vous vous fâcheriez au souvenir de votre fuite sur un arbre; c'était pour vous taquiner un peu, et je suis sûr qu'à votre place j'aurais agi exactement de même. Mais je ne puis pas m'empêcher de rire en pensant à l'agilité de vos pieds dans cette ascension. »

Robert savait bien que cette légère excuse suffirait à calmer Frank. Le garçonnet était très fier de l'élasticité de ses membres, qui était si remarquable que ses camarades l'avaient surnommé l'*Écureuil*. Cette allusion à son adresse lui avait rendu toute sa bonne humeur.

« Maintenant, dit Robert, continuant sa leçon le fusil en main, la première recommandation que j'ai à vous faire est de ne jamais laisser la bouche de votre fusil dirigée de votre côté ou vers qui que ce soit, et de ne jamais permettre qu'on le fasse à votre égard. Quand vous chargez votre fusil ou lorsque vous marchez, tenez-le toujours ainsi, le canon bien relevé, de manière à ce que, s'il partait par accident, il ne puisse blesser personne. »

Il raconta alors divers accidents pour prouver que la plupart des malheurs n'arrivent que faute d'attention.

Frank était un enfant très judicieux pour son âge ; il écouta avec soin et répondit :

« Mon frère, je crois que je ferai mieux de ne pas me servir de fusil avant que je sois plus âgé ; il se pourrait, si je commençais si jeune, que je me blesse ou que je blesse quelqu'un. »

Robert fut très content de cette marque de prudence de son jeune frère et lui dit :

« Persistez dans cette résolution, mon cher enfant, elle est digne du jour anniversaire de votre naissance, et j'espère que chaque retour de ce jour vous apportera la sagesse en rapport avec le nombre de vos années. »

La pluie qui commença à tomber en cet instant et devait continuer toute la journée, interrompit cette leçon.

On rentra sous la tente et on s'occupa des préparatifs, d'abord en vue du petit voyage décidé pour le lendemain, et aussi en vue de celui plus long du retour à la maison. Pendant toute la journée, la tente fut sens dessus dessous par l'amas confus de sacs, de caisses, de malles destinées à recevoir tout ce qu'on voulait emporter.

Au coucher du soleil, la pluie cessa et on put sortir. Il était nuit close, lorsque Sam qu'on n'avait pas vu depuis une demi-heure, et dont on ne s'expliquait pas une aussi longue absence, annonça sa présence à sa façon. Tout à coup on entendit une voix chanter dans les bois :

« Rejoignez, oh ! rejoignez vieux camarades, nous tous ici ! Rejoignez, oh ! oh ! rejoignez !... »

Frank se redressa vivement en s'écriant :

« C'est la chanson du *maïs*! »

L'air était très simple et du genre imitatif; c'était la chanson en usage parmi les nègres des habitations pour inviter ceux des plantations voisines à se joindre à eux pendant la récolte du maïs; la coutume est en usage dans la haute Géorgie, où le maïs abonde plus particulièrement que sur les côtes, où on cultive davantage le coton.

Cette fête parmi des gens si simples est un spectacle qui vaut d'être regardé; elle se tient toujours la nuit et finit par un petit souper.

Lorsque Frank entendit le premier couplet de la chanson de Sam, il se rappela aussitôt les scènes amusantes de la moisson du maïs. Courant au-devant de lui, il le ramena, en le tenant par la main et faisant chorus.

Il était tard lorsque chacun se retira. Ils se séparèrent animés des sentiments de tendresse pour leurs parents bien-aimés plus grands peut-être qu'ils n'en avaient ressenti depuis leur éloignement. Ils causèrent longuement et avec reconnaissance de leur heureuse délivrance et des espoirs futurs qu'ils entretenaient.

Mais le jour suivant se leva plus sombre et plus menaçant que le précédent. Le ciel était chargé de gros nuages; la pluie tomba sans interruption jusqu'au soir.

Les jeunes gens auraient probablement passé une journée très ennuyeuse sans l'intervention d'Harold qui se mit en quatre pour les divertir. Il leur raconta des histoires de sa vie des forêts avec le vieux Torgah, les bonnes leçons qu'il en avait reçues, le plaisir qu'il y avait trouvé. Il leur rappela qu'à cette vie errante, souvent renouvelée, il devait beaucoup des succès qu'il avait pu obtenir depuis qu'ils étaient dans l'île.

Plusieurs heures furent employées à sanctifier le dimanche par des lectures pieuses et les prières qu'ils étaient accoutumés à réciter. Ce jour-là, ils en ajoutèrent de plus ferventes en faveur de leur retour à la maison.

Le lundi, le temps fut encore plus mauvais que la veille. Ils sortirent cependant, bien enveloppés de manteaux imperméables, de capots cirés, et chaussés de bottes épaisses, pour aller visiter leurs bateaux; mais l'air était si froid et la pluie si abondante que la meilleure place pour eux était encore près de leur feu, et ils revinrent. Cependant, avant le coucher du soleil, la pluie cessa, le ciel s'éclaircit, et quand le soleil triomphant lança ses derniers rayons sur la terre, Robert fit remarquer à Harold une raie rouge à l'extrème horizon : elle s'étendit rapidement et bientôt toute la zone à l'ouest sembla en feu.

C'était le présage d'une belle journée qui leur permettrait de réaliser enfin le grand projet.

CHAPITRE XXII

Le mardi, le jour se leva sans un nuage. Avant que les étoiles eussent le temps de disparaître, tous les bras furent appelés à l'ouvrage, et, au moment où le soleil se montrait au-dessus des marais, à l'est, les jeunes gens poussèrent leurs bateaux au fil du courant, Harold avec Sam et Mum dans l'un, Robert, Mary et Frank avec Fidèle dans l'autre; ils ramèrent doucement vers le bas de la rivière contre une légère brise du sud-est. Le parfum des jasmins jaunes chargés de fleurs, embaumait l'air; les jeunes gens respiraient avec délices cette suave odeur en contemplant non sans mélancolie l'île verdoyante qu'ils étaient près de quitter.

Le voyage se passa presque sans incident jusqu'à ce qu'ils débouchassent dans le golfe. Là on put constater enfin que les canots se comportaient aussi bien sur la mer houleuse qu'ils l'avaient fait dans la rivière. C'était d'un favorable augure pour le voyage projeté.

Courant le long du rivage de l'île, les navigateurs se dirigeaient au nord, vers l'embouchure de la rivière, quand Sam cria :

« Une voile ! »

Au large de la côte, un point blanc se montrait en effet;

mais il disparut bientôt, d'où ils conclurent que c'était un
goéland plutôt qu'un navire passant au loin. Ils regardèrent pourtant ce point avec intérêt aussi longtemps qu'il fut visible ; puis
ils entrèrent dans la rivière. Certes, s'ils avaient pu soupçon-
ner ce qu'était ce point blanc et savoir qu'au lieu de disparaître en s'éloignant, il était seulement masqué par la brume
et repoussé par un vent contraire, ils auraient oublié la
rivière, leur tente, leur île et tout le reste, et auraient fait
voile avec bonheur au-devant de lui.

Ils approchèrent de leur premier lieu de séjour vers une
heure, ayant parcouru vingt-six milles en six heures et demie.
Les canots marchaient toujours parfaitement. Le vent, la mer
et le ciel invitaient si bien à un plus long voyage que leur seul
regret fut de n'avoir pas tout embarqué et de n'avoir pas pris
la route de leur chère maison ; mais sans doute, fit remarquer
Harold, la Providence veillait sur eux et prouvait sa bonté par
ce délai même.

Ayant pris à la hâte connaissance de leur ancienne place de
repos et de refuge et s'étant rafraîchis à la source, ils résolurent de se séparer : le bateau de Robert irait directement au
débarcadère des Orangers, où on le laisserait, pendant que les
passagers se rendraient par terre à la tente, afin d'y préparer
les provisions pour le jour suivant ; Harold et Sam, pendant
ce temps, continueraient à remonter la rivière dans le but de
s'assurer s'il n'y avait pas un passage autour de l'île, plus
court et plus facile que la route par mer.

Ceci entendu, ils allèrent de conserve à ce qu'ils appelaient
la Pointe des Canards, où Robert entra dans la crique et, mettant Mary au gouvernail, il rama jusqu'aux Orangers, où il
amarra son bateau à côté du vieux radeau.

Ils étaient rentrés à la tente longtemps avant le coucher du
soleil. Ayant terminé les préparatifs et voyant la nuit tomber
tout à fait, ils commencèrent à désirer le retour des autres. A

différentes reprises, Robert alla au lieu de débarquement ; la lune, étant à moitié pleine, jetait ses rayons, à ce moment de la soirée, perpendiculairement sur son chemin.

L'impatience le gagnait quand, au loin, il entendit les sons doux d'une espèce de barcarolle : les notes devenaient de plus en plus distinctes, le bruit des rames s'y joignait vaguement, battant la mesure à la musique. Finalement la chanson cessa, on entendit le coup sec des avirons jetés dans le canot, et bientôt la petite colonie se retrouva une fois de plus réunie autour du dernier souper qu'elle comptait faire sur l'île.

« Qui vous a retenus si longtemps ? demanda Robert ; la distance était-elle donc si grande ?

— Non, dit Harold avec un air satisfait ; nous avons trouvé que la distance est à peu près de six milles, mais nous nous sommes attardés en perdant notre chemin, et spécialement en essayant de nous assurer d'une bonne nouvelle.... Je crois que nous avons retrouvé notre ancien bateau !

— Est-ce possible ? demanda Robert, sautant de joie. Où ? Comment ?

— Dans le marais, à la courbe extrême de la rivière. J'avais toujours pensé qu'il s'était logé en quelque endroit de ce côté, et, en conséquence, j'ouvrais les yeux à toutes les petites criques formées par le marais. Enfin j'ai vu ce que je ne pourrais pas absolument affirmer être notre bateau, mais ce qui est, en tout cas, un bateau de même couleur, avec une raie blanche et noire comme le nôtre. Jusqu'au déclin du jour, nous avons fait des efforts pour en approcher, mais nous n'avons pas pu arriver plus près que lorsque je l'ai aperçu d'abord. Il est entouré de vase molle dans un fouillis de mangliers.

C'était certainement une nouvelle agréable, quoique de peu d'utilité pratique. Il n'y avait pas d'espoir qu'ils pussent retirer de là le bateau, à moins d'être aidés par une très haute marée, et la valeur de cette épave, si considérable qu'elle fût, n'était

rien comparée au désir qu'ils avaient de retourner chez eux.
Ils résolurent donc de ne pas attendre plus longtemps, mais
au contraire, de commencer par transporter sur le bateau de
Harold tout ce qu'ils pourraient du chargement destiné à
celui de Robert; puis, retournant à la prairie, ils prendraient
le second chargement, et, passant par la nouvelle route, ils se
réuniraient à la *Pointe des Canards*, et de là feraient voile
pour leur pays natal. En se levant de bonne heure, il serait
ainsi possible de quitter l'île vers onze heures ou midi.

Pendant qu'ils arrêtaient ce projet, Sam arriva et dit qu'il
craignait que le jour suivant ne les trouvât encore sur l'île,
car jamais de sa vie il n'avait vu des nuages s'amonceler en
telle quantité ni courir si vite. La petite colonie sortit et vit en
effet une multitude de nuages noirs et bas, passant avec une
rapidité incroyable sous le disque de la lune. Presque au même
instant, un coup de canon tiré à cinq milles environ de distance se fit entendre venant de la côte. Robert et Mary rougi-
rent et pâlirent tour à tour; Frank frappa dans ses mains,
criant :

« Ah! c'est papa! Je suis sûr que c'est lui! »

Harold se croisa les bras et prit quelque chose de l'attitude
d'un Indien.

« Vite, vite, répondons », cria Robert.

Sur ces mots, il s'élança vers les arbres où l'on gardait la
provision de poudre. Presque aussitôt un autre coup de canon
retentit. Ils chargèrent promptement leurs armes, et, un moment après, les bois sombres furent illuminés et le sol fut
secoué par une décharge générale.

« Maintenant, courons, courons », dit Robert qui ajouta :
« Mais, ma sœur, qu'allons-nous faire de Frank et de vous?
Vous ne pouvez pas aller aussi vite que nous; restez donc
avec Sam, pendant que, Harold et moi, nous gagnerons la
côte.

— Ne devrions-nous pas tirer notre canon une fois de plus? demanda Harold.

— Sam peut le charger, répondit Robert. Venez ici, Sam. Voici la manière de s'y prendre, — et il lui montra la quantité nécessaire de poudre, — et continuez de tirer jusqu'à ce que vous soyez certain d'être entendu... Mais qu'est-ce que cela? »

Son attention venait d'être attirée par une sorte de long mugissement sourd venant de la côte et ayant l'air de grandir de seconde en seconde.

« C'est la tempête, répondit Harold. Il est inutile d'essayer de partir maintenant. Enfonçons les piquets de la tente profondément, ou notre maison va être emportée par le vent. »

Ils firent tout ce qu'ils devaient pour leur propre sûreté; mais c'était peu de chose. Avertis par leur expérience passée, ils avaient enfoncé les piquets de la tente aussi solidement que possible, se rappelant qu'une fois déjà elle avait été presque enlevée par l'ouragan et toute leur habitation bouleversée. Ils ne négligèrent pourtant pas d'attacher plus fortement la toile supérieure et s'y mirent à l'abri quelques minutes avant que l'orage fondît sur eux.

Ce fut une terrible répétition de ce qu'ils avaient éprouvé quatre mois plus tôt, la nuit où Sam manqua périr.

Mary et Frank étaient en proie à une angoisse profonde; l'impétuosité fébrile de Robert, aussi bien que les élans de leur propre cœur, leur donnaient la conviction que ces coups de canon avaient été tirés par un navire à bord duquel se trouvait leur père. Et maintenant, quel affreux orage il essuyait en venant pour la seconde fois sur l'île à la recherche de ses enfants. Frank pleurait comme si son cœur eût été prêt à se briser; Mary cachait sa figure dans ses mains et priait Celui qui a le pouvoir d'arracher les humains à la fureur des vents et des flots.

Harold aussi pensait que les coups de canon venaient du

navire entrevu le matin; mais il se disait que ce n'était là qu'une conjecture. Il fit donc avec douceur la remarque suivante que les autres parurent comprendre:

« Vous n'avez aucune raison positive, Robert, de croire que les coups de canon viennent de votre père; je suppose pourtant qu'il en soit ainsi, une autre chose est certaine, c'est qu'il se trouve à bord d'un gros navire, car les bateaux ne portent jamais de canons. Deux coups ont été tirés avant que l'orage ait éclaté, donc ce n'étaient pas des signaux de détresse; et le son a paru venir de la rivière. Or, si la personne qui les a fait tirer est dans un navire et sur la rivière; qu'y a-t-il à craindre? Elle ne pourra pas en sortir cette nuit, et il y a tout lieu de nous dire que l'ouragan ne lui fera pas de mal.... Prenons patience jusqu'au matin, alors nous irons voir ce qui en est.... »

Rassurés par ces paroles, Mary et Frank cessèrent de pleurer et se joignirent à la conversation. Ils étaient alors tous réunis au milieu de la tente. Pendant des heures, le vent hurla et souffla avec une vraie furie, mais leur habitation fut protégée par le grand abri de la forêt qui l'entourait et par la palissade; aussi, bien que la tempête secouât fortement la toile, elle ne put ni la déchirer, ni l'emporter; la pluie, bien qu'elle tombât à torrents et qu'elle fût chassée en foudre à travers la prairie, ne leur causa pas grand dommage; retenue par les différentes épaisseurs de toile, elle s'écoulait par le fossé qu'on avait creusé autour de la tente.

Au bout d'une heure, Mary et Frank finirent par s'endormir sur le sofa. Les autres firent quelques sommes comme ils purent, assis sur leurs chaises et prêtant l'oreille aux rafales du vent: elles étaient si effrayantes que, si vingt coups de canon avaient été tirés à la fois de la rivière, on aurait eu peine à les percevoir.

A minuit environ, la pluie cessa et le vent se calma sensible-

ment. Une heure avant le jour, Harold secoua Robert par les
épaules et lui dit :

« Je pense que nous pouvons partir maintenant. Venez et
voyons. »

Le ciel était sombre et l'obscurité complète ; des mares d'eau
couvraient le sol, et la prairie était semée de branches arrachées
aux arbres de la forêt et apportées par la violence de la tempête.
Il y avait des obstacles et des difficultés, mais pas d'empêchement absolu à leur départ ; cependant, le vent était encore
assez fort pour qu'il fût impossible de tenir une torche allumée.
Robert se décida malgré tout à tenter l'aventure. Il éveilla
Mary et Frank, leur annonça son intention, et leur dit :

« Nous désirons aller à notre ancien campement en attendant qu'il y ait assez de jour pour explorer la rivière ; s'il est
possible, nous serons de retour à huit heures. Si nous tardons
davantage, vous pouvez en conclure que nous avons eu quelque
chose à faire ; en ce cas, venez nous rejoindre ; nous serons
certainement près de la rivière. Mais, comme nous ne savons
pas nous-mêmes où nous pourrons nous trouver, vous iriez
directement à la *Pointe des Canards*, d'où il vous sera aisé de
voir jusqu'à une grande distance. Donnez-moi un morceau de
toile blanche, ma sœur, je dresserai, s'il est nécessaire, sur
le rivage un signal qui vous fera savoir où nous serons. »

Mary s'effrayait de ce départ ; les ténèbres étaient horribles ;
le sentier à peine tracé devait être rendu encore plus imprati-
cable par les arbres déracinés et les branches tombées, et s'ils
parvenaient à atteindre l'endroit où ils voulaient se rendre,
ils risquaient d'être entraînés dans quelque périlleuse entre-
prise, soit sur la rivière grossie, soit sur la mer encore
orageuse. Cachant toutefois ses craintes en présence d'une
nécessité évidente, elle dit :

« Allez, mais ayez soin de vous-mêmes. Rappelez-vous que
vous êtes, avec Sam, nos seuls protecteurs, à Frank et à moi. »

Les deux jeunes gens promirent de ne s'exposer à aucun risque inutile et de revenir à l'heure fixée. Prenant leurs fusils, la lorgnette et une botte de petites branches de pin, ils partirent.

Leur marche fut des plus pénibles ; le jour se levait quand ils atteignirent enfin la rivière.

Rien n'était encore visible. Le cours d'eau et les marais voisins semblaient être un noir abîme, d'où s'élevaient des murmures confus. Ils ramassèrent des fragments de bois de pin qu'ils avaient laissés près du chêne et allumèrent un feu devant lequel ils s'assirent pour sécher la boue dont ils étaient couverts. Y avait-il quelqu'un sur la rivière ? L'heure était certainement venue d'entendre des voix ou des coups de fusil, d'apercevoir quelque lumière en réponse à leur feu....

Ils auraient bien poussé des cris, mais il y avait quelque chose d'oppressif et de peu engageant dans le brouillard qui couvrait cette solitude battue par la tempête. Ils restèrent donc à attendre dans un silence morne et plein d'angoisse.

L'eau devint graduellement visible ; les deux cousins aperçurent au loin des ombres solitaires, qu'ils reconnurent bientôt pour des mangliers plus hauts que les autres autour desquels s'étaient attachées de la mousse et des herbes du marais.

Mais quand la lumière du jour fut tout à fait épanouie, ils découvrirent à la distance de deux milles, une goëlette comme celles des pilotes côtiers, démantelée, échouée et reposant sur un de ses flancs.

Cette vue les remplit d'appréhensions.

Personne ne se montrait sur le pont. Y avait-il quelqu'un de vivant à l'intérieur. Les écoutilles étaient fermées. Des lambeaux de voile déchirée, des cordages flottant librement à ce qui restait du mât, ajoutaient au lamentable caractère de cette inquiétante solitude.

Il n'y avait évidemment qu'un parti à prendre. Essayer

d'arriver jusqu'à ce navire, de voir s'il y restait un être vivant et s'il y avait encore quelqu'un à secourir.

Mais pour cela il fallait un canot.

Les deux cousins se trouvèrent de nouveau condamnés, pour aller en chercher un, à une marche longue et pénible.

La navigation le fut encore plus, sur cette mer encore houleuse et dans cette rivière débordée, agitée de remous et de courants.

Aussi était-il près de midi quand les jeunes gens, presque à bout de forces, arrivèrent enfin contre la goëlette.

La marée, qui montait, venait de la remettre à flot. Mais le pont était toujours désert.

Une émotion grandissante serrait le cœur des deux cousins. Ils ramèrent doucement sous l'arrière de la goëlette, en firent le tour sans voir personne. De temps à autre, une vague venait balayer le pont ou soulever la quille, encore retenue au sol sur lequel elle avait échoué par quelques racines ou branches de mangliers.

Harold et Robert se décidèrent à amarrer leur canot à l'échelle de bâbord, l'escaladèrent et marchèrent droit à la cabine, dont la porte était fermée. Robert ne pouvait proférer un mot, tant son cœur se soulevait avec force; il était prêt à se trouver mal.

« Oh! hé! cria Harold d'une voix tremblante, y a-t-il quelqu'un là-dedans?...

— Dieu merci! » répondit une voix près de la porte...

C'était une voix de femme, et cette voix familière alla jusqu'à l'âme de Harold.

« Oui! oui! nous sommes trois. Qui est-ce qui appelle?...

— Harold, répondit-il, Harold Mac... »

Avant d'avoir fini d'articuler ce nom, il chancela, devint pâle comme un linge et fut obligé de s'appuyer à la porte. Cette voix ne pouvait pas être méconnue, si peu qu'il s'attendît à l'entendre résonner sur cette rivière. C'était la première voix

40

qu'il avait connue, la première qu'il avait aimée, — celle de sa mère...

Il essaya encore de répondre, mais ce fut en vain. Il ne put que pousser des cris de joie. De grosses larmes roulèrent sur ses joues.

Robert répondit pour lui.

« Harold Mac-Intosh et Robert Gordon. Qui donc est là-dedans ? »

Deux cris poussés à l'intérieur de la cabine répondirent seuls. Il semblait que les personnes qui y étaient se trouvaient trop oppressées par l'émotion, car un instant après on les entendit dire en tremblant :

« Mon frère ! ma sœur !... Grâce à Dieu nos enfants sont ici ?... »

Robert ne reconnaissait pas la voix de sa tante, et il ne comprenait rien aux regards humides de joie que son cousin tournait vers lui, jusqu'à ce qu'après deux ou trois sanglots, Harold répondit à la question muette de ses yeux :

« Ma mère, Robert ! ma mère !

Au même instant les deux jeunes gens entendirent la voix forte du docteur Gordon demander d'un ton où perçait toute son émotion :

« Mes chers enfants, vous portez-vous tous bien ?

— Oui, mon père, oui, tous », répondit Robert. Il avait aussi envie de demander : « Maman est-elle là ? » Mais sa voix s'arrêta encore ; il tomba appuyé sur la cloison et répandit un torrent de larmes.

Il entendit alors sa tante appeler :

« Aidez-moi, mon frère, elle se trouve mal... »

Ces mots suffirent pour lui faire savoir que sa mère était là aussi.

Les jeunes gens essayèrent en vain d'ouvrir la porte, elle était fermée en dedans. Ce ne fut qu'au bout de quelques ins-

tants que le docteur Gordon tira le verrou et dérangea les
divers objets qu'il avait appuyés contre cette porte pour empêcher l'eau de pénétrer et de se répandre sur le lit de sa sœur.
Il donna une tendre poignée de main à chacun, pendant qu'ils
étaient appuyés de chaque côté de la porte, puis il rentra dans
la sombre cabine. Les deux cousins s'y précipitèrent à leur tour,
et, malgré l'obscurité, ils furent bientôt chacun dans les bras
de leur mère qu'ils accablèrent de caresses et dont ils reçurent
les plus vifs témoignages de tendresse après une séparation si
longue et si pleine de tourments.

Mme Gordon était très faible, et sa figure bien changée par
les souffrances. C'est à peine si elle avait la force de s'informer
de Mary et de Frank. Ce silence alarma Robert, il savait que la
joie est ordinairement bruyante et il entendit sa tante ques-
tionner vivement et gaiement son fils; mais il ignorait que sa
mère revenait à peine d'un évanouissement et qu'une joie
extrême s'exprime de différentes manières, suivant le caractère.
Son père, le voyant regarder d'un air attristé, les joues pâles et
la figure amaigrie de sa mère, lui dit :

« Elle se remettra promptement, soyez-en sûr; le seul remède
dont elle avait besoin était de vous retrouver tous.

— Oh! oui, dit-elle, donnez-moi maintenant ma bien-aimée
Mary, mon pauvre petit Frank, et je suis sûre que je me trou-
verai à moitié guérie...

— Nous pouvons vous les rendre en moins d'une heure,
si vous êtes capable de supporter le petit voyage qui sera
nécessaire, dit Robert. Croyez-vous que maman le puisse,
papa?

— Oui certes, répondit le père, et je pense que nous ferons
bien de partir avant que la marée baisse, car nous serions
sûrement repris dans ces racines. Tâchons donc de dégager
sans retard la goélette... »

Tout en procédant activement à ce travail à l'aide des perches et des grappins, le docteur Gordon expliqua en quelques mots aux deux jeunes gens ce qui était arrivé la veille.

Après avoir longtemps croisé sur les côtes voisines, à bord d'un cutter, il s'était décidé à armer une goëlette de pilote, montée seulement par deux hommes d'équipage, afin d'explorer les rivières et de pénétrer dans les plus petites baies. Sa femme et sa sœur, arrivées à Bellevue dans l'intervalle, avaient à tout prix voulu partager ses peines et ses recherches.

Il y avait quinze jours que la goëlette explorait les parages de l'île. La veille au soir, au moment même où elle se disposait à chercher dans la rivière un abri contre l'ouragan, une lame formidable avait balayé le pont, emportant les deux pauvres matelots chargés de la manœuvre. Le docteur Gordon tout seul s'était trouvé impuissant à diriger la goëlette. Fort heureusement le vent la poussait dans la rivière et l'y avait fait échouer.

Il s'était résigné alors à se barricader dans la cabine en attendant que la mer fût redevenue plus calme. Au moment où les jeunes gens étaient arrivés, il venait de s'apercevoir que la goëlette se trouvait à flot, et il se disposait à tenter de la remettre en état de reprendre la mer.

De leur côté, les deux cousins contaient à leurs parents ravis quelle jolie habitation ils avaient dans une charmante prairie, et comment elle était pourvue de tout ce qu'il fallait pour la rendre confortable.

« Tout, dit Robert, excepté papa et maman ! Et maintenant nous allons les y conduire... »

La goëlette venait d'être amarrée au tronc d'un énorme manglier, sur une profondeur d'eau suffisante pour rendre un nouvel échouage impossible à marée basse. Le canot fut mis bord à bord avec elle et fortement maintenu par le docteur, pendant que les deux dames s'y embarquaient assistées de leurs enfants. Et avec quel orgueil ces mères s'appuyaient sur le bras de leurs fils, grandis pendant leur exil et ayant presque acquis l'aspect d'hommes faits !... On imaginera ce qu'elles éprouvaient, mieux que nous ne pourrions le décrire. Mme Gordon avait retrouvé sa vivacité et une grande partie de ses forces. La joie avait pénétré dans son cœur et donné de l'énergie à ses muscles. Mme Mac-Intosh semblait aussi de moment en moment devenir plus heureuse, à mesure qu'elle remarquait le développement manifeste physique et moral de son fils.

Le docteur Gordon, après avoir soigneusement fermé les écoutilles de la goëlette, s'assit au gouvernail du canot et les jeunes gens prirent les rames, tandis que les mères, leurs regards tournés vers l'avant, ne quittaient pas des yeux ces fils si miraculeusement retrouvés.

Comme ils traversaient le marais, Mme Gordon aperçut trois personnes sur un monticule assez éloigné ; elles paraissaient très petites ; cependant leur forme se dessinait nettement sur un ciel gris.

« Est-ce que ce serait ma chère petite Mary et mon bien-aimé Frank ? » demanda-t-elle.

Les jeunes garçons répondirent que oui, et elle agita son mouchoir dans l'espoir d'attirer leur attention.

L'eau était toujours si agitée dans le chenal que, impatients comme l'étaient les parents de revoir leurs enfants si long-temps perdus, le docteur décida qu'au lieu d'essayer de traverser le marais dans un esquif si lourdement chargé, il fallait continuer à remonter la rivière.

Ils finirent par arriver assez près pour être aperçus par Mary et Frank qui voyant le bateau si chargé de passagers remonter le courant, n'eurent besoin d'aucune invitation pour les rejoindre à la *Pointe des Canards.*

Au moment où le canot approchait du bord, Frank s'élança dans l'eau pour être plus tôt dans les bras de sa mère. Mary fut portée au canot par Sam qui arriva la bouche ouverte et montrant ses dents blanches pour échanger une poignée de main avec Monsieur et Madame, aussitôt que les enfants lui en auraient donné le loisir.

On s'arrêta là assez de temps pour permettre aux jeunes gens mourant de faim de se réconforter au moyen des provisions du panier de Mary et de la gourde de Sam. Ils dévoraient à la lettre. Le docteur s'en alla alors avec Robert à travers la langue de terre pour amener l'autre bateau de la prairie au port, pendant que Harold et Sam conduisaient les deux mères par eau au débarcadère des Orangers. De cet endroit, Mme Mac-Intosh préféra marcher seule avec son fils jusqu'à la tente, laissant les autres personnes descendre la rivière.

On peut croire que les jeunes maîtres de maison se mirent en quatre pour donner la bienvenue à leurs nouveaux hôtes. Mary leur prépara un excellent souper qui fut souvent interrompu par de douces et caressantes paroles. Mme Gordon et Mme Mac-Intosh s'assirent sur le sofa, le père et les enfants se groupèrent autour d'elles, et les jeunes aventuriers contèrent leur histoire si pleine d'événements.

Il était tard lorsqu'on songea à se retirer. Le docteur donna l'exemple en se mettant à genoux pour remercier Dieu de sa haute protection. Tout le monde se joignit à lui du fond du cœur.

On s'occupa ensuite des arrangements pour la nuit. Mary prit place entre sa mère et sa tante sur deux étroits matelas placés l'un à côté de l'autre et recouverts de la peau de l'ourse.

Frank se coucha avec son père, et à côté on mit un autre matelas pour Robert; Harold s'installa sur le sofa.

La lune et les étoiles brillaient au ciel, l'air était d'une pureté rare comme s'il avait été lavé par la pluie, et la forêt qui avait si souvent prêté son abri aux jeunes exilés, sembla murmurer toute la nuit de douces bénédictions sur la famille

XXII

TOUTE LA FAUNE DE L'ILE S'ÉTAIT DONNÉ RENDEZ-VOUS.

réunie, qui goûtait un repos moral et physique bien gagné.

Ayant poussé cette histoire au delà des limites que nous nous étions d'abord proposées, il est temps de la terminer par quelques courts détails.

On se trouvait si bien dans l'île, maintenant que la famille s'y trouvait au complet, qu'on donna d'un commun accord quelques jours à des préparatifs de départ complémentaires.

La goëlette fut mâtée et gréée avec soin. Le bateau retrouvé par Harold dans le marais, et qui était bien celui de Bellevue, fut relevé, réparé et convenablement aménagé pour emporter Nanny et ses petits, Dora, les oursons et même les dindons, en un mot toute la ménagerie. Les canots qui avaient coûté tant de soins aux naufragés ne furent pas oubliés et servirent à transporter les objets mobiliers.

Puis, toute la flottille, reliée par une amarre à l'arrière de la goëlette, partit à sa suite un beau matin d'avril.

Le voyage fut heureux et rapide. En deux jours les jeunes aventuriers se retrouvèrent à Bellevue, où ils avaient été si longtemps considérés presque comme perdus.

Avant le départ même, la santé de Mme Gordon s'était parfaitement et rapidement remise; nourrie par les provisions de ses enfants, abreuvée de l'eau limpide de la source du Tulipier, réconfortée de toute façon par les productions variées et l'air si pur de cette île d'enchantements, charmée enfin par l'amour de ses enfants, elle n'avait plus rien à désirer après avoir retrouvé ces chers êtres dont la séparation lui avait été si cruelle.

Ce ne fut cependant pas sans un certain regret que les jeunes aventuriers abandonnèrent cette terre qui leur avait offert une si large hospitalité.

Comme ils passaient au bas de la rivière, un léger souffle de vent venant de la forêt tout chargé du parfum des fleurs, réveilla leurs souvenirs. Robert montra à sa mère au bord de

l'eau le grand magnolia qui lui avait si souvent servi
d'abri; il était maintenant en fleurs, dont deux de près d'un
pied de diamètre, presqu'en haut de l'arbre, paraissaient une
paire de grands yeux fixés sur lui jusqu'à ce qu'il disparût.
Le chêne dont l'immense parasol avait ombragé leur tente en
premier lieu, fut le dernier arbre devant lequel ils défilèrent.
Un oiseau caché dans ses branches chantait plaintivement, un
sansonnet perché tout en haut sifflait de toutes ses forces un
air sans fin, et une compagnie de daims s'était rassemblée
regardant avec attention ce qui se passait sur l'eau.

Il sembla aux jeunes gens que toute la faune de l'île s'était
donné rendez-vous pour leur reprocher leur ingratitude et
protester contre leur départ. Mais leur résolution ne pouvait
pas être changée : maintenant l'avant de la goëlette était sur
son chemin. *La Société des Jeunes Aventuriers était dissoute.*

TABLE DES CHAPITRES

20 989. — Imprimerie Lahure, rue de Fleurus, 9, à Paris.

www.ingramcontent.com/pod-product-compliance
Lightning Source LLC
Chambersburg PA
CBHW070204030726
47505CB00006B/1568